文庫

木曜日だった男　一つの悪夢

チェスタトン

南條竹則訳

kobunsha classics

光文社

Title : THE MAN WHO WAS THURSDAY
A NIGHTMARE
1908
Author : Gilbert Keith Chesterton

目次

木曜日だった男

一つの悪夢

エドマンド・クレリヒュー・ベントリーに

雲が人々の心にかかり、空は泣いていた。
そう、魂にいやらしい雲がかかっていた――僕らが二人とも少年だった頃には。
科学は非在を宣言し、芸術は頽廃《たいはい》を称め讃え、
世界は年とって、終わっていた。それでも、君と僕は明るかった。
僕らのまわりに、連中のびっこの悪徳たちが、お道化《どけ》た隊列をなしてやって来た――
笑いを失った欲望、恥を忘れた恐怖が。
ホイッスラーの白い前髪が僕らの目途《あてど》ない憂鬱を照らしたように、
人々は自分の白い[1]羽根を得意げに見せびらかした。
生は冬の蠅で、死は刺すうなり声だった。
世界はひどく年とっていたが、君と僕は若かった。
連中はまっとうな罪さえもねじ曲げて、言うに言われぬ形にした。

人々は名誉を恥じた。でも、僕らは恥じなかった。
僕らは弱く愚かだったが、あのようには失敗《しくじ》らなかった。
暗黒の魔神《バアル》が天をふさいだ時も、僕らが賛歌を捧げることはなかった。
子供だった僕らの砂の砦は――僕ら同様に脆《もろ》かったが、
連中が高処《たかみ》にのぼるにつれて、僕らは砂の砦を築きあげ、苦い海を堰《せ》きとめた。
僕らは雑色《まだら》の服を着て馬鹿騒ぎをする道化だったが、
教会の鐘がすべて黙《もだ》している時、僕らの帽子の鈴は鳴った。

ちっぽけな旗を翻し、砦を守る僕らは、まるきり孤立無援だったのではない。
幾人《いくたり》かの巨人が、この世から雲を払おうとして、雲の中で闘っていた。
僕らが見つけたあの本を、僕は今ふたたび見つける。魚の形をしたポーマノクから
きれいなものの叫びが遥かに聞こえてきたあの時を、もう一度感ずる。
そして緑のカーネーションは萎《しお》れた――通り過ぎる山火事の中で、
千万の草の葉が、全世界を吹く風にうなりを上げた時。
あるいは鳥が雨の中で歌うように、健やかに、甘美に、突然に、
トゥシタラの口から真理が語り、苦痛から快楽が語った時。

そうだ、鳥が薄明に歌うように、すがやかに、透明に、突然に、
ダニーディンがサモアに語り、闇が陽光《ひかり》に語った。
しかし、僕らは若かった。僕らは生き延びて、神が連中の苦い魔法を破るのを見た。
神と良き共和国が武器を取り、馬に乗って帰って来た。
僕らは人間の霊魂《マンソウル》の街が、たとえぐらついても、解放されるのを見た。
盲目であるゆえに見ることはなかったが、信じた人々こそ祝福されよ。

これは今は昔語りとなった恐怖の物語、空っぽになった地獄の物語だ。
それが語る真実を君以外の誰も理解するまい――
いかなる恥辱の巨神が人々を脅《おびや》かし、だが圧《お》しつぶし、
いかなる途方もない悪魔が星々を隠し、だがピストルの閃光に倒れたか、
追うにはあまりにも明白で、耐えるにはあまりにも恐ろしい疑問――
ああ、それを君以外の誰に理解できよう。そうとも、誰に理解できよう。
僕らはああした疑問を語り合いながら、夜通し歩き、

1　臆病のしるしを意味する。

朝日は頭に閃くより先に、街路にさした。
僕らは今二人の間で、神の平和にかけて、真実を語ることができる。
そうだ、根を下ろすことには力があり、年をとることにも良さがある。
僕らはやっとあたりまえのものを見つけた——そして結婚と信条を。
だから、僕は今安心してこれを書き、君も安心して読むことができる。

G・K・C・

第一章　サフラン・パークの二人の詩人

サフラン・パークの一画はロンドンの夕陽の側にあり、夕焼け雲のように赤くてギザギザだった。そこはどこもかしこも輝く煉瓦《れんが》で造られていて、空を截《た》つ建物の輪郭も異様なものだったし、平面図さえも珍無類だった。その区画はさる山師肌の建築業者が一念発起《いちねんほっき》してこしらえたもので、くだんの業者は美術にほんの少しばかり趣味を有し、ここに建てた建築物をエリザベス朝様式とか、アン女王朝様式とか呼んでいたが、どうやら、この二人の女王が同一人物だという印象を抱いているらしかった。芸術家の住む町という謳《うた》い文句は必ずしも的外れではなかったが、この区画がはっきりした形で芸術を生み出したことはなかった。しかし、知性の中心を標榜《ひょうぼう》するにはいささか心もとないとしても、快適な場所という宣伝文句には少しの嘘いつわりもなかった。この風変わりな赤い家々を初めて目にする他所者《よそもの》は、こんなところに馴染《なじ》んで暮らしている人間は、さぞや妙ちきりんな風体《ふうてい》をしているだろうと思わずにいられない。実際、住人たちに会っても、その点でがっかりすることはなかった。この場所は快適なだけでなく、完璧だった——ただし、それはこの一画をまやかしではなく、むしろ一つの夢として見ることができればの話だが。

住人たちは「芸術家」ではなくとも、場所全体は芸術的だった。赤茶けた髪を長くのばして生意気な顔をしたあの青年——あの青年は本当は詩人ではないが、彼自身が一篇の詩であることはたしかだ。モサモサの白鬚《しらひげ》を生やし、ひしゃげた白い帽子をかぶっているあの老紳士——あの尊《たっと》むべきペテン師は本当は哲学者ではない。だが、少なくとも、他人に哲学の心を起こさせる。つるっ禿《ば》げの卵のような頭と、毛のない鳥皮みたいな頸《くび》をした彼《か》の科学者紳士も、本当はあんな風に科学者ぶる権利はないのだ。彼は生物学の新発見をしたわけではないが、たとえいかなる生物を発見したとしても、御当人ほど奇絶なものではあるまい。こんな風に——そう、この場所はこんな風にこそ見て然《しか》るべきなのである。芸術家の工房というより、むしろ壊《こわ》れやすいが完成された一個の芸術品として見なければならぬ。ここの社交的雰囲気に足を踏み入れた者は、一篇の喜劇の中に入り込んだ気分になるのだった。

かかる愉快な非現実感がとりわけ際立つのは夕暮れ時だった。奇抜《きばつ》な形をした家々の屋根が夕映《ゆうば》えを背に黒ずみ、気の狂った村全体が、流れ雲のようにポッンとまわりから切り離されて見える。一年に何度も行われる地元の祭の晩は、いっそうそういった感じが深まる。家々の小さな庭にはしばしば照明が取りつけられ、ひねこびた木々に、大きな支那風の灯籠《とうろう》が、まるでおそろしい怪物《ばけもの》の果《み》が生《な》ったかのように灯《とも》るのだ。そして、この不思議な感じがあとにも先にも一番強かった晩のことを、土地の人間は今もぼんやりと憶《おぼ》えている。

その晩の立役者は、例の赤茶けた髪をした詩人だった。もっとも、彼が立役者だったのはその晩に限ったことではない。夜分に、彼が住む家の小さな裏庭の前を通る者は、彼が甲高い声で人の道を、とりわけ婦人の道を説くのをしばしば耳にしたものだ。そんな時に女性が示す態度は、まさしくこの場所の逆説《パラドックス》の一つだった。女性たちの多くは「解放された」婦人と曖昧《あいまい》に呼ばれている種族で、男性優位の社会に異《い》をとなえていた。ところが、こうした新しい女性はつねに、ふつうの女性がけっして男性に払わない法外な敬意を払う——彼の言うことを聞いてやるのだ。そしてくだんの赤毛の詩人ルシアン・グレゴリー氏は、（ある意味で）まことに話を聴くに値する人物だった――たとい、聞く者はしまいに笑い出してしまうとしても。彼は芸術に法則なしということ、そして法則なき芸術について、言い古された理屈を陳《の》べるのだったが、その口ぶりに一種小生意気な清新さがあり、聞く者は少なくとも一時の悦《よろこ》びをおぼえるのだった。それには彼の人目を惹《ひ》く奇妙な風貌も手伝っていて、彼はこれをとことん利用していた。額のまん中で分けた濃い赤毛は文字通り女の髪の毛のようで、ラファエロ前派の絵に描かれる処女《おとめ》の重い巻毛のような曲線を描いていた。ところが、この聖女のような楕円形の中から、幅広くてごつい顔がヌッと突き出し、町っ子が人を小馬鹿にする時のように顎《あご》をしゃくっている。こうした取り合わせが、神経質な住民の心をくすぐると同時に恐がらせた。彼はあたかも〝瀆神《とくしん》〟が服を着て歩いているようなもの、天使と類人猿のかけあわせだった。

問題の晩は、たとえ他に何も思い出すべきことがなかったとしても、あの奇妙な夕焼け故に土地の語り草となるだろう。それはまったく、この世の終わりが来たような夕焼けだった。色鮮やかな、手にふれられる羽毛を満天に敷き広げたようで、空はただもう鳥の羽でいっぱいになり、その羽がしかも顔を撫《な》でるようだったとでも言うしかない。天の円屋根《まるやね》の大部分を占める羽毛は灰色で、ところどころ、いとも不思議な菫色《すみれいろ》と藤色、この世のものとは思われぬピンクや薄緑色に染まっていたが、西の方《かた》は、空全体が透明に燃え上がって言語に尽くしようもなく、赤熱《しゃくねつ》した羽毛の最後の残りが、太陽を、何か見てはならぬ貴《たっと》いもののようにおしつつんでいた。すべてが大地にあまりにも近づいて、ただ狂暴《あらぶ》る秘密だけを表わしていた。火天《かてん》なる最高天そのものが秘密であるかのように見えた。それは土地への愛着の本質である素晴らしい小ささを表わしていた。空そのものが小さく見えた。

住民のうちのある者は、あの圧《の》しかかるような空の故に、ただそれ故に、あの夕暮れを忘れないだろう。人によっては、サフラン・パークの第二の詩人が町に初めてあらわれた故をもって、あの晩を記憶するかもしれない。というのも、赤毛の革命家はそれまで長いこと競争相手なしに君臨していた。あの夕焼けの晩、彼の孤独は突然終わりを告げたのだ。新来の詩人はガブリエル・サイムと名のったが、おとなしそうな様子の男で、先の尖《とが》った金髪の顎鬚《あごひげ》を生やし、髪は薄い黄色だった。しかし、話をしてみると、見かけほど温和な性《たち》ではないという印象がしだいに強まった。彼は詩の性質全般について、この町の看板詩人グレゴリーに異をとなえるという形で、己の登場を告げたのである。自分は法の詩人であり、秩序の詩人だと彼（サイム）は言った。

それどころか、品行方正主義の詩人だとさえ言った。だから、サフラン・パークの住人はみな、彼をあのあり得ない夕焼け空から忽然《こつぜん》と落ちて来たもののように見なした。じっさい、ルシアン・グレゴリー氏、無政府主義を奉ずる詩人は、二つの出来事を結びつけた。

「そうさね」彼はふと抒情的な調子になって、こう語った。「ああいう雲とあくどい色彩の晩には、品行方正な詩人なんていう奇天烈《きてれつ》なものが地上に下りて来ても、むべなるかなだ。君は自分が法の詩人だという。僕に言わせれば、君は一個の自家撞着《どうちゃく》だ。君がこの庭にやって来た晩、彗星《ほうきぼし》があらわれたり、地震が起きたりしなかったのが不思議だね」

おとなしげな青い眼《め》と尖った鬚の男は、この非難を従容《しょうよう》と聞き流した。その席にいた第三の人物、グレゴリーの妹ロザモンドは兄と同じ赤毛をお下げ髪にしていたが、髪の毛の下にある顔は兄よりも優しくて、わが家の予言者の御託宣《ごたくせん》には、賞賛と不満のいりまじった笑いでこたえるのが常だった。

グレゴリーは声高な演説口調で、機嫌良く語りつづけた。

「芸術家とは、すなわち無政府主義者のことさ。この二つの単語はいつだって入れ替え可能だ。無政府主義者は芸術家だ。爆弾を投げる人間は芸術家だ。なぜなら、彼は偉大なる一瞬をいかなるものよりも尊《たっと》ぶからだ。まばゆい光の一閃《いっせん》、非の打ちどころない轟音《ごうおん》の一鳴りは、不格好な警察官二、三人の凡庸な肉体よりもはるかに価値があることを知っている。芸術家はあらゆる政府を無視し、あらゆる因襲《いんしゅう》を撤廃する。詩人が喜ぶのは混乱だけだ。もしそうじゃないというなら、この世で一番詩的なものは地下鉄道だってことになるだろう」

「じっさい、そうだよ」サイム氏が言った。

「馬鹿な！」とグレゴリーは言った。この男は誰か他人が逆説《パラドックス》を立てようとすると、とたんに理詰めでものを言いだすのだった。「それじゃ訊《き》くが、鉄道の職員や土方があんなに疲れて悲しそうにしているのは、なぜだね？　教えてやろう。それは連中が、汽車がちゃんと走ることを知ってるからなんだよ。どこ行きの切符を買っても、その場所へ着くことを知ってるからだ。スローン・スクエアを通り過ぎたら、次の駅はヴィクトリアで、ヴィクトリア以外の何物でもないことを知ってるからだ。ああ、連中はどんなに面白がって恍惚《こうこつ》とするだろう！　ああ、かれらの目は星と輝き、魂はエデンの園に帰るだろう――もしも次の駅が、奇態《きたい》なことにベイカー街だったなら！」

「詩的でないのは君の方だ」と詩人サイムはやり返した。「職員が本当に君のいう通りだとしたら、君の詩と同じくらい散文的な連中だね。世にも稀《まれ》な不思議なことは、的にあてることで、俗悪で浅薄なのは的をはずすことだ。人が素朴な弓で遠くの鳥を射当てる時、我々は叙事詩的と感ずる。それなら、人が素朴な機械で遠くの駅にたどりつくのも、叙事詩的なんじゃないかね？　混沌《カオス》は退屈だ。なぜなら、混沌の中でなら汽車はどこにだって行ける——ベイカー街にでもバグダッドにでも。しかし、人間は魔術師であって、人間の魔術はすべてこの点にある。すなわち、彼がヴィクトリアといえば、見たまえ、ヴィクトリアに着くんだ！　ふん、君はつまらん詩や散文を読むがいい。僕は時刻表を読みながら、誇りの涙を流したいね。君は人間の敗北を歌い揚げるバイロンを読むがいい。僕には自分の勝利を記念するブラッドショー[2]を読ませてくれ。僕にブラッドショーを与えよ、だ！」

「帰りの列車の時間を見るのか？」グレゴリーは嫌味に言った。

「いいかい」サイムは熱っぽく語りつづけた。「汽車が入って来るたびに、僕は感ずるんだ——あの汽車は、城攻めの敵が大砲を並べて包囲する、その囲みを破って来たんだ、人間が混沌《カオス》と闘って勝ったんだ、とね。君はスローン・スクエアを過ぎたら必ずヴィクトリアに着く、と見下したようにいうけれども、僕に言わせれば、着かない可能性は千もある。じっさい、僕はあの駅へ着くたびに、間一髪《かんいっぱつ》の危険を免《まぬが》れたような気がするんだ。だから、車掌が〝ヴィクトリア〟と叫ぶのを聞いても、無意味な言葉には聞こえない。僕にとって、それは戦勝を告げる先触れの声だ。まったく、僕にとっては〝勝利《ヴィクトリア》〟だ。アダムの勝利なんだ」

　グレゴリーは重たい赤毛の頭を揺すって、悲しげな微笑をゆっくりと顔に浮かべた。「その時も」と彼は言った。「我々詩人は常に問いかける――『さて、ヴィクトリア駅へ着いたはいいが、そこはどんなところか？』とね。君はヴィクトリア駅が新エルサレムのようなところだと思ってる。我々は、新エルサレムもヴィクトリア駅みたいなところにすぎないのを知っている。そうだ、詩人はたとえ天国の街中にいたって、不満足だろう。詩人は常に反抗しているんだ」

「その点も訊きたいが」サイムは苛立《いらだ》たしげに言った。「反抗することの、どこが詩

2　ジョージ・ブラッドショー（一八〇一～五三年）は、初めて鉄道案内をつくった英国の印刷業者。ここではその名を冠した時刻表のことをいっている。

的なんだい？　船酔いするのが詩的だと言っているようなものじゃないか。むかつくのは反抗だ。むかつくのも、反旗を翻《ひるがえ》すのも、ある種の切迫した状況では健全なことかもしれないが、それが詩的だというわけを教えてもらえるなら、首をくってもいいね。反抗は畢竟《ひっきょう》するに——むかつくものだ。ゲロをはくことにすぎない」

若い娘のロザモンドはこの不快な言葉に一瞬たじろいだが、サイムは議論に夢中で、気がつかなかった。

「物事がうまく行っているのが詩的なんだ！」と彼は叫んだ。「たとえば、我々の消化機能が神聖に黙々と正しい働きをする。それがあらゆる詩の基礎だよ。そうとも、もっとも詩的なもの、花よりも詩的な、星々よりも詩的なもの——この世で一番詩的なものは、むかついてなんかいない」

「本当に」グレゴリーは傲慢な態度で言った。「君が選ぶたとえは——」

「失敬した」サイムは意地悪く言った。「我々は因襲をすべて撤廃したのを忘れていたよ」

グレゴリーの額に、初めて赤い斑点《まだら》が浮かんだ。

「君は僕が、この芝生の上で社会を変革するのを期待していないんだな？」

サイムは相手の目をまっすぐに見て、優しく微笑んだ。

「その通りだ。でも、もし君の無政府主義が真剣なら、君がすべきことはそれじゃないかと思うがね」

グレゴリーの大きな目玉は、突然怒れる獅子の目のごとく瞬《またた》き、赤い鬣《たてがみ》が逆立つかと思われた。

「それじゃ、君は」と険《けわ》しい声で言った。「僕の無政府主義が真剣じゃないと思ってるんだな？」

「失礼。今何て言った？」とサイム。

「僕の無政府主義は真剣じゃないのか、と言ったんだ」グレゴリーは拳《こぶし》を握って、大声をあげた。

「おやおや！」とサイムは言って、グレゴリーのそばを離れた。

ところが、ロザモンド・グレゴリーが随《つ》いて来たので、サイムは驚き、かつ奇妙な喜びを感じた。

「サイムさん」とロザモンドは言った。「あなたとうちの兄みたいな話し方をする人は、いつも本気でものを言っているんですか？　あなたは今、本気でものをおっしゃっているの?」

サイムはにっこり微笑《わら》った。

「あなたはどうなんです?」

「どういう意味です?」若い娘は真面目《まじめ》な目つきで、たずねた。

「グレゴリーさん」サイムは穏やかに言った。「誠実とか不誠実とかいうことにも色々と種類があります。塩を取ってもらって『ありがとう』という時、あなたは本気でそう言っていますか? ちがうでしょう。『地球は丸い』とおっしゃる時、本気で言っていますか? ちがいますね。それはたしかに本当だが、本気ではないでしょう。ところで、あなたのお兄さんのような方は、時々自分の言いたいことを本当に見つけるんです。それは真実の半分か、四分の一か、十分の一であるかもしれません。でも、その時、彼は言わんとする以上のことを言うんです――言いたいというひたすらな思いから」

ロザモンドは平らな眉の下からサイムを見ていた。その顔は真面目でつつみ隠しがなく、あの理屈抜きの責任感が影をおとしていた。それは軽薄な婦人といえども、たいていの女性の心の底にあるもので、この世界と同じくらい古い、母親の気づかいなのである。

「それじゃ、兄は本当に無政府主義者なんでしょうか？」

「僕の言う意味で、ということです。なんなら、僕の言う無意味で、と言いかえてもいいですがね」

ロザモンドは太い眉を寄せて、唐突に言った――

「まさか本当に使ったりはしないでしょうね――あの、爆弾やなにかを？」

サイムはいきなり笑い出した。華車《きゃしゃ》でいささか洒落者《しゃれもの》めいた彼の身体つきには、大きすぎるほどのけたたましい笑いだった。

「いやいや、とんでもありません。そういうことは匿名《とくめい》でやるものですよ」

それを聞くと、ロザモンドも口元に笑《え》みを浮かべ、グレゴリーの非常識さと無害さとをどちらも喜ばしく思った。

サイムはロザモンドとぶらぶら歩いて行って、庭の隅のベンチに腰かけ、そこでまた自分の意見を滔々《とうとう》と述べ立てた。というのも、彼は誠実な男で、うわべは気取ったふりをしているが、根は謙遜な性質《たち》だったのである。しゃべりすぎるのは常に謙遜な人間と相場が決まっている。誇り高い人間は己をよく観察しているからだ。サイムは激越な、誇張した言葉で品行方正な社会道徳を弁護した。小綺麗さと礼儀作法を夢中になって礼讃した。その間ずっと、彼のまわりにはライラックの香《か》が漂っていた。一度などは、どこか遠くの通りで手回しオルガンを奏《ひ》きはじめる音が、ごくかすかに聞こえてきた。彼には、自分の壮烈な言葉が、地の底かこの世界の彼方《かなた》から流れてくるかぼそい旋律《しらべ》にのって、揺れ動いているかのように思われた。

彼は娘の赤い髪と楽しそうな顔を見ながら二、三分間も話をつづけ、やがて、こういう場所では相手を独り占めしてはいけないと思って、立ち上がった。驚いたことに、庭はもう空《から》っぽだった。客はみんなとうの昔に帰っており、彼自身も少し慌てて申し訳をすると、辞去した。その時、頭の中にシャンパンが残っているような感じだったが、なぜかとあとで考えてもわからなかった。そのあと起こった破天荒な出来事に、この娘は何ら関わりを持っていない。一切が終わるまで、彼女とふたたび会うことはなかった。しかし、彼女はなにかいわく言いがたいやり方で、その後に彼が体験した狂った冒険を通じて、あたかも音楽の動機のごとく繰り返しあらわれ、彼女の不思議な髪の毛の輝きは、暗くめちゃくちゃな闇の綴織《つづれお》り全体を紅《あか》い糸のように貫いていた。というのも、その後に起こったことはあまりにも現実離れしていて、夢だったかとも思われるのである。

サイムが星降る通りに出た時、最初は誰もいないかと思ったが、そのうち、あたりの静けさが死せる静寂ではなく、命を持った静寂であることに（何か奇妙な直感で）気づいた。戸口を出ると、すぐそこに街灯が立っていて、その光が、彼の背後の塀ごしにしなだれている木の枝の葉をつやつやと照らしていた。街灯柱から一フィートほど離れたところに、柱と同じくらいコチコチになって身じろぎもせず、一人の人間が立っていた。山高帽子と長いフロックコートは黒かった。影になっている顔も、それと同じくらい暗かった。ただ、焔《ほのお》のように赤い髪の毛の先に光があたっているのと、彼の姿勢に何か攻撃的なものがあることから、詩人グレゴリーであることがわかった。彼には、剣を握って敵を待ち伏せする覆面の刺客《しかく》のようなところがあった。

グレゴリーは曖昧に会釈をした。サイムはもっと丁寧に会釈をかえした。

「君を待ってたんだ」とグレゴリーは言った。「ほんのしばらく、話をさせてもらえんかね？」

「いいとも。何の話だい？」サイムは訝《いぶか》しげにたずねた。

グレゴリーはステッキで街灯柱を叩き、それから木を叩いて言った。「こいつとこ、いつの話だ、秩序と無秩序に関する話だ。あの痩《や》せっぽちな鉄の街灯、醜くて不毛なあれが、君の大切な秩序だ。そして、こちらには無秩序がある。豊かで、生きていて、自己を再生産する——これが無秩序だ。緑と金色に輝いているこいつが」

「しかしね」サイムは忍耐強くこたえた。「今、君は街灯の光で木を見ているにすぎない。果たして、いつか木の光で街灯を見ることができるかね？」それから、ふと黙り込んで、また口を開いた。「ところで、訊いてもいいかい？　君は僕らのささやかな議論をつづけるためだけに、この暗がりに突っ立ってたのかい？」

「とんでもない」グレゴリーは通りに響きわたる大声で言った。「議論をつづけるためじゃなくて、永久に終わらせるために待っていたんだ」

ふたたび沈黙がおりた。サイムにはわけがわからなかったが、重大な話があるらしいと直感して、耳を澄ました。グレゴリーは人を煙に巻くような微笑を浮かべ、なめらかな声で語りはじめた。

「サイム君、君は今夜、中々大したことをやってのけた。僕に対して、女の腹から生まれた男がいまだなし遂げたことのないことをした」

「本当かい！」

「そういえば、思い出したが」グレゴリーは考え込むように話しつづけた。「それをやり遂げた人間はもう一人いる。サウス・エンドの（僕の記憶が正しければ）一銭蒸汽の船長だ。君は僕を怒らせた」

「申し訳ない」サイムはおごそかにこたえた。

「残念ながら、僕の怒りと君の侮辱は謝《あやま》ってもらっても帳消しにできない」グレゴリーは冷然と言った。「決闘をしてもだめだ。君を殴《なぐ》り殺しても、帳消しにはできやしない。あの侮辱を拭い去る方法はただ一つだ。僕はそれをやろうと思う。僕はたとえ命と名誉を犠牲にしても、君の言ったことが間違いだと証明してやる」

「僕の言ったこと？」

「僕の無政府主義が真剣じゃないと言ったろう？」

「真剣さにも色々と度合いがある」サイムはこたえた。「君がある意味でまったく誠実であるのを疑ったことはないよ。その意味というのは、こうだ——君は自分の言うことが言うに値すると考えているし、逆説によって人々が見すごしていた真実に目覚めるかもしれないと考えている」

グレゴリーは苦しげにじっと相手を凝視《みつ》めていた。

「他の意味で真剣だとは思わないんだな？　君は僕を、時々真実《ほんとう》のことを言うだけの怠け者だと思っている。もっと深くおそろしい意味で真剣だとは思わないんだ」

サイムは路の石畳をステッキで叩いた。

「真剣だって！　いやはや！　この通りは真剣かい？　このろくでもない支那風の灯籠は真剣かい？　森羅萬象《しんらばんしょう》は真剣かい？　僕らはここへ来て、さんざっぱらくだらないおしゃべりをして、たぶん少しは理にかなったことも言うかもしれない。でも、僕は人生の裏に何かこういったおしゃべりより真剣なものを——宗教でも酒でもいい、何かもっと真剣なものを持たない人間を軽蔑するね」

「よろしい」グレゴリーの顔が翳《かげ》った。「君に酒よりも宗教よりも真剣なものを見せてやろう」

サイムはふだんの穏やかな様子で、グレゴリーがまた何か言うのを待った。

「君は今、宗教のことを言ったが、宗教をほんとに信じているのかね？」

「ああ」サイムはニコニコして言った。「当節は誰も彼もカトリック教徒じゃないか」

「そんなら、君のお宗旨で崇めるどんな神様でも聖者でもいい——それにかけて誓ってくれないか。僕がこれから言うことを、いかなるアダムの子にも言わない——ことに警察には洩《も》らさないとね。それを誓ってくれるかい！　君がもしこの恐ろしい約束を引き受けるなら――けして立てるべきでない誓いを立て、夢にも考えてはならぬことを知って、魂の重荷を背負うことを承知するなら、僕は約束する。そのお返しに――」

「お返しに約束するって？」サイムは相手が黙り込んだので、聞き返した。

「君に、すごく楽しい一晩を約束する」

サイムは突然帽子を取った。

「君の提案は馬鹿馬鹿しすぎて、ことわれないね。詩人は常に無政府主義者だと君は言う。僕はそう思わないが、少なくとも詩人は常にスポーツマン精神を持つ人間でありたいと思う。だから、今ここで、キリスト教徒として誓いを立てさせてくれ。そして、良き道連れ、同じ芸術家仲間として、何だろうと警察には一言も通報しないことを約束させてくれ。さあ、それじゃあコーニー・ハッチ[3]の名に於《お》いてきくが、一体何なんだい？」

3　ロンドン北部にあった村の名前で、一八四九年に精神病院がつくられたことから、精神病院の代名詞のように使われた。

「そうだね」グレゴリーは落ち着き払って、話を外《そ》らすように言った。「まずは辻馬車《キャブ》を呼ぼうじゃないか」

彼が二回、口笛を長く吹くと、二輪馬車《ハンサム》が道をガタゴトやって来た。二人は無言でそれに乗った。グレゴリーは揚蓋《あげぶた》ごしに、チズウィック河岸にある聞いたこともない酒場の所番地を告げた。辻馬車はまた軽々と走り出し、二人の風変わりな乗客は風変わりな町を離れたのである。

第二章　ガブリエル・サイムの秘密

辻馬車《キャブ》はいとも殺風景で汚ないビール酒場の前に停まり、グレゴリーは連れをさっそくその店の中に案内した。二人は風通しの悪い薄暗い客室に腰を下ろした。一本足の木のテーブルには染みがついていた。部屋はたいそう狭くて暗く、呼ばれてやって来た店員の姿さえろくに見えなくて、何か図体《ずうたい》のでかい鬚を生やしたものがそこにいるという、ぼんやりした暗い印象だった。

「ちょっと夜食でもいかがかね?」グレゴリーは丁寧に訊いた。「ここのフォワグラのパテは美味《うま》くないが、野鳥や獣の肉はおすすめできるよ」

サイムは冗談を言っているのだろうと思って、無関心にそれを聞いた。育ちの良い人間らしくおふざけに調子を合わせてやるつもりで、こう言った——

「そうかい。じゃあ、伊勢海老のマヨネーズ和《あ》えをいただこうか」

すると給仕は「かしこまりました」と言って奥にさがり、料理を持って来る気配だったので、サイムは言葉に言いあらわせないほど驚いた。

「何を飲む？」グレゴリーは前と同じ、無頓着《むとんちゃく》だがすまなそうな様子で言った。「僕はクレーム・ド・マントだけにしておく。晩飯は済ましたからね。でも、シャンパンは本当に信用してもらってもいい。せめてポムリーのハーフ・ボトルからはじめないか？」

「ありがとう！」サイムは身じろぎもしなかった。「御親切に」

彼はそのあとも会話をつづけようとしたが、話はいささかチグハグなものとなり、しまいに正真正銘の伊勢海老が出て来るに及んで、雷に打たれたごとく中止した。味見してみると、海老はじつに美味《うま》かった。サイムは俄然《がぜん》猛烈な食欲を出し、パクパクと食べはじめた。

「はしたない食べ方をしたら、許してくれたまえ！」グレゴリーに向かって、微笑みながら、そう言った。「こんな夢のような御馳走には中々ありつけないんでね。悪夢が伊勢海老にかわるというのは初めての体験だ。ふつうはその逆だからね」

「君は夢を見てるんじゃない。それはたしかだ」とグレゴリー。「それどころか、君の一生のうちでもっとも現実的な、目の醒めるような瞬間に近づいているんだ。そら、シャンパンが来たぜ！　たしかに、この素敵なホテルの——いわば内実と、飾らない地味な外観との間には、少しばかり不釣り合いなところがあることは認めるよ。でも、それは我々の奥ゆかしさなんだ。我々はかつて地上に生きたもっとも奥ゆかしい人間なんだ」

「我々って誰のことだい？」サイムはシャンパンのグラスを空《から》にして、言った。

「ほかでもない」グレゴリーはこたえた。「我々は真剣な無政府主義者さ。君はその存在を信じないがね」

「ふん」サイムはそっけなくこたえた。「君らは良《い》い物を飲んでるんだな」

「うん。我々はすべてのことに対して真剣なんだ」

それから、ちょっと間があって、グレゴリーは言い足した——

「もうじきこのテーブルが少し回りだしても、シャンパンをガブ飲みしたせいじゃないよ。君は酒に呑まれるような男じゃないからな」

「僕は酔ってないとしたら、狂ってるんだ」サイムは平然とこたえた。「でも、そのどちらの状態でも紳士らしく振舞えるつもりだがね。煙草を吸っていいかい？」

「もちろん」グレゴリーは葉巻入れを差し出した。「一つ僕のを喫《や》ってみたまえ」

サイムは葉巻を取ると、チョッキのポケットから葉巻を切る道具を出して、端を切り落とし、口にくわえ、ゆっくり火をつけて、長い紫煙《けむり》を吐き出した。こうした儀式を落ち着き払ってやってのけたことは、相当立派な振舞いだったといえる。というのも、彼がそれを始めるのとほとんど同時に、目の前のテーブルが、初めはゆっくりと、やがて速《すみ》やかに、まるで狂った降霊会のように回転《まわ》りだしたからだ。

「気にしないでくれ」とグレゴリー。「これは一種のねじなんだ」

「なるほど」サイムは澄まして、「一種のねじか。単純なものだね！」

次の瞬間、葉巻の煙が――それまで蛇のようにとぐろを巻いて、部屋の中を揺らめいていたのが――工場の煙突の煙のようにまっすぐ立ちのぼり、二人は椅子とテーブルもろとも、床を抜けて、地面に呑みこまれるように落ちて行った。索《つな》の切れた昇降機さながら、唸《うな》り声をあげる煙突のようなところをガラガラと急降下して、いきなりドシンと底にぶつかった。しかし、グレゴリーが一対の扉を開《あ》けて、赤い地底の光が射し込んでも、サイムは足組みしたまま葉巻をふかし、黄色い髪の毛一本すら動かさなかった。

　グレゴリーは彼を導いて、低い丸天井の通路を通った。突きあたりに、赤い光がともっていた。それは暖炉ほどもある巨大な真紅の灯籠で、小さいが重い鉄の扉の上に下がっていた。扉には船の昇降口《ハッチ》か格子蓋のようなものがあり、グレゴリーはそこを五回叩いた。外国人訛《なま》りのある鈍《にぶ》い声が、「誰だ」とたずねた。これに対し、グレゴリーは多少意外な返事をした。「ジョーゼフ・チェンバレン氏だ」重い蝶番《ちょうつがい》が動き出した。それは一種の合い言葉だったらしい。

　扉の中に入ると、通路は鋼鉄の網を張りめぐらしたように光っていた。よく見ると、チカチカ光る紋様《もよう》は、幾列もみっしりと並んだライフル銃と輪胴式拳銃《リヴォルヴァー》が織りなしているのだった。

「固苦しい手続きを許してくれたまえ」グレゴリーは言った。「ここは規則厳守なんでね」

「いや、謝ることはないよ。君が法と秩序を熱愛しているのは知ってるからね」サイムはそう言って、鋼鉄の銃器が並ぶ通路に踏み込んだ。彼が洒落たフロックコートの上に長い金髪を揺すって、輝く死の大路《おおじ》を歩く姿は、ことのほか弱々しく風変わりだった。

二人はそんな通廊をいくつも抜けて、しまいに奇妙な鋼鉄の部屋に出た。壁に彫刻を施したその部屋は、ほとんど球体に近かったが、ベンチが段々に並んでいて、科学の階段教室のような外観を呈していた。ここにはライフル銃もピストルもなかったが、ぐるりの壁にはもっと怪しげな、恐ろしい形をしたものがぶら下がっていた――鉄でできた植物の球根か、はたまた鉄の鳥の卵とも見えるものが。それらは爆弾で、部屋自体が爆弾の内部のように見えた。サイムは壁に葉巻をあてて灰を落とすと、中に入った。

「さて、親愛なるサイム君」グレゴリーは一番大きな爆弾の下で、ベンチにどっかりと腰を下ろし、「居心地の良い場所へ来たから、ちゃんと話をしよう。君をなぜここへ連れて来たかは、いかなる言語を尽くしても、わかってはもらえまい。崖から跳び下りたり、恋に落ちたりするのと同じ、まったく気まぐれな感情のなせるわざだ。君が何とも言えず人を苛《いら》つかせる奴だったと言えば、十分だろう――じっさいのところ、君は今も僕を苛つかせるがね。君の鼻っ柱をへし折るためなら、僕は秘密厳守の誓いを二十でも破るだろう。君が葉巻を点《つ》けるところを見たら、司祭だって告解の秘密を守る誓約を破るだろう。ところで、君は僕が真剣な無政府主義者じゃないことを確信すると言ったね。この場所は真剣に見えるかね？」

「うわべは派手だが、その下に教訓が隠されていそうだな」とサイムは言った。「でも、二つばかり質問させてもらってもいいかい？　僕に情報を与えるのをおそれる必要はない。なぜなら、君は賢明にも、警察に通報しないという約束をさせたし、僕は必ず約束を守るからだ。だから、質問するのは単なる好奇心からなんだ。第一に、これは一体何事なんだい？　君たちは何に反対しているんだ？　政府を廃止したいのかい？」

「神を廃止するんだ！」グレゴリーは狂信家の目を見開いて、言った。「我々の望みは単に二、三の専制政府と警察機構を転覆することではない。その種の無政府主義も存在するが、それは非国教会派の一支脈にすぎない。我々はもっと深いところを掘り、もっと高い空まで君を吹き飛ばすんだ。我々の願いは、悪徳と美徳、名誉と裏切りといった恣意《しい》的な差別を否定することだ。ただの叛逆者どもはそういうものに依《よ》って立っているがね。フランス革命を起こした馬鹿な感傷家どもは、〝人間の権利〟がどうのこうのと言った！　我々は権利《ライツ》も憎むし、迫害《ロングズ》も憎む。正義《ライト》も不義《ロング》も撤廃したんだ」

「ついでに右翼《ライト》と左翼《レフト》も」サイムは面白がって言った。「撤廃してくれるとありがたいな。僕にとっては、連中の方がずっと厄介だからね」

「もう一つ質問があったんじゃないのか」グレゴリーが相手の言葉をさえぎった。

「喜んでおたずねしよう」とサイム。「君らの今し方の振舞いや、この設備には、秘密を科学的に守ろうとする努力が見受けられるね。僕には商店の二階《うえ》に住んでいた叔母さんがいるけど、酒場の下に好きこのんで住もうっていう人間がいるとは知らなかった。君らは重い鉄の扉をこしらえて、チェンバレン氏と名告《なの》るようなみっともないことをしないと、そこを通してもらえない。まわり中に鋼鉄の武器を置いて、そのためにこの場所は印象深くはなっているが、家庭的とは言いかねるね。質問していいかい？　君たちはこんな大苦労をして地中にバリケードを築きながら、サフラン・パークの馬鹿な女どもをつかまえては、無政府主義の話をして秘密をさらけ出してしまう。どうして、そんなことをするんだ？」

グレゴリーは微笑んだ。

「答は簡単だ。僕は真剣な無政府主義者だと言ったが、君は信じなかった。御婦人方も信じないよ。この恐ろしい部屋へ連れて来ない限り、信じるものか」

サイムは考え込む様子で葉巻をふかしながら、興味深げにグレゴリーを見た。グレゴリーは語りつづけた。

「そのいきさつを話したら、君には面白いかもしれん。僕は初めて『新無政府主義者』の仲間入りをした時、正体を隠すために、いろいろ世間体の良いものに扮《ふん》してみた。僕は主教の服装をしてみた。我々無政府主義者のパンフレットで、主教という連中についてはあらゆることを読んでいた――〝迷信という吸血鬼〟とか〝生餌《いきえ》を貪《むさぼ》る売僧《まいす》ども〟とかいうパンフレットさ。そうしたものを読んで僕は確信した――主教というのは、人類から残酷な秘密を隠している恐るべき変屈《へんくつ》老人どもだ、と。僕の情報は間違っていた。初めて主教の格好をして客間に現われた時、僕は雷のような声を張り上げて、叫んだ。『倒せ！　滅ぼせ！　僭越《せんえつ》な人間の理性を！』みんなはなぜか、僕が主教でも何でもないことを見抜いた。僕はすぐにつかまってしまった。それで今度は億万長者に化けたが、〝資本〟をあまりにも知的に擁護したものだから、僕が赤貧であることは馬鹿でもわかったろう。その次は陸軍少佐になろうとした。さて、現在僕自身は人道主義者だけれども、そんなに了見が狭くないから、ニーチェのように暴力を礼讃《らいさん》する人間の立場も理解できる――〝自然〟の誇り高い、狂える闘争がどうしたこうしたという話もね。僕は陸軍少佐に自分自身を投影した。剣を抜いて、始終振りまわした。酒を求めて叫ぶ人間のように、『血を！』と夢中で叫んだ。僕は口癖のように言った、『弱者は滅びるにまかせよ。それが掟《おきて》だ』しかしね――陸軍少佐という人種はそういうことはしないようだね。僕はまた引っつかまった。とうとう僕は絶望して、無政府主義中央評議会の議長のもとを訪ねた。この人はヨーロッパで一番偉大な人だ」

「名前は何ていうんだい？」サイムはたずねた。

「名前なんか、わかりゃしない」グレゴリーはこたえた。「そこがあの人の偉いところさ。カエサルやナポレオンは持てる天才のすべてを傾けて、人に名前を知られようとした。そして実際、知られたわけだ。あの人は天才のすべてを使って、人に名前を知られまいとして、知られていない。でも、あの人と一緒の部屋に五分もいれば、カエサルもナポレオンも、彼の手にかかったら子供同然だと思わずにはいられないんだ」

グレゴリーは黙り込み、一瞬顔色まで青ざめたが、また語りつづけた――

「しかし、彼が忠告をするとね、その言葉はいつも冴えた警句になってるんだが、そのくせ、英国銀行みたいに実際の役に立つんだ。僕はあの人に言った。『何に扮したら、世間の目を逃《のが》れられるでしょう？　主教や陸軍少佐よりも社会的に立派な職業は何でしょう？』あの人は大きな、しかし何を考えているかわからない顔で、僕を見た。『安全な隠れ蓑《みの》が欲しいんだな？　君が人畜無害な人間だと保証してくれる衣装――それを着ていれば、誰も爆弾を持っているなどと思わない衣装が欲しいんだな？』僕はうなずいた。あの人は突然、獅子《しし》のように吼《ほ》えた。『いいか、それなら無政府主義者の格好をしろ、この馬鹿め！』その吠え声は部屋が揺れるほどだった。『そうすれば、君が危険なことをするなぞとは、誰も思わん』そう言うと、広い背中をこちらに向けて、もう何も言わなかった。僕は言われた通りにして、それを後悔したことは一度もない。昼も夜もあの女たちに流血と殺人を説きつづけて、その結果――いやはや――女たちは僕に乳母車を押させるんだ」

サイムは大きな青い眼に尊敬の色を浮かべて、坐ったまま相手を見ていた。

「君には一杯食わされたよ。本当に上手い工夫だ」

それから、ややあって、言い添えた――

「その途轍もない議長のことを、君らは何と呼んでるんだい？」

「ふつう日曜日と呼んでいる」グレゴリーは簡潔にこたえた。「じつはね、無政府主義中央評議会には七人のメンバーがいて、それぞれ曜日で呼ばれている。あの人の呼び名は日曜日だが、崇拝者の中には〝血の日曜日〟と呼ぶ者もいる。君がそのことを持ち出すのは奇妙だね。だって、君がひょっくり現われた（こんな言い方をして差しつかえなければ）今晩、他でもない――我々のロンドン支部がこの部屋に集まって、評議会の空席を埋める代表を選ぶことになってるんだ。さる紳士が、しばらくの間、木曜日の難しい役目を立派に果たしてきた。みんなの評判も良かったんだが、その人が急に死んでしまった。そこで、今夜集まりを開いて、後継者を選出するんだ」

彼は立ち上がり、うれし恥ずかしといった様子でニコニコしながら、部屋の中を行ったり来たりした。

「なぜか知らんが、サイム、君は僕の母親《おふくろ》みたいな感じがするよ」彼はふと、そう言った。「君には何でも打ち明けられるような気がする。誰にも言わないって約束してくれたからね。じっさい、もう十分もすると、この部屋に無政府主義者たちがやって来るが、その連中にもあまり言いたくないことを、君に打ち明けるよ。我々はもちろんある種の選挙をやるが、言っちまおう――結果はおおよそ決まってる」彼は一瞬、慎ましげに下を向いた。「僕が木曜日になることは、ほぼ確実なんだ」

「やあ、君」サイムはうれしそうに言った。「おめでとう。大した出世じゃないか!」

グレゴリーは照れ笑いをしながら部屋を歩きまわり、早口にしゃべった。

「じつは、このテーブルに全部用意がしてある。選挙はたぶん、あっという間に終わるだろう」

サイムもそのテーブルに近寄った。テーブルの上にはステッキがのっていたが、仔《し》細《さい》に見ると、仕込み杖だった。それに大きなコルトの拳銃、サンドイッチの箱と特大の携帯用壜《びん》に入ったブランデー。テーブルのそばの椅子には、厚手の重たそうなケープか外套がかけてあった。

「選挙は形だけ済ませればいいんだ」グレゴリーはうれしそうに語りつづけた。「それから、この外套とステッキを取り上げて、残りの物をポケットに詰め込む。この洞穴には川に面した扉があるんだが、そこから外へ踏み出すと、蒸汽船の曳船《ひきふね》が待っている。それから──それから──ああ、木曜日になるのは何ていう喜びだろう!」そう言って両手を組んだ。

サイムはまた椅子に腰かけ、例によって傍若無人《ほうじゃくぶじん》な、気怠《けだる》げな様子をしていたが、この男には珍しく躊躇《ためら》いがちに立ち上がった。

「なぜだろう?」彼は曖昧な問いを発した。「僕には君がまっとうな奴に思えるんだ。君のことがどうして好きなのかなあ、グレゴリー?」一瞬口ごもり、それから一種清新な好奇心をこめて言い足した。「君がこんなに馬鹿だからかな?」

それからまた黙って考え込んで、また大きな声を上げた──

「えい、畜生! こんな面白い目にあったのは生まれて初めてだ。だから、それらしく振舞うことにしよう。グレゴリー、僕はここへ来る前、君に約束をした。その約束は、たとえ焼け火箸《ひばし》を押しつけられたって守るが、僕の身の安全のために、君も同じようなささやかな約束をしてくれないか?」

「約束?」グレゴリーは訝《いぶか》って、たずねた。

「そうだ」サイムは真剣な面持ちで、言った。「約束だ。僕は君の秘密を警察に言わないと神に誓った。君も〝人道〟に──いや、何でもいいから、君が信じているろくでもないものに誓ってくれないか? 僕の秘密を無政府主義者たちに洩らさないと」

「君の秘密?」グレゴリーは目を丸くした。「君に秘密なんて、あったのか?」

「うん、あるとも」サイムは一瞬黙り込んで、「誓ってくれるか?」

グレゴリーは燃えるような目でしばらく彼を睨《にら》みつけていたが、やがて唐突に言った――

「君は僕をたぶらかしていたらしいが、君には恐ろしく好奇心をそそられる。よろしい、君が話したことは無政府主義者たちに言わないと誓おう。でも、気をつけろよ。もう二、三分したら、連中はここにやって来るから」

サイムはゆっくり立ち上がると、長くて白い両手を、長い灰色のズボンのポケットに突っ込んだ。それとほとんど同時に、外の格子蓋を五回叩く音がして、陰謀家たちの最初の一人が到着したことを告げた。

「あのね」サイムはゆっくりと言った。「君に本当のことを教えるには、こう言うのが一番手っ取り早いと思うんだ。君が風来坊の詩人に扮していたことを知っているのは、君や君らの議長だけじゃない。スコットランド・ヤードでも、そのことは、もうしばらく前から知ってたんだ」

4　政治家ジョーゼフ・チェンバレン（一八三六～一九一四年）は、当時強硬な帝国主義政策を唱えたことで知られる。

グレゴリーはしゃんと立とうとしたが、よろけて、鬼のような声でたずねた。

「何が言いたいんだ？」

「そう」サイムは素直に言った。「僕は刑事なんだよ。でも、友達が来たみたいだぜ」

戸口から「ジョーゼフ・チェンバレン氏」というささやきが聞こえた。その声は二度三度、そして三十ぺんも繰り返されて、ジョーゼフ・チェンバレンの一団が（さぞやいかめしい団体だろう）[4]廊下をのしのしと歩いて来る足音がした。

第三章　木曜日だった男

新しい顔ぶれの一人が戸口に現われるよりも早く、グレゴリーは驚きから立ち直った。ひとっ跳びしてテーブルに近づき、野獣のように喉を鳴らした。コルト拳銃を取って、サイムに狙いをさだめた。サイムは臆《おく》せずに礼儀正しく、青ざめた片手を差し上げた。

「馬鹿なことをするのはよしたまえ」彼は牧師補のような、物柔らかだが威厳のある調子で言った。「わからないかい。そんなことをする必要はないんだ。死なばもろともじゃないか。僕らは同じ舟に乗って――そう、素敵に船酔いしてるんだ」

グレゴリーは口も利《き》けず、ピストルを撃《う》つこともできずに、顔で問いかけていた。

「僕らはお互い王手をさしたんじゃないか？」とサイムが言った。「僕は君が無政府主義者だということを警察に言えない。君は僕が警官だということを無政府主義者たちに言えない。僕は君の正体を知りながら、見守っているだけだ。君も僕の正体を知りながら、見守っているだけだ。つまり、こいつは僕の頭脳と君の頭脳の、孤独で知的な決闘だね。僕は警察の助けを得られない警官だ。君は無政府主義者で、お気の毒に、無政府主義の必須条件である掟と組織の助けを得られない。たった一つ違う点は、君にとって有利に働くものだ。君は穿鑿《せんさく》好きな警官に取り巻かれているわけではない。ところが、僕は穿鑿屋の無政府主義者たちに取り囲まれている。君を売り渡すことはできないが、自分でボロを出してしまうかもしれない。ほら、ほら！　僕がボロを出すのを待っていたまえ。きっと派手にやるぜ」

グレゴリーはおもむろにピストルを下げたが、依然《いぜん》サイムを海の怪物か何かのように凝視していた。

「おれは魂の不滅なぞ信じないが」彼はしまいに、言った。「それだけ大そうな御託《ごたく》を並べて、約束を破るようなら、神様はおまえ一人のために地獄をこしらえて、永久に放り込んでくれるだろうよ」

「僕は約束を破らない」サイムは厳《いかめ》しく言った。「君も守ってくれるだろうね。そら、友達が来たぞ」

無政府主義者の一団が、前かがみになって少しくたびれたような足取りで、重々しく部屋に入って来た。しかし、黒い顎鬚を生やし、眼鏡《めがね》をかけた小男――ティム・ヒーリー氏[5]にやや似たタイプの男――は他のみんなから離れて、何かの書類を手に、せかせかと進み出た。

「グレゴリー同志」と男は言った。「こちらも代表委員なんだね？」

グレゴリーは不意をつかれ、俯《うつむ》いてサイムの名をつぶやいた。しかし、サイムはこまっしゃくれた調子でこたえた――

「ありがたいことに、こちらの門は用心がいいので、代表委員でない者がここへ入って来るのは難しいですね」

黒い鬚を生やした小柄な男の顔には、しかし、まだ疑いの色が残っていた。

「君はどこの支部の代表だ？」男は鋭くたずねた。

「支部と呼ぶべきではないと思いますがね」サイムは笑って言った。「控え目に言っ

5　ティモシー・マイケル・ヒーリー（一八五五〜一九三一年）は、アイルランド独立運動の指導者として知られる政治家。一八八〇年から一九一八年まで、英国の国会議員をつとめた。

ても、本部と呼ぶべきでしょう」

「どういう意味かね？」

「じつをいうと」サイムは穏やかに言った。「僕は〝安息日厳守者〟なんです。あなたがたが日曜日のしきたりをちゃんと守っているかどうかたしかめるために、特別にここへ遣《つか》わされたんです」

小男の手から書類が一枚落ちた。全員の顔に恐怖の色が走った。どうやら、日曜日と呼ばれるおそるべき議長は、時々こういう変則の使節を支部会に送っているようだった。

「そうですか、同志」書類を持った男は、ややあって言った。「あなたにも集会に出席していただいた方がよろしいですね？」

「もし友人として助言を乞《こ》われるなら」サイムは厳格な人が慈悲を垂れるように言った。「その方がよろしいでしょう」

危険な対話が終わり、サイムが俄然安全な位置におさまったのを知ると、グレゴリーは急に立ち上がって、苦しい物思いをしながら床を歩きまわった。じっさい、彼はどうすべきか思い悩んでいたのだ。サイムはこの、いけ図々《ずうずう》しい思いつきのおかげで、偶然にボロを出すことはなさそうだ。それはほとんど期待できない。といって、おれがサイムを裏切ることはできない。一つには名誉の問題もあるが、一つには、もし彼を裏切りながら何らかの理由で抹殺に失敗した場合、逃げ了《おお》せたサイムは、もはや秘密を守る義務を負わないサイムであって、最寄《もより》の警察署へ駆け込むサイムなのだ。所詮《しょせん》は一夜の討論の内容を知られるだけだし、たった一人の刑事がそれを知るにすぎない。今夜は我々の計画をなるべく語らないようにして、それからサイムを放免し、運を天にまかせよう。

彼は無政府主義者たちの方へツカツカと歩み寄った。一同はもうベンチに坐ろうとしていた。

「ぼつぼつ始めましょう」と彼は言った。「蒸汽船がもう川で待っています。私はバトンズ同志が座長をつとめることを提案します」

これは挙手によって承認され、例の書類を持った小男が座長席に滑り込んだ。

「同志諸君」男はピストルの音のような鋭い声で語りはじめた。「今宵の集まりは、時間は長くかからないかもしれませんが、重要です。当支部はこれまでずっと、ヨーロッパ中央評議会の木曜日を選ぶ名誉を担《にな》ってまいりました。我々は多くの素晴らしい木曜日を選出しました。我々一同は、先週までこの地位にあった彼《か》の英雄的労働者の悲しい逝去を悼《いた》むものであります。御承知の通り、彼の大義への奉仕は並々ならぬものでありました。ブライトンのダイナマイト事件を組織したのは彼でありますが、あの事件は、もっと有利な状況に恵まれれば、桟橋にいた人間を皆殺しにしていたはずなのです。また御承知の通り、彼の死は彼の生と同様、克己的なるものでありました。と申すのも、彼は牛乳の代わりとしてチョークと水を混ぜた衛生的な飲料を用いることを信条とし、これがために命を落としたのであります。牛乳は野蛮な飲み物で、雌牛を虐待する原因だとあの人は考えておりました。虐待ないし虐待に類することを彼は常に嫌悪したのであります。しかし、ただ今ここに集まったのは、故人の美徳を称えるためではなく、もっと困難な務めを果たすためであります。故人の長所を正当に賞賛することは容易ではありませんが、代わりの人物を求めることは、さらに難儀であります。いいですか、諸君。今宵出席した一同の中から、木曜日たるべき人間を選び出すことが諸君の責務であります。同志のどなたでもよろしい。推薦して下されば、私は投票にかけます。もしどなたも候補者を推薦なさらないようであれば、私としては、こう考えるのみです――我々のもとを去った親愛なるダイナマイト使用者は、彼の美徳と無垢《むく》のいやはての秘密を、不可知の深淵に持って行ったのだと」

時折教会の中で聞かれるような、ほとんど音にならないほどのかすかな喝采が起こった。すると、長い立派な白鬚を生やした大柄な老人が――たぶん、その場にいる唯一の本物の労働者だったろう――重々しく立ち上がって、言った――

「私はグレゴリー同志を木曜日に選出することを、動議として提案する」そう言って、また重々しく席に着いた。

「どなたか支持なさいますか？」座長がたずねた。

天鵞絨《びろうど》のコートを着て、尖った鬚を生やした小男が支持した。

「この件を投票にかける前に」と座長は言った。「グレゴリー同志に声明を要求します」

グレゴリーは盛大な拍手喝采をうけて立ち上がった。その顔は死人のように蒼ざめていたので、風変わりな赤毛の髪が引き立って、ほとんど猩々緋《しょうじょうひ》の色に見えた。しかし、彼は微笑を浮かべ、悠然としていた。もう腹が決まり、一番の上策を、一条《ひとすじ》の白い路《みち》のごとく、目の前にはっきりと見ていた。彼の考える最善の策はこうだ――生ぬるい曖昧な演説をして、この無政府主義者の団体はけっきょく、ごく穏健なものにすぎないという印象を刑事に与えるのだ。彼は自分の文学的能力——こまやかな陰翳《いんえい》を暗示し、完璧な言葉をえらぶ能力を信じていた。注意深くやれば、まわりにあんな連中がいても、組織の印象を微妙に歪《ゆが》めて伝えることができると思った。サイムは前にこう言ったことがある——無政府主義者というのは、いくら大言壮語しようと、結局道化を演じているにすぎないと。この危機に際して、サイムにまたそう考えさせることはできないだろうか？

「同志諸君」グレゴリーは低いがよく通る声で語りはじめた。「私の主義がいかなるものであるかは申し上げるまでもないでしょう。なぜなら、それは諸君の主義でもあるからであります。これまで我々の信条は中傷され、歪曲され、味噌もクソも一緒にされ、隠蔽《いんぺい》されてきましたが、それでも一貫して変わりませんでした。無政府主義とその危険について語る者は、ありとあらゆる場所へ行って情報を得ますが、その本源である我々のもとへはやって来ないのであります。かれらは三文小説から無政府主義者について学びます。業界新聞から無政府主義者について学びます。『アリー・スローパーの半休日』[6]や「スポーティング・タイムズ」から無政府主義者について学びます。無政府主義者から無政府主義について学ぶことは、けっしてありません。ヨーロッパの果てから果てまで、我々の頭上に山のごとく積み上げられた誹謗《ひぼう》中傷を否定するチャンスを、我々は持たないのであります。我々が疫病神《やくびょうがみ》だとふだん聞かされている人は、一度も我々の反論を聞いたことがないのであります。今宵とて彼は、聞く耳を持たないでしょう。私の情熱は屋根を突き破るほどでありましても——というのも、迫害を受ける者は、深い深い地下にしか集まることを許されないのでありまして、それはちょうどキリスト教徒が地下墓地《カタコンベ》に集まったようなものです。ですが、もし何か信じがたい手違いが起こって、生まれてこの方我々をかくも誤解している人物が、今宵ここに居合わせたとするならば、私はその男にこう質問してやりましょう——『あのキリスト教徒たちが地下墓地《カタコンベ》に集まっていた時、地上の街ではかれらの行状について、どんな噂をしていたか？　教育を受けたローマ人たちは、かれらの兇悪さについて、どんな話をしていたか？　もし仮に』（と私はそいつに言ってやります）『もし仮に、我々がいまだ不可解な歴史の逆説《パラドックス》を繰り返しているだけだとした

6　週刊漫画誌。チャールズ・ヘンリー・ロスが創造した人気漫画の主人公アリー・スローパーが活躍する。

ら？　もし仮に、我々が当時のキリスト教徒のごとく破廉恥な存在に見えるのは、我々がまことにキリスト教徒のごとく無害だからだとしたら？　もし仮に、我々がキリスト教徒のごとく狂っていると見えるのは、本当はかれらのように柔和で従順だからなのだとしたら？』」

冒頭の言葉を迎えた拍手喝采は次第に弱まり、最後の一言に来て、ぴたりと止《や》んだ。突然の沈黙の中で、天鵞絨《びろうど》のジャケットを着た男が甲高いキイキイ声で言った――

「おれは従順じゃないぞ！」

「ウィザースプーン同志は」グレゴリーはまた話をつづけた。「自分は従順でないと言っています。ああ、彼は何と己を知らないのでしょう！　たしかに、彼の言葉は乱暴です。見かけは兇悪そうですし、（通常の趣味を有する者には）不快にすら見えましょう。しかし、私のように深く繊細な友情の目をもってすれば、彼の心の底には確かな従順さが深い礎《いしずえ》をなしているのが見えるのであります――それはあまりにも深いところにあるので、本人にもわからないほどですが。繰り返しますが、我々はまさしく初期キリスト教徒であり、ただ遅れて生まれて来ただけなのです。我々は単純です――かれらが単純に神を崇めたように――ウィザースプーン同志をごらんなさい。

我々は謙虚です。かれらが謙虚だったように——この私を見てごらんなさい。我々は慈悲深い——」

「うそだ、うそだ！」天鵞絨のジャケットを着たウィザースプーン氏が叫んだ。

「いいか、我々は慈悲深いのだ！」グレゴリーはおそろしい剣幕《けんまく》で、怒鳴った。「初期キリスト教徒が慈悲深かったように。しかもなお、かれらは人肉を食っていると咎《とが》められました。我々は人の肉を食わない——」

「けっ！」ウィザースプーンが言った。「人肉を食って、何が悪い？」

「ウィザースプーン同志は」グレゴリーは熱に浮かされたような明るい調子で、「何《なに》故《ゆえ》に誰も自分を食わないのか知りたがっています（笑い）。ともかく、彼を心から愛する我々、愛に基《もとい》をおく我々の会では——」

「うそだ、うそだ！」ウィザースプーンは言った。「愛なんて、クソ食らえ」

「愛に基をおく我々の会では」グレゴリーは歯噛みをしながら、同じ言葉を繰り返した。「我々が一丸となって追求する目的、また私がこの団体の代表として選ばれた暁には、遂行する所存であるところの目的について、何の厄介なこともありません。我々は我々を暗殺者だの社会の敵呼ばわりする中傷には、一顧《いっこ》だに与えることなく、我々はするであります。道徳的勇気と冷静なる知的圧力とをもちまして、兄弟愛と純朴さの不滅の理想を追求するでありましょう」

グレゴリーは自分の席に戻り、額に手をあてた。あたりは突然気まずい沈黙に覆われたが、座長は自動人形のように立ち上がり、白々《しらじら》した声で言った——

「どなたか、グレゴリー同志を選任することに反対の方はいますか?」

集会の面々は迷い、心の底で失望を感じているようだった。ウィザースプーン同志は席で落ち着きなく身体を動かし、ぼうぼうの鬚の中でつぶやいていた。それでも、動議は慣例の力で提出され、通過しそうであった。ところが、座長が動議を提出すると言いかけた時、サイムがいきなり跳び上がって、小声で穏やかに言った——

「います、座長、僕は反対です」

雄弁術に於いてもっとも効果的なのは、思いがけぬ声の変化である。ガブリエル・サイム氏は雄弁術を理解していたらしい。最初の形式的な言葉を抑えた調子で簡潔に述べたあと、彼が次に発した言葉は、あたりに並んでいる銃の一つが火を噴《ふ》いたかのように、部屋の丸天井にどっと鳴り響いた。

「同志諸君!」彼はそこにいる全員が跳び上がるような声で、叫んだ。「我々はこんなことのために、ここへ来たんですか？　我々はこんな話を聞くために、鼠《ねずみ》のように地下にもぐっているんですか？　こんな話は、日曜学校のお楽しみ会で菓子パンでもかじりながら聞けばいいんです。我々は壁に武器を並べて、あの扉を命がけで閉ざしている。それもこれも、誰かが入って来て、グレゴリーが我々にこう言うのを聞いたら困るからだというんですか？――『善人になれば、幸福になれる』『正直が一番の得策』『美徳はそれ自身の報いなり』グレゴリー同志のさいぜんの演説には、牧師補が喜んで聞かないような言葉は一つもなかったじゃありませんか（ヒヤ、ヒヤ）。しかし、僕は牧師補じゃない（大きな喝采）。喜んで聴いてなんかいませんでした（また喝采）。良き牧師補となるのにふさわしい人物は、果断で力のある、有能な木曜日となるにはふさわしくありません（ヒヤ、ヒヤ）。

グレゴリー同志は、我々が社会の敵じゃないと、弁解でもするように言いました。しかし、僕は断言します。我々は社会の敵です。それは社会が悪いんです。我々が社会の敵であるのは、社会が人類の敵――人類最古の、もっとも容赦《ようしゃ》ない敵だからです（ヒヤ、ヒヤ）。グレゴリー同志は（また弁解口調で）我々は人殺しではないと言いました。その点は、僕も同感です。我々は人殺しではない。処刑人なのです（喝采）」

サイムが立ち上がって以来、グレゴリーは驚きのあまり呆然として、坐ったままじっと彼を睨んでいた。今、話が途切れたところで、グレゴリーは土気色の唇を開き、機械的で生気のない、だがはっきりした声で言った――

「この忌々《いまいま》しい偽善者め！」

サイムはその恐ろしい眼を水色の眼でまっすぐ見返し、おごそかに言った――

「グレゴリー同志は僕を偽善者だといって責めますが、僕が約束をすべて守り、自分の義務《つとめ》以外のことはしないのを、良く承知しています。僕は歯に衣着《きぬ》せない。聞いた風なことは申しません。はっきり言いますが、グレゴリー同志は、人は良いけれど、木曜日となるには不向きです。人が良いからこそ木曜日に向いていないのです。我々は無政府主義最高評議会が涙もろい慈悲心などに汚染されることを望みません（ヒヤ、ヒヤ）。今は形ばかりの礼儀にとらわれる時ではありませんし、形ばかりの遠慮をする時でもありません。僕はヨーロッパのすべての政府に反対しますが、グレゴリー同志にも反対します。なぜなら、無政府主義に身を投じた無政府主義者は、高慢を忘れると同時に遠慮も忘れたからであります（喝采）。僕は一人の人間ではない。一個の大義であります（また喝采）。グレゴリー同志に反対しますが、それは私情を捨てた冷静なもので、そこの壁からピストルを、これよりもあれと選ぶようなものでありま す。そしてはっきり申し上げますが、グレゴリーと彼の生ぬるい方法論を最高評議会に持って行くよりは、僕自ら立候補したいのであります――」

彼の言葉は耳を聾《ろう》する大喝采にかき消された。サイムの激論がいっそう手厳しくなるにつれて、人々の顔はそれに同意を示しながら、しだいに兇暴になって行ったが、今ではもう話の先読みをして口を歪めて笑うか、喜びの雄叫《おたけ》びをあげて真っ二つに裂けるかだった。サイムが自ら木曜日の地位に立候補する意志があると告げた時は、賛成の声がわっと上がり、抑えきれなくなった。と、その瞬間、グレゴリーがやにわに立ち上がって、口から泡を飛ばし、わめき声に向かってわめき返した。

「やめろ、ろくでなしの狂人ども！」彼は喉も張り裂けんばかりの大声を上げた。

「やめろ、おまえたち――」

しかし、グレゴリーの叫びよりも高く、部屋中に満ちたわめき声よりも大きく、サイムの声が聞こえて来た。その声はなおも苛烈な雷鳴のごとく轟《とどろ》いた――

「僕は我々を人殺しと呼ぶ中傷に反駁《はんばく》するために、評議会へ行くのではない。中傷されるようなことをしに行くのです（盛大な長い喝采）。我々は信仰の敵だという司祭、法律の敵だという判事、秩序と礼節の敵だという肥え太った議員――こういう奴らに、僕はこたえてやる。『諸君は偽《いつわ》りの王だが、本物の予言者だ。僕は諸君を滅ぼして、諸君の予言を実現しに来た』」

どよめきは次第におさまったが、それが止《や》む前に、ウィザースプーンが髪の毛も鬚も逆立てて立ち上がると、言った――

「私は修正動議として、サイム同志がくだんの地位に任じられることを提案します」

「やめろ、冗談じゃないぞ！」グレゴリーは半狂乱の顔をして、両手を振りまわした。「やめろ、こんなことは――」

座長の声が冷たい調子で彼の言葉をさえぎった。

「誰か、この修正動議を支持する方はいますか？」

くたびれた様子の背の高い男がいた。眼は愁いをおび、アメリカ風の顎鬚を生やしていたが、この男が後ろのベンチからゆっくりと立ち上がるのが見えた。グレゴリーはしばらく前から金切り声を上げていた。それが今、声の調子が変わって、金切り声よりも凄味《すごみ》のあるものになった。

「こんなことは、もう終わらせてやる！」彼は石のように重い声で言った。「この男を選んじゃいけない。こいつは――」

「何です」サイムは動じずに言った。「こいつは何だというんです？」

グレゴリーの口元は二度ほど動いたが、声は出なかった。やがて、死人のような顔に血の気が戻って来た。

「我々の仕事にまったく無経験な男だ」彼はそう言うと、急に坐り込んだ。

グレゴリーが坐り込む前に、アメリカ風の鬚を生やした痩せた男がふたたび立ち上がり、アメリカ式の甲高い一本調子で繰り返していた――

「私はサイム同志の選出を支持させていただきます」

「修正動議を、慣例の通り、まず先に提出しましょう」座長のバトンズ氏は機械的な早口で言った。

「問題はサイム同志が――」

グレゴリーがまた立ち上がり、喘《あえ》ぎながら、夢中で叫んだ。

「同志諸君、私は狂人ではない」

「そうかい」ウィザースプーンが言った。

「私は狂人ではない」グレゴリーはおそろしく真摯《しんし》な口調で繰り返したので、部屋の中は一瞬動揺した。「だが、諸君に一つ忠告を与える。それを狂気と呼びたければ、呼ぶがいい。いや、忠告と呼ぶのはやめよう。理由を説明できないからだ。私はそれを命令と呼ぼう。狂った命令と呼びたまえ。だが、言う通りにしてくれ。私を打《ぶ》つがいい。だが、言うことを聞いてくれ！　殺すがいい。だが、従ってくれ！　この男を選んではいけない」

真実は、たとえ足枷《あしかせ》をかけられていても恐ろしいものだ。サイムのかぼそい狂った勝利は、一瞬、葦《あし》の葉のごとく揺らいだ。しかし、サイムの寒々とした青い眼からは、そんなことは感じられなかっただろう。彼はただ一言、こう言った――

「グレゴリー同志は命令するんだ――」

すると魔法は破れ、一人の無政府主義者がグレゴリーに向かって、怒鳴った――

「おまえは何様《なにさま》だ？　日曜日でもないくせに」もう一人の無政府主義者が、もっと大きい声で言い足した。「それに木曜日でもないぞ」

「同志諸君」グレゴリーは、苦痛のさなかに恍惚として苦痛を乗り越えた殉教者のような声で叫んだ。「君たちが私を暴君として毛嫌いしようと、奴隷として毛嫌いしようと、私にはどうでも良い。私の命令が承服できないというなら、私の屈辱を受け入れてくれ。私は諸君の前に跪《ひざまず》く。諸君の足元にひれ伏す。お願いだから、この男を選ばないでくれ」

「グレゴリー同志」座長はぎごちない沈黙のあとに言った。「これは本当に、少々みっともないですぞ」

この会議が始まってから初めてのことだったが、二、三秒間、真の沈黙が下りた。やがてグレゴリーは蒼ざめ、ボロボロになって椅子の背に凭《もた》れかかり、座長は止まっていたゼンマイ仕掛《じか》けが突然動き出したように、繰り返した――

「議題は、サイム同志が総評議会の木曜日に選ばれるか否かであります」

どよめきが潮《うしお》のごとくわき上がり、賛成の手が森のように立ち、それから三分後、機密警察の一員ガブリエル・サイム氏は、ヨーロッパ無政府主義総評議会の木曜日に選任された。

曳船が川に待ち、テーブルの上には仕込み杖と拳銃が待っているのを、部屋中の誰もが感じているようだった。選挙が終わり、結果が確定して、サイムが選任証書を受け取った時、全員が立ち上がって、部屋中に入り乱れる大騒ぎとなった。気がつくと、サイムはグレゴリーと顔をつき合わせていたが、グレゴリーは今も卒倒するほどの憎しみをこめて、彼を睨んでいた。二人は長いこと口を利かなかった。

「おまえは悪魔だ！」グレゴリーがしまいに言った。

「君は紳士だな」サイムはすまし込んでこたえた。

「おれを罠《わな》に嵌《は》めたのは、おまえだ」グレゴリーは頭のてっぺんから爪先まで震えながら、「おれを罠に嵌めて、揚句《あげく》に——」

「わからんことを言うなよ」サイムはぴしゃりと言った。「それを言うなら、君こそ僕を罠に嵌めて、とんでもない悪魔の会議へ連れて来たじゃないか。君の方が先に誓いを立てさせたんだぜ。たぶん、僕らは二人共、正しいと思うことをやっているんだろう。しかし、僕らの正しいと思うことはまるっきり違うから、二人の間に妥協は成り立たないのさ。僕らの間で可能なのは、名誉と死だけだ」彼は大きなマントを肩に引っかけると、携帯用酒壜をテーブルから取り上げた。

「船の用意ができています」バトンズ氏がせき立てた。「こちらへおいでください」

彼は平素の仕事が売場監督であることがわかる身ぶりをして、サイムを案内し、岩に囲まれた短い抜け路を通らせた。腹の虫のおさまらないグレゴリーは、熱に浮かされたようにフラフラと随《つ》いて来た。抜け路の奥には扉があり、バトンズがそれを素早く開けると、青と銀色で描かれた月夜の川の景色が目の前にひろがった。まるで舞台の一場面のようだった。扉口《とぐち》のそばに、黒い、ちっぽけな蒸汽船がいた。赤い眼玉が一つついている龍の赤ん坊のようだった。

ガブリエル・サイムは船に乗り込もうとする時、呆気《あっけ》にとられているグレゴリーの方をふり返った。

「君は約束を守った」彼は顔を暗がりに隠して、穏やかに言った。「君は名誉を重んずる人だ。礼を言うよ。それに約束の細かいところまで守ってくれたね。君は最初にあることを約束したが、おしまいになって、それもちゃんと果たしてくれた」

「どういう意味だ？」やけくそになったグレゴリーは叫んだ。「おれが何を約束した？」

「すごく楽しい一晩を」サイムはそう言うと、仕込み杖で軍隊式の刀礼《とうれい》をし、蒸汽船は忍びやかに去って行った。

第四章　刑事の物語

ガブリエル・サイムは詩人に扮した刑事であるのみならず、本物の詩人で、それが刑事になったのだった。彼の無政府主義に対する憎しみも、偽善的なものではなかった。たいていの革命家があまりにも愚昧《ぐまい》なのに呆《あき》れ返って、若いうちから度を越して保守的な態度に凝《こ》りかたまってしまう人間がいる。サイムもその一人だった。彼の態度は穏健な伝統から出て来たものではない。彼の品行方正主義は自発的かつ突然なものので、叛逆に対する叛逆だった。

彼の一族は奇人変人の家系で、一番の年長者が一番新しい考えを持っていた。伯父の一人はいつも帽子を被《かぶ》らずに歩きまわったし、もう一人は帽子を被り、あとは真っ裸で歩きまわろうとして失敗した。父は芸術と自己実現にいそしみ、母は質樸《しっぼく》と衛生第一主義の人だった。されば、息子は感じやすい年頃に、飲み物といえばアプサントとココアの両極端しかあてがわれず、健全な若者らしくいずれも嫌った。母親がピューリタン的という以上の禁欲主義を説けば説くほど、父親は異教徒はだしの放《ほう》縦《しょう》に耽《ふけ》った。そして前者が菜食主義を人に強要しはじめた頃、後者はほとんど人肉食いを擁護するまでに至った。

幼少期から、およそ考えつく限りの叛乱に囲まれて育ったガブリエルは、やはり叛乱を起こして何物かにならざるを得なかったので、唯一残されているもの――すなわち、健全な常識の徒となったのだ。しかし、彼にはそうした狂信家の血が流れていたので、常識を求める彼の抗議すら、少し過激すぎて賢明とは言いかねるのだった。現《げん》今《こん》の無法状態に対する彼の憎しみに、一つの事件が拍車をかけた。彼が横町を歩いている時、たまたまダイナマイト犯が爆破事件を起こしたのだ。一瞬目が昏《くら》み、耳も聞こえなくなったが、煙が晴れると、割れた窓と血にまみれた人々の顔が見えた。その後も彼はふだん通り――もの静かに、礼儀正しく、紳士的に暮らしていたが、彼の心には正気でない一点があった。彼はたいていの人間とちがって、無政府主義者を、無知と知性主義をない混ぜにした一握りの病的な人間とは見なかった。支那人の侵入[7]のような、巨大で無慈悲な危険と見なしていた。

彼は物語や詩や激烈な論文を山程書いて、新聞各社とその紙屑籠《かみくずかご》にたえまなく送りつけた。それらはみな、この野蛮な否定主義の氾濫《はんらん》について人類に警鐘を鳴らすものだったが、そんなふうにしても敵にはいっこうに近づけず、もっと悪いことに、生計の道にも近づけないようだった。彼が安物の葉巻をくわえて無政府状態の到来を思い悩みながら、テムズ川の川岸通りをトボトボ歩く姿は、ポケットに爆弾を忍ばせたいかなる無政府主義者よりも兇暴で孤独だった。じっさい、彼はいつも、政府が壁際に追いつめられて、孤独と絶望の中に立っているように感じていた。ドン・キホーテ的な性格だったから、そのようにしか考えたくなかった。

ある時、サイムは暗赤色の夕焼け空の下で川岸通りを歩いていた。真っ赤な川は真っ赤な空を映し、いずれも彼の怒りを反映していた。じっさい、空が黒ずんでいた分だけ川面《かわも》の光は物凄い紅《くれない》に染まり、水は、それが映している夕陽よりも烈々《れつれつ》と燃える焔のようだった。あたかも地底国の巨大な洞窟の下を、文字通り、火焔の流れがうねりくねって行くようだった。

サイムはあの頃、汚ない形《なり》をしていた。古くさい黒の山高帽を被り、それよりももっと古くさい、黒のボロボロのマントを羽織《はお》っていた。この二つの取り合わせは、ディケンズやブルワー・リットンの小説に出て来る大昔の悪漢のような外見を彼に与えた。しかも黄色い顎鬚と髪の毛はもしゃもしゃで、ライオンのよう——ずっとあとになってサフラン・パークの芝生にあらわれた時は、髪も整え、鬚は尖らしていたけれど、それとは大分違っていた。ひょろ長い黒い葉巻が嚙みしめた歯の間から突き出し——ソーホーで二ペンスで買ったやつだ——彼はまったく、自分がそれに対して聖戦を挑むことを誓った、無政府主義者のこよなき見本だった。たぶん、それ故に川岸通りの警官が「今晩は《グッド・イヴニング》」と話しかけたのだろう。

人類のために憂えて病膏肓《こうこう》に入《い》ったサイムは、巡査の通りいっぺんな無神経さ、黄《たそ》昏《がれ》の薄明かりに立つ青い制服姿にさえ、腹が立ったらしい。

「結構な晩《グッド・イヴニング》だって？」彼は苛立たしげに言った。「あんた方はたとえ世界の終わりだろうと、結構な晩《グッド・イヴニング》と言うんだろう。あの血みたいに真っ赤な太陽と、血みたいな川を見ろよ！　もし文字通り人間の血がこぼれて、ああして輝いているんだとしても、

7　十九世紀末から、アメリカを中心に中国系移民の増大を危険視する「黄禍論」がかまびすしくなり、一八八二年にはアメリカで中国人排斥法が成立した。M・P・シールの『黄色い危険』など、この風潮を反映した小説も書かれている。

あんた方はやっぱりここに棒みたいに突っ立って、誰か無害な浮浪者がいたら追い立てようと捜しているんだろう。あんた方警官は貧乏人に残酷だが、たとえ残酷でも、そんなに落ち着きすましていなけりゃ、許してやるんだがなあ」

「我々が落ち着いているとしたら」と警官はこたえた。「それは組織的抵抗の冷静さなのです」

「何だって？」サイムは目を瞠《みは》った。

「兵士は激戦のさなかにも冷静でなければなりません」警官は言葉をつづけた。「軍隊の沈着は国家の怒りです」

「たまげたな、これが公立小学校の成果か！」とサイムは言った。「これが無宗派の教育ってやつかい？」

「ちがいます」警察官は悲しげに言った。「私はそんな恩恵を受けたことはありません。公立小学校が出来たのは、私の時代よりもあとでしてね。私が受けた教育は、うんと荒っぽくて古くさいものでしたよ」

「どこで教育を受けたんです？」サイムは驚き入って、たずねた。

「ハロー[8]です」と警官は言った。

階級的同情というのは故《ゆえ》のないものであるが、多くの人間の心の中でもっとも真実な感情である。サイムもその同情にかられて、抑えることができなかった。

「しかし、何てことだ、あなた――あなたは警官なんかしている人じゃない！」

警官はため息をついて首を振ると、おごそかに言った。

「わかっています。私には不向きなのがね」

「でも、何だって警察なんかに入ったんです？」サイムは不躾《ぶしつけ》な好奇心を露《あらわ》にして、たずねた。

「あなたが警察を悪《あ》し様《ざま》に言った、まさにその理由からですよ。人間の意志が、度は過ぎているが正常な、無理からぬ暴発をすることよりも、むしろ科学的知性の異常に発達した連中にこそ、人類の危機があると危惧《きぐ》する者にとって、おあつらえ向きの職場がそこにあることを知ったからです。わたしの言うことは、わかりますね？」

「あなたの考えがわかるか、とおっしゃるのなら、わかると思います。でも、あなた自身のことがわかるかといいますと、全然駄目です。一体どうして、あなたみたいな

8　ロンドンの北西部ハローにある一五七一年創立の有名な寄宿学校。

人が青いヘルメットを被って、テムズ川のほとりで哲学を語ってるんです?」

「あなたは、最近警察に設けられた新部門のことをお聞き及びでないようだ。なに、不思議はありませんよ。我々はそれを教育を受けた階級にはなるべく隠すようにしていますからね。なぜなら、我々の敵の大部分はその階級に属するからです。しかし、あなたはまったく正しい心構えをお持ちのようだ。我々の仲間になっても良いくらいだと思いますよ」

「何の仲間に入るんです?」サイムはたずねた。

「教えてさしあげましょう」警官はゆっくりと言った。「こういうことです——警察のさる部署の長官は、ヨーロッパでも指折りの刑事ですが、かねがねこんな考えを抱いてきました。遠からず、純粋に知的な陰謀が文明社会の存在を脅《おびや》かすだろう、と。科学者と芸術家が密《ひそ》かに手を結んで、〝家族〟と〝国家〟に対する十字軍を起こすだろうとその人は確信しています。彼はそこで、特殊部隊を設立しました——警官であり哲学者でもある人間の特殊部隊です。かれらの任務は、この陰謀が、犯罪という形だけではなく、議論の上でも始まるのを監視することです。かくいう私は民主主義者で、通常の勇気や美徳に関する限り、普通人の価値を十分認識しております。しかし、この調査は異端狩りでもあるので、普通の警官を雇うことは明らかに望ましくありません」

サイムの目は共感に満ちた好奇心に輝いていた。

「それじゃ、どうするんですか？」と彼は言った。

「哲人警察官の仕事は」青い制服の男はこたえた。「普通の刑事の仕事よりも大胆かつ微妙なものです。普通の刑事は酒場へ行って泥棒を捕まえる。我々は芸術家のお茶会に行って、厭世主義者《ペシミスト》を見つけます。普通の刑事は元帳《もとちょう》や日記から犯罪が行われたことを発見します。我々は一冊のソネット集から、犯罪が行われることを予見するのです。我々は、人間を知的狂信と知的犯罪に追い込む恐るべき思想の根源をさぐりあてなければなりません。我々はハートルプールでの暗殺を危《あやう》く未然に防ぎましたが、それはひとえに我々の仲間ウィルクス氏（頭の良い青年です）が、一篇の八行詩《トリオレット》を完全に理解したおかげなのです」

「ということは、つまり、犯罪と現代の知性には、本当にそれだけ深い関係があるんですか？」

「あなたはあまり民主主義者とは思えませんが」と警官はこたえた。「先程こうおっしゃいましたね――我々警察がふだん哀れな犯罪者を残酷に扱っている、と。その通りです。じっさい、この仕事は無知な者や自暴自棄《やけくそ》になった者との果てしない戦いにすぎないので、そのことを思うと、私も時々警官が嫌になりますよ。しかし、我々のこの新しい運動は大分違った性質のものです。教育のない人間が危険な犯罪者だという英国俗流の考えを我々は否定します。我々はローマの皇帝たちを思い出します。ルネッサンス時代の毒殺魔だった王侯を思い出します。危険な犯罪者は教育を受けた犯罪者であると我々は断言します。今日《こんにち》もっとも危険な犯罪者は、無法きわまる現代の哲学者だと断言します。こいつに較べれば、押し込み強盗も重婚者も根は道徳的な人間です。私はかれらに同情しますよ。かれらは人間の根本的な理想を信じていて、ただその追求のし方が間違っているだけです。泥棒は財産を尊重します。ただ、それをもっと完全に尊重するため、自分の財産にしたいと思うだけです。しかし、哲学者は財産としての財産を嫌っていて、私有の観念それ自体を打ち壊したいと願うのです。重婚者は結婚制度に敬意を払います。さもなければ、重婚というごく儀礼的で、宗教的でさえある約束事に我慢できないでしょう。しかし、哲学者は結婚としての結婚を軽蔑しています。殺人犯は人間の生を尊重します。ただ、自分の人間生活をより充実させたいものだから、どうでもいい連中だと思っている他人の生命を犠牲《ぎせい》にするだけなのです。しかし、哲学者は生そのものを憎んでいます――自分自身の生も、他人の生も」

サイムは手を拍《う》って、叫んだ。

「本当に、おっしゃる通りだ。僕は子供の頃から同じことを感じていましたが、対照法でもって言葉に言いあらわすことができなかったんです。一般の犯罪者は悪人ですが、少なくとも、いわば条件つきの善人なわけです。彼は言います――もしも、ある障礙物《しょうがいぶつ》が――たとえば、金持ちの伯父さんなんかが、ですね――取り除かれさえすれば、その時はもう喜んで全世界を受け入れ、神を称め讃える、と。彼は改革者ですが、無政府主義者ではありません。建物を掃除したいとは思いますが、壊したいとは思わないんです。ところが、邪悪な哲学者は物事を変えるのではなくて、根絶しようとするんです。そうです、現代社会は警察の仕事のうちで、本当に横暴な、不名誉な部分を残してきました――貧しい者を悩まし、不幸な者を監視する役目です。それよりも立派な仕事――〝国家〟のうちで権力をふるう裏切り者、〝教会〟を牛耳る異端の巨魁《きょかい》を罰するという仕事を放棄してしまいました。現代人は、異端を罰してはいけないと言います。僕が疑うのは、異端以外の者を罰する権利が我々にあるのか、ということです」

「しかし、こいつは馬鹿げている！」警官は制服姿の人間には珍らしく興奮し、両手を組んで叫んだ。「耐え難いことだ！　あなたは何をしているのか知らんが、人生を空費している。無政府主義と戦う我々の特殊部隊に入らなければいけない。入りなさい。やつらの軍勢は国境まで迫っている。やつらはいつ雷霆《いかずち》を落とすかもしれない。寸刻たりと躊躇《ちゅうちょ》すれば、あなたは我々と共に働く栄光を――おそらく、この世で最後の英雄たちと共に死ぬ栄光を失うかもしれんのです」

「たしかに、この機会を逃がす手はありませんね」サイムは相槌《あいづち》を打った。「でも、僕にはまだ理解できないことがあるんです。現代社会は無法な小人《しょうじん》や、狂った小さな運動で一杯だということを、僕は誰よりも良く知っています。しかし、あの連中は性悪《しょうわる》なやつらですが、仲違《なかたが》いするという長所があります。やつらが一つの軍隊を率いるとか、一つの雷霆を落とすなんてことがどうしてあり得ますか？　そんな無政府主義って、何です？」

「いいですか」と巡査はこたえた。「ロシア人やアイルランド人が起こす無計画なダイナマイト事件と、一緒にしてはいけません。あれはじっさい、考え方は間違っているかもしれんが、虐《しいた》げられた人々の暴動なんです。一方、こちらは大規模な哲学的運動であって、外部組織と内部組織から成っています。外部組織は平信徒《ひら》、内部組織は祭司連と呼んでもいいでしょう。私としてはむしろ、外部組織は罪なき部分で、内部組織はこの上なく罪深い部分と呼びたい気持ちです。外部組織——連中の支持者の母体——はただの無政府主義者です。すなわち、規則や決まり事が人間の幸福を損《そこな》ってきたと信じている人間ですよ。人間の犯罪が悪《あ》しき結果をもたらすのは、すべて、それを犯罪と呼ぶ制度のせいなのだとかれらは信じています。犯罪が罰を生むのではなく、罰が犯罪を生んだのだと信じています。仮に、ある男が七人の女性を誘惑しても、春の花のように咎《とが》めを負わないのが当然だと信じている。仮にある男がスリをやったとしても、自分をこの上ない善人と考えて当然だと信じている。これが、私のいう罪なき部分です」

「いやはや！」とサイムは言った。

「従って、この連中は『幸福の時代が来る』だの、『未来の楽園』だの、『悪徳の束縛《そくばく》と美徳の束縛から解放された人類』などということを言うわけです。内部組織の人間——聖なる祭司たち——も同じことを言います。かれらもまた拍手喝采する群衆に向かって、未来の幸福や解放された人類のことを語りますが、連中が言うそうした文句は」——警官は声をひそめた——「連中が言うそうしたおめでたい文句は、恐ろしい意味を持っているのです。かれらは幻影に惑《まど》わされていない。かれらには知性があるから、人間がこの地上で原罪と争いからすっかり自由になるなぞとは考えない。かれらの言うことは、じつは死を意味しているのです。人類がついに自由になると言う時、かれらが本当に言わんとするのは、人類が自殺するということです。善悪のない楽園について語る時、その楽園とは墓場なのです。かれらの目的は二つだけ——まず人類を滅ぼし、次いで自分自身を滅ぼすことです。だから、ピストルを撃《う》つかわりに爆弾を投げるんですよ。罪のない兵卒たちは、爆弾が国王を殺さなかったといって失望しますが、大祭司たちは、誰かを殺したから満足なのです」

「僕はどうしたらお仲間に加われますか?」サイムは情熱にかられて言った。

「ちょうど今、欠員ができているのを私は知っています」と警官はこたえた。「私は光栄にも、先程申し上げた部長に信頼されておりますのでね。あなた、あの方に会いにいらっしゃい。いや、会いにと言うのは正しくないかもしれない。誰もあの方の姿は見られないんです。しかし、話をすることはできます」

「電話機でですか？」サイムは興味を惹かれて、たずねた。

「いや」警官は静かに言った。「あの方は、いつも真っ暗な部屋に坐っているのがお好きでしてね。そのほうが頭が冴《さ》えるんだそうです。いらっしゃい」

サイムはいくらかぼうっとなり、相当に興奮して、長々と建物が並ぶスコットランド・ヤードの裏口へ連れて行かれた。何がなんだかわからないうちに、四人ばかり中継ぎの職員が彼を引き回し、突然一室に招《しょう》じ入れた。その部屋の中は真っ暗闇で、サイムは目眩《まばゆ》い光を照《あ》てられたようにハッとした。それは、ぼんやり物の形がわかる通常の闇ではなかった。急に目が見えなくなったような気がした。

「君がその新人か？」重々しい声が問いかけた。

その暗闇では物影ひとつ見分けられなかったにもかかわらず、何か不思議な勘が働いて、サイムには二つのことがわかった。一つは、声の主《ぬし》が大柄な人物であること。もう一つは、その人物がこちらに背を向けていることだ。

「君がその新人か？」見えざる部長は、話をすでに聞いているようだった。「よろしい。君を雇おう」

サイムはあわてて、この取り返しのつかぬ宣言にはかない抵抗をこころみた。

「僕はまったく無経験です」と彼は口を切った。

「経験のある者など、いない」と相手は言った。「最後の闘い《アルマゲドン》では」

「でも、僕は向いてません――」

「君にはやる気がある。それで十分だ」と未知の人物は言った。

「でも、しかし」とサイムは言った。「やる気があれば合格だ、なんていう職業を僕は知りませんよ」

「私は知っている」と相手は言った。「殉教者だ。私は君に死を宣告する。さようなら」


かくして、汚ない黒の帽子に汚ないよれよれのマントを着たガブリエル・サイムが真っ赤な夕陽の中にふたたび姿をあらわした時、彼は大陰謀を阻止する〝新刑事部隊〟の一員となっていたのだった。彼の友人である警官（この人は職業柄、身だしなみが良かった）の忠告に従って、髪の毛と鬚を手入れし、きれいな帽子を買った。青みがかった薄鼠色のハイカラな夏着を着て、ボタン穴に薄黄色の花を挿《さ》し――つまりは、グレゴリーがサフラン・パークの庭で出会った、お洒落で、やや鼻持ちならぬ人物と相成ったのだ。最後に警察署を去る時、彼の友人は一枚の小さな青いカードをくれた。それには「最後の十字軍」と書いてあり、番号がふってあって、本物の警察官であることを示すしるしだった。サイムはそれをチョッキの胸のポケットに注意深くしまい、煙草に火を点けて、ロンドン中の客間にいる敵を見つけ出して闘うべく出発した。彼が冒険の末、どこに辿《たど》り着いたかは、我々もすでに知るところである。二月の夜、午前一時半頃、彼は小さな曳船に乗って、静まり返ったテムズ川を進んでいた。仕込み杖と拳銃で身を鎧《よろ》い、無政府主義中央評議会の木曜日として。

サイムは蒸汽船に乗り込む時、何かまったく未知な世界へ足を踏み入れるような、不思議な感覚を味わった——新奇な土地の風景の中へというだけでなく、新奇な惑星の風景の中へ踏み入って行くような。これは主としてその晩の、狂った、しかし満場一致で結果を出した選挙のためだったが、一つには、彼が二時間ばかり前にあの小さな居酒屋に入ってから、空模様がすっかり変わったせいでもあった。夕焼け雲の赤々と燃える羽毛は跡形もなく風に吹き散らされて、裸の空に裸の月がかかっていた。月は冴えざえと光り、満月だったので（これはしばしば人の気づく逆説的現象だが）光の弱い太陽のように見えた。明るい月光というよりも、死んだ日光のような感じだった。

風景全体が光の膜《まく》におおわれ、この世ならぬ色に変わった。あたかもミルトンが語る日蝕の太陽が投げかけた不吉な薄明のようだった。だから、サイムが最初に思ったのは、自分はどこかよその空虚な惑星、悲しい星のまわりを回っている惑星に、現《げん》にいるのだということだった。しかし、月影に照らされた景色の、このきらめく寂しさが身にしみるにつれて、彼自身の騎士道的な俠気《きょうき》が、闇の中で大きな焔のように燃え輝いた。彼が身に持っているつまらない物——食べ物とブランデーと弾を籠《こ》めたピストル——さえもが、子供が旅行に銃を持って行ったり、寝床に菓子パンを持って行く時に感じる、有形の感覚的な詩情をおびた。仕込み杖とブランデーの壜は、本来病的な陰謀家どもの道具にすぎなかったが、彼自身のもっと健全な物語の表現に変わった。仕込み杖はあたかも騎士の剣となり、ブランデーは鐙酒《あぶみざけ》[9]となった。というのは、いかに非人間的な現代の空想といえども、古い単純な図式にのっとっているからである。冒険は狂っていても、冒険家は正気でなければならない。聖《セント》ジョージ[10]抜きの龍など、グロテスクでさえあろう。だから、この非人間的な風景も、真に人間的な男がそこにいればこそ、さまになるのだ。サイムの大袈裟《おおげさ》な心には、テムズ川のほとりに輝く荒涼たる家々やテラスが、月の山嶺《さんれい》のごとく空っぽに見えた。しかし、その月にしても、月には男がいるからこそ詩的なのだ。

曳船は二人の男が苦労して動かしている割には、ゆっくりしか進まなかった。チズウィックを照らしたさやかな月は、バターシー橋を越える頃にはもう沈んでいて、ウエストミンスターの大伽藍の下へさしかかった時には、日が昇りはじめていた。夜明けの空は、大きな鉛の棒が割れて、銀の棒に変わってゆくかのようだった。そしてこれらが白い焔のように輝きはじめると、まっすぐに進んでいた曳船は進路を変え、チャリング・クロスの先にある大きな船着き場につけた。

川岸通りの大きな石段は、見上げると、暗く巨人のように聳《そび》えていた。茫漠とした白い暁を背に、大きく黒い輪郭を截《た》っていた。サイムはどこかエジプトの宮殿の、途方もなく大きな階段に降り立とうとしているような気がした。じっさい、その石段は彼の気分にふさわしかったのである。心の中でサイムは、恐るべき異教の王たちの堅

9　往古、馬に乗って出発する際に交わした別れの杯。
10　イングランドの守護聖人。龍退治で知られる。

牢な玉座に攻撃をしかけに行くところだったのだから。彼は小船から泥だらけの石段に跳び移り、壮大な石造物のただなかに、暗いほっそりした影となって立った。曳船に乗っていた二人の男は、船をまた岸から遠ざけ、川上に遡《さかのぼ》った。かれらは終始一言も口を利かなかった。

第五章　恐怖の饗宴

大きな石段は、初めピラミッドのように無人かと思われたが、上までのぼりきらないうちに、サイムは気づいた――一人の男が川岸通りの欄干によりかかって、川を見渡しているのだ。男はごく型通りな格好をしていて、シルクハットを被り、今流行の礼装に近いフロックコートを着ていた。ボタン穴には赤い花を挿していた。サイムは男に一歩一歩近づいて行ったが、男は髪の毛一条《ひとすじ》も動かさなかったので、真近まで寄ることができた。だから、ぼんやりした朝の薄明かりの中でも、相手が面長で、青白く、知的な顔をしていることがわかった。顎の先には黒い小さな三角形の鬚が生えていたが、それ以外はきれいに剃《そ》ってあった。この一握りの鬚はまるで剃り残しのようで、顔の残りの部分は髭を生やさない方が似合うタイプだった――彫りが深く、禁欲的で、中々気品のある顔立ちだ。サイムはそうしたことを観察しながら、ますますそばに寄ったが、男は微塵《みじん》も動かなかった。

初め、サイムはこれが自分の会うべき男なのだと直感した。しかし、男は何もそれらしい素振りを見せないので、ちがうのかと思った。それから、やはりこの男は自分の狂った冒険に何か関係があるのだと確信した。というのも、男は見知らぬ人間がこんなにそばへ寄って来たというのに、不自然なほどじっとしていたからである。蠟《ろう》人形のように静止して、やはり蠟人形のように神経を苛立たせるものがあった。サイムは青白く威厳のある繊細な顔を何度も何度も見たが、その顔は相変わらずぽかんと川の向こうを見ていた。そこで彼は自分の選出を証《あか》しするバトンズの書状をポケットから取り出し、悲しげな美しい顔の前に差し出した。すると、男は微笑んだが、その微笑みはぞっとするものだった。微笑んでいるのは顔の片側だけで、右の頰は上にあがり、左の頰は下がっていたのだ。

理屈から言えば、そんなことで怖がる筋合いはないのだった。神経の悪戯《いたずら》でこういう歪んだ笑顔をする人は大勢いるし、それが魅力的な人も大勢いる。しかし、暗い夜明けと命がけの使命、水のしたたる大きな石段の上の寂しさ——サイムを取り巻くこの状況では、何か神経を逆撫でするものがあった。そこには無言の川と無言の男、ギリシア彫刻のような顔立ちをした男がいる。その微笑がふいにねじ曲がったことには、悪夢の仕上げといった気味があった。

引きつった微笑はほんの一瞬のことで、男の顔はすぐに整った憂愁の表情に戻った。彼はそれ以上説明もしなければ質問もせず、昔からの同僚に話しかけるように言った。

「レスター広場《スクエア》へ向かって歩いて行けば、朝御飯にちょうど間に合うだろう。日曜日はいつも早い朝御飯を食べるんだ。眠れたかい？」

「いいや」とサイムはこたえた。

「僕も寝てないんだ」男はふつうの口ぶりで言った。「朝御飯を食べたら、寝ようかと思うんだ」

気取らない丁寧な口調だったが、その声にはまったく生気がなくて、物に憑《つ》かれたような顔と矛盾していた。この男にとって、親しげな言葉はすべて命なき便法《べんぽう》にすぎず、彼の唯一の命は憎しみであるかのようだった。男はちょっと黙り込んで、また語りはじめた。

「もちろん、支部の書記が、教えられることは全部君に教えただろう。でも、けして教えられないのは、議長の一番新しい考えだ。あの人の考えは熱帯の森のように成長するからね。だから、念のために、言っといた方がいいだろう。あの人は今、〝隠さざるを以《もっ》て隠す〟という考えを極端に推し進めているんだ。むろん、我々は初め地下室で会合を開いた——君の支部がやっているようにね。そのうち、日曜日は普通のレストランに個室を取らせた。逃げ隠れする様子を見せなければ、誰も追い回したりしないっていうんだ。うん、あの人はたしかに天下無双の人物だが、あの人の巨大な脳味噌は年老《と》って少し狂って来たんじゃないかと思うことがあるよ。だって、僕らはこれから公衆の面前に姿をさらすんだぜ。バルコニーで朝食をとるんだ——それも、いいかい——レスター広場を見下ろすバルコニーだぜ」

「それで、人々は何て言うかね？」サイムはたずねた。

「人の言うことは単純だよ」と案内人はこたえた。「我々は無政府主義者のふりをしている愉快な紳士たちだ、と言うさ」

「そりゃあ、随分利口な考えだと思うね」とサイムは言った。

「利口だって！　生意気言うのもたいがいにしたまえ！　利口だって！」相手は突然、甲高い声をあげた。その声は彼の歪んだ笑顔のように意想外で、耳障《みみざわ》りだった。「君も、ほんの一瞬でも日曜日に会ったら、利口だなんてことは金輪際《こんりんざい》いうまい」

話がここまで来た頃、二人は狭い通りを出て、早朝の陽光《ひかり》がレスター広場を一杯に満たしているのを見た。この広場の様子はじつに外国風で、大陸的なところがあるが、それがなぜかは、たぶんけっして説明出来ないだろう。そこの景観《ながめ》が外国風だから外国人が寄りつくのか、外国人が外国風の景観にするのかは、けして判明するまい。しかし、この朝、ここの印象は異様に輝かしく、澄みきっていた。広場と陽のあたる木の葉と、彫像と、「アルハンブラ」[11]のサラセン風な輪郭――そうしたものに囲まれて、どこかフランスの――ことによったらスペインの公共の広場を複製したように見えた。そして、かかる印象は、サイムがこの冒険の間中、さまざまな形で抱いた感覚――未知の世界に迷い込んだような奇怪な感覚をひとしおつのらせた。じつをいうと、彼は少年の頃からずっと、レスター広場で安物の葉巻を買っていたのである。しかし今、あの角を曲がって、樹々とムーア風の煙突を見た時、彼はどこか外国の町のプラース・ド・何とかいう見知らぬ場所へ入り込んだかと思ったのだ。広場の一隅に、繁盛《はや》っているわりには静かなホテルの建物の角《かど》が突き出していた。

11　一九三六年に取り壊された劇場。ミュージック・ホールとして有名だった。

そのホテルは裏の通りに母屋があるのだ。突き出した部分の壁には大きなフランス窓が一つあり、広い喫茶室の窓らしかった。この窓の外に、恐ろしく厚い控《ひか》え壁に支えられたバルコニーが、文字通り広場の上に覆いかぶさっていた。バルコニーは食卓を一つ置けるほどの広さで、じじつ、そこには食卓が——正確に言えば、朝食用のテーブルがあった。このテーブルは朝日に輝き、通りから丸見えだったが、おしゃべりで喧噪《やかま》しい数人の男たちが、大胆な流行の服に身をつつみ、白のチョッキに、ボタン穴には高価な花という扮装《いでたち》で、このテーブルを囲んでいた。男たちの中には、広場の向こうまで聞こえる声で冗談を言う者もいた。その時、真面目くさった書記が例の異様な笑みを浮かべたので、この騒々しい朝食会がヨーロッパ爆弾魔連盟の秘密会議であることをサイムは知った。

その連中をじっと見ているうちに、サイムにはやがて、それまで見えなかったものが見えて来た。それが見えなかったのは、文字通り大きすぎて目に入らなかったのだ。バルコニーのこちらの端《はし》に、何か視界の大半をさえぎるものがあって、それは山のように大きな男の背中だった。サイムがこの男を見て最初に思ったのは、体重で石のバルコニーが崩れてしまわないかということだった。その男の巨大さは、背が異常に高く、信じられないほど肥っているだけではなかった。この男は、巨人像たるべく意図して彫刻した石像のように、もともとの均整が並外れて大きいものにふさわしく設計されているのだ。白髪をいただいた頭は、背後《うしろ》から見ると、頭にしては大きすぎた。そこから突き出している両耳は人間の耳よりも大きく見えた。彼は人間を一定の比率でおそろしく拡大したようで、その大きさの印象があまりにも強かったため、彼を見た瞬間、他の男たちの姿は突如縮んで、侏儒《こびと》のようになってしまった。かれらはやはり花とフロックコートを身に着けてそこに坐っていたが、大男が五人の子供をお茶に招待したかのようだった。

サイムと案内人がホテルの通用口に近づくと、一人の給仕が出て来て、ありったけの歯を見せながらニッコリ微笑《わら》った。

「みなさん、上においでですぜ」と給仕は言った。「話をして、自分たちの話に笑っておるです。王様を爆弾で吹っ飛ばす、ちゅうとりますぜ」

給仕は腕にナプキンをかけて、せわしなく立ち去った。二階にいる紳士たちの並外れたふざけ方を嬉しがっているようだった。

二人の男は無言で階段を上がった。

バルコニーをふさいで今にも壊しそうな、あの巨漢が、他の者の畏《おそ》れる偉大な議長であるのかどうかを、サイムは訊《き》いてみようとも思わなかった。なぜと説明することはできないが、一瞬にして、それを確信したのだ。じっさい、サイムは精神衛生にとってはやや危険なほどに、種々の胡乱《うろん》な心理的影響を受けやすい人間だった。肉体的な危険はものともしなかったが、霊的な悪の匂いには過敏だった。その晩はすでに二度も、小さい無意味な事柄がいやらしい覗き見でもするようにチラリと姿をあらわし、地獄の本丸にだんだん近づいて来たことを感じさせた。そしてこの感じは、偉大な議長に近づくにつれて、圧倒的に強まった。

その感覚は子供じみた、だが厭《いと》わしい空想の形をとった。サイムが内側の部屋を抜けてバルコニーへ向かって行くうちに、日曜日の大きな顔はますます大きくなった。近くへ寄ったら、あの顔はあり得ないほど大きくなって、おれは叫び出してしまうだろう――サイムはそんな恐怖に取り憑かれた。思えば、彼は子供の頃、大英博物館のメムノン像をけして見ようとしなかった。それは顔であって、あまりにも大きいからだ。

彼は崖からとびおりるよりも勇気をふり絞って、朝食のテーブルの空いている席に着いた。男たちはまるで以前からの知り合いのように、機嫌良く囃《はや》し立てて彼を迎えた。サイムはかれらの型通りな服装と、どっしりして光っているコーヒー・ポットを見ると、いくぶん正気に返った。それから、また日曜日を見た。その顔はやはり大きかったが、それでもどうにか人間の範疇《はんちゅう》におさまる大きさだった。

この議長を前にすると、一同はいずれも平凡な人間に見えた。最初のうち、目を引くものは何もなかったが、ただ議長の思いつきで、全員祝い事のようにめかし込んでいるため、結婚披露宴さながらの趣があった。一人だけ、ちょっと見にも目立つ男がいた。少なくともこの男は、普通の爆弾魔にちがいない。彼はたしかに、みんなとお揃《そろ》いの高い白い襟をつけて、繻子《しゅす》のネクタイをしていたが、その襟からとび出している頭はまったく野放図《のほうず》な、二つとない頭で、茶色い髪の毛と鬚が藪《やぶ》のようにうっそうと茂り、スカイ・テリアのように目をほとんど覆い隠していた。それでも、目はモサモサの毛の中からこちらをのぞいていた。それはロシアの農奴の悲しい目だった。この人物から受ける印象は、議長のように恐ろしくはなかったが、グロテスクなものが放ち得る、あらゆる面妖さを有していた。仮に、その固苦しいネクタイと襟から猫か犬の首がニュッと突き出していたとしても、これほど馬鹿げたチグハグさは示さなかっただろう。

男の名はゴーゴリというらしかった。ポーランド人で、この七曜の集まりでは火曜日と呼ばれていた。彼の魂と言葉は救いようもなく悲劇的で、議長の日曜日が命じた羽振りの良い軽薄人士の役を、どうしても演ずることができなかった。じっさい、サイムがやって来た時も、議長は、公衆の疑いを招くことなど気にせぬという大胆な方針で、ゴーゴリを叱りつけていたのである——世間並の優雅な態度を装うことができないといって。

「我らが友、火曜日は」議長は穏やかだが厚みのある深い声で言った。「我らが友、火曜日はわかっていないようだ。紳士の服装をしても、紳士らしく振舞うにはあまりにも偉大な魂を持っているようだな。この男は芝居に出てくる陰謀家のように振舞いたがる。いいかね、もし紳士がシルクハットとフロックコートを一着《いっちゃく》に及んで、ロンドンの町を歩くとしたら、誰も彼が無政府主義者だと気づく理由はない。しかし、もし紳士がシルクハットとフロックコートを身にまとって、四つん這いに歩きだしたら——これは人目を惹くかもしれん。兄弟ゴーゴリがやっているのは、それだ。彼はじつに縦横《じゅうおう》の手腕を尽くして四つん這いに歩きまわるので、今では、まっすぐ立って歩くことが困難になったのだ」

「ワタシ、隠すこと、上手《うま》くない」ゴーゴリはむっとして、強い外国訛《なま》りで言った。

「そうでもないな、君。それに主義の方でも君を恥じている」議長は人が良さそうに言った。「君も人並に隠れようとはするんだが、それができんのだ。間抜けだからだ！　君は二つの矛盾したことを一時《いちどき》にやろうとする。家の主人が、ベッドの下に人が隠れているのを見つけたら、たぶん、ハッとしてその状況に注意するだろう。しかし、もしシルクハットをかぶった男がベッドの下にいるのを見つけたら——親愛なる火曜日君、君だってそう思うだろうが——彼はそれを一生忘れることはあるまい。ところで、君はビフィン提督のベッドの下で見つかった時——」

「ワタシ、騙《だま》すこと、上手くない」火曜日は頬を赫《あか》らめて、陰気に言った。

「そう、その通り」議長はおごそかに同意を表わして言った。「君は何をやらせても下手糞なんだ」

こうしたおしゃべりがつづく間、サイムはまわりの男たちを良く観察していた。そのうち、何か精神的におかしいという感じが蘇《よみがえ》ってきた。

最初のうち、彼はそこにいる連中が、毛むくじゃらのゴーゴリは明らかな例外として、いずれも普通の背丈で、普通の身形《みなり》をしているように思った。しかし、かれらを見ていると、川のほとりにいたあの男と同じ悪魔的な特徴が、各々《めいめい》のどこかにあることがわかってきた。あの男の整った顔を突然歪めるいびつな笑いは、もっとも典型的だ。そこまでハッキリしてはいないが、たぶん十ぺんか十二へん見てやっと感じられるような、異常で、人間離れしたところが各人にあった。サイムがこれを言い表わすのに思いついた唯一の隠喩《たとえ》は、連中はみなお洒落で押し出しのきく男たちだが、歪んだ鏡に映したようにひねくれている、というものだった。

この半ば隠された奇矯《ききょう》さを表現するには、一人一人例に取ってみるしかないだろう。サイムをここへ案内した男は月曜日の称号を担《にな》っていた。彼は評議会の書記で、そのねじれた微笑は、議長の恐るべき高笑いを別とすれば、何よりも恐ろしく見うけられた。しかし今、明るい光の中でゆったりと彼を観察すると、他にも気づいた点があった。この男の整った顔はひどくやつれているので、病気に違いないとサイムは思ったのだが、暗い眼に浮かんだ苦悩の色を見ると、そうではないような気がした。この男を悩ましているのは肉体の病ではない。その眼は、あたかも考えることそれ自体が苦痛であるかのように、知的な苦悶にギラギラと光っていた。

彼はここにいる人間たちの典型で、他の者もそれぞれ微妙に違う形で常軌を逸《いっ》していた。彼の隣に坐っているのは火曜日、乱れ髪のゴーゴリで、もっとあからさまに狂った男だ。その隣は水曜日、サントゥスターシュ侯爵とかいう、かなり個性的な人物だ。ちょっと見には、特に変わったところはなかった。ただ、テーブルを囲む面々のうちで、彼だけが洒落た服を本当に自分の服らしく着こなしていた。黒いフランス風の鬚を四角に刈り込み、鬚よりももっと四角く裁《た》った黒い英国製フロックコートを着ていた。しかし、サイムはその種のことに敏感だったので、この男は豪奢な雰囲気を――息詰まるほど豪奢な雰囲気を漂わせている、となんとなく感じた。なぜとはなしに、それはバイロンやポーの暗い詩に出てくる、気怠《けだる》い芳香や消えゆく灯火《ともしび》を思い出させた。それと共に、この男はまわりの者より明るい色というのではなく、もっと柔らかい生地の服にくるまれているような感じがした。彼が身に着けている黒は、あたかも深い色彩から合成されているかのようで、まわりの黒い影よりも豊かな暖かい色に見えた。黒いコートは、紫が濃くて黒くなったかのようだった。黒い鬚は、青が濃くて黒くなったかのようだった。その黒々と濃い鬚の中で、暗赤色の口が淫《みだ》らに人を嘲笑《あざけ》っていた。彼は何者であるにせよ、フランス人ではない。ユダヤ人かもしれない。東方の暗い奥地にいる、もっと得体《えたい》の知れぬものかもしれない。専制君主の狩りを描くペルシアの色あざやかな陶板や絵には、あんなアーモンド形の眼、あの青黒い鬚、あの酷薄な深紅の唇を見ることができよう。

その次はサイムの席で、その隣はド・ウォルムス教授という、おそろしく年老った男だった。この人物は今のところ金曜日の座を占めているが、いつ何時《なんどき》あの世へ行って、それを空席にするか知れない。頭脳は別として、それ以外、彼は老衰の極にあった。顔は長い灰色の顎鬚と同じ灰色で、額は禿げ上がり、穏やかな絶望をたたえた深い皺《しわ》が刻まれていた。他の誰を見ても、あのゴーゴリの場合ですら、花婿のように晴れやかなモーニングコートと着ている御本人とが、こんなにも痛々しい対照を示してはいなかった。というのも、教授のボタン穴に挿した真っ赤な花は、文字通り鉛色に変じた顔と並んで、引き立っているのだから。全体の醜悪な印象は、どこかの酔っ払った洒落者が死骸に自分の服を着せたかのようだった。教授が立ったり坐ったりするのはひと苦労で、危険を伴ったが、そこには単なる肉体の衰弱より性質《たち》が悪いもの、この場面のおぞましさと名状し難く結びついている何かがあらわれていた。老耄《ろうもう》だけではなく、腐敗があらわれていた。またしても嫌な空想が、サイムの戦《おのの》く心をよぎった。彼はこの男が動くたびに、脚か腕がボトリと落ちやしないかと思わずにいられなかった。

一番端には、土曜日と呼ばれる男が坐っていた。一同の中でもっとも単純かつ不可解な男だった。背の低い、がっちりした身体つきの男で、色の浅黒い角張った顔は鬚をきれいに剃《そ》っていた。開業医で、ブルという名で通っていた。彼は世渡りの才と、いわば美服にくるまった野暮ったさを併《あわ》せ持つ、若い医者にありがちなタイプだった。立派な服を楽《らく》にというより自信を持って着こなし、始終強張《こわば》った笑みを浮かべていた。この男の変わっている点といえば、ただ一つ、黒くてほとんど不透明な眼鏡をかけていることだった。これまでの神経質な空想にはずみがついただけかもしれないが、サイムにはその黒い二つの円盤が怖ろしかった。それは彼がぼんやり憶えている嫌な物語を、死人の目にペニー銅貨をのせて云々《うんぬん》という話を思い出させた。サイムの目は常にその黒いレンズと、ニヤニヤ笑う口元にひきつけられた。死にかけた教授か、青ざめた書記がその眼鏡をかければ、似合っただろう。しかし、この若くて野卑な男がかけると、それは謎としか思われなかった。その眼鏡は顔の要《かなめ》を取り去った。彼の微笑みや真面目な表情が何を意味するのか、わからなかった。ひとつにはこれが理由で、またひとつには、他の連中にない卑俗なふてぶてしさがあるために、サイムは、この男がここにいる悪人のうちで一番悪い奴かもしれないと思った。ひょっとするとこいつはあまりにも怖ろしい目をしているので、隠しているのかもしれない、とさえ思った。

第六章　露見

世界を滅ぼす誓いを立てた六人は、このような男たちだった。サイムは、この連中のいる前で常識の力を取り戻そうと、何度も必死の努力をした。時折、ほんの一瞬だが、ああした考えは主観的なものであることに気づいた――自分が見ているのは普通の人間であって、一人は年寄り、一人は神経質で、一人は近眼であるにすぎないと。それでも、異様な象徴の感覚が立ち戻って来るのだった。それぞれの人物が、なぜか、この世の辺境にいるような気がした――ちょうど、かれらの理屈が思想の辺境にあるように。この男たちの各々《おのおの》が、荒れ果てた論理の道の、いわば行き詰まりに立っていることを、サイムは知っていた。彼は昔話のようなことを夢想した――人が世界の西の果てへ行くと、そこには何かがある――たとえば、樹だ――それは多かれ少なかれただの樹とは違っていて、精霊が宿っている。そして、もし世界の東の果てへ行くと、何かべつの、やはり尋常でないものがある――おそらくは塔で、その形からして邪悪である。そのように、この男たちは窮極《いやはて》の地平線を背に、荒々しい不可解なもの、辺縁からの幻影《まぼろし》として立ち上がっているように思われた。

サイムがあたりの様子をうかがっている間も、おしゃべりはつづいていた。そしてこの驚くべき朝食のテーブルが呈した対照のうちでも、会話の呑気で控え目な調子と、おそるべき内容との対照は小さからぬものであった。男たちは近々《きんきん》に実行すべき計画について話し込んでいたのである。爆弾や王様の話をしていると給仕が下の階で言ったのは、正しかった。三日後にパリで、ロシア皇帝がフランス共和国大統領と会見する。この陽気な紳士たちは、日当たりの良いバルコニーでベーコン・エッグを食べながら、二人をどうやって殺すかを決めていたのだ。道具まで選んでいた――どうやら、黒い鬚を生やした侯爵が爆弾を運ぶらしい。

普通なら、かくも由々《ゆゆ》しき犯罪の危険が迫っていることは、サイムを正気に返らせ、神秘的な戦慄《せんりつ》などはどこかへ消えてしまったはずである。少なくとも二人の人間が、鉄と吠えたけるガスにバラバラに引き裂かれるのを防ごう、とそれだけを考えたはずである。しかし、彼は今や第三の恐怖を感じはじめていた。それは道徳的嫌悪や社会的責任よりも鋭く、切実なものだった。ありていに言えば、彼はフランス大統領やロシア皇帝のために心配する余裕などなかった。身の危険を感じはじめたのだ。その場にいる者の大部分はサイムにほとんど注意を払わず、額を寄せて議論に耽っていた。その場一様に厳粛《げんしゅく》な表情をして、ただ時折、書記の微笑が、ギザギザの稲妻が天をよぎるごとく、顔を斜めによぎるだけだった。ところが、一つだけ変わらないことがあって、それがサイムを悩ませ、しまいには脅《おび》えさせた。議長がずっと彼を見ているのだ――わき目もふらず、興味津々《しんしん》といった様子で。この巨漢はまったく口を利かなかったが、彼の青い眼は顔からとび出してくるようだった。それがずっとサイムを見据えていた。

サイムは椅子からとび上がって、バルコニーから飛びおりようかと思った。議長の眼に見られると、自分がガラス張りになったような気がした。日曜日が何か暗黙の異様な方法で、自分がスパイであることを見抜いたのは間違いない。バルコニーの辺《へり》から向こうを見ると、真下に警官が一人、ぼんやりと立って、輝く手摺りと陽のあたる樹々を見ていた。

その時、サイムに襲いかかった誘惑は、その後何日も彼を苦しめたものである。無政府主義の巨魁《きょかい》である厭《いと》わしい怪人たちと一緒にいるうちに、彼は無政府主義の一介《いっかい》の審美家《しんびか》、詩人グレゴリーの弱々しい風変わりな姿をほとんど忘れかけていた。グレゴリーのことを思うと、幼ない頃の遊び友達のようななつかしささえ感じたが、自分が今もグレゴリーとの重大な約束に縛《しば》られていることを思い出した。自分は、今しようかと思ったことを、けしてしないと約束したのだ。バルコニーを跳び越え、あの警官に言ったりはしないと約束したのだ。彼は冷たい石の欄干から、冷えきった手を離した。彼の魂は道徳的な逡巡《しゅんじゅん》のさなかで、立ち昏《くら》みにあったように揺れた。自分は悪党どもに向かって軽率に立てた誓いを破りさえすれば良いのだ。そうすれば、これからの人生は、足下の広場のように明るくひらけるだろう。一方、古くさい名誉心なぞに拘泥《こうでい》すれば、この人類の大敵――その知性ですら拷問部屋である連中の支配力に、じりじりと引き込まれてゆくのだ。広場を見下ろすたびに、常識と秩序の柱石たる頼もしい警官の姿が目に入った。朝食のテーブルをふり返ると、議長が大きな耐えがたい眼で、じっと静かに自分を観察していた。

思いは激流のごとく駆けめぐったが、一度も思い浮かばなかったことが二つある。第一に、自分がこのまま一人で頑張っていれば、議長と評議会はたやすく自分をひねりつぶすであろうことを、彼は疑わなかった。公衆の面前で、そんなことは不可能と思われるかもしれない。だが、日曜日はどこかに鉄の罠《わな》を仕掛けなければ、こんなふうにくつろいでいる男ではない。知らぬうちに一服盛るか、路上の事故か、催眠術か、地獄の焔か、ともかく日曜日は確実にサイムを殺すことができる。あの男に逆らったら、きっと死ぬ――そこで椅子に坐ったまま硬直した死体となるか、ずっとあとで些《さ》細《さい》な病気で死ぬか、どちらにしても。今すぐ警察を呼んで全員を逮捕し、一切を語り、イギリスの総力をあげてかれらと闘わせれば、自分は助かるかもしれない。他に途《みち》はあるまい。かれらはバルコニーをふさいで、まぶしいにぎやかな広場を見下ろしている紳士たちだ。しかし、武器を持った海賊が無人の海を見下ろしている、そんな船に乗り合わせたような危険をサイムは感じていた。

もう一つの、けして頭に浮かばなかった考えとは、こうだ。彼は精神的に敵に屈するとは一度も思わなかった。知性と力を崇拝する惰弱《だじゃく》な習慣がついた現代人の多くは、こういう大いなる人格に圧迫されれば、道を踏み迷うかもしれない。日曜日を超人と呼ぶかもしれない。仮に超人などというものが考えられるとしたら、歩く石像のように超然として地を揺るがす日曜日は、じっさい、そのような風格があった。彼は人間以上のものと呼べるかもしれない。なにしろ、彼の立てる雄大な計画はあまりにもあからさまなので見破られず、彼の雄大な顔は、つつみ隠しがなさすぎて理解できないのだ。しかし、サイムはたとえ極度に病的な状態にあっても、そんな今風の卑劣さには堕《お》ちなかった。彼にも人並に、強い力を怖がる臆病さはあったが、それを礼賛するほどの臆病者ではなかった。

一同はおしゃべりをしながら食べていたが、食べ方も各人各様だった。ブル博士と侯爵は、テーブルの上の一番上等な物——雉《きじ》の冷肉やストラスブール・パイをあたりまえのごとく、無造作《むぞうさ》に食べた。だが書記は菜食主義者で、殺人計画を熱っぽく語りながら、生《なま》のトマトを半分食べ、ぬるま湯をグラスの四分の三ほど飲んだ。老教授はまるで赤ん坊にかえったかのごとく、ドロドロした粥《かゆ》のような物をすすった。そして議長の日曜日は、この点でも、量で奇妙に他を圧していた。彼は二十人分も食べた。信じられないほど食べた。いくら食べても食欲が衰えないのは驚くばかりで、ソーセージ工場を見ているような気がした。それでも——クランペットを一ダース嚥《の》み込み、コーヒーを一クウォート飲んでも、やはり大きな頭を傾《かし》げて、サイムをじっと見つめているのだった。

「前々から思ってたんだが」侯爵はジャムを塗ったパンをパクリとかじって言った。

「わたしはナイフを使った方が良くはあるまいかね。昔から、立派な仕事はたいがいナイフでやっつけている。それに、フランス大統領にナイフを突き刺して、ねじくり回してやったら、これは新しい感動があるだろう」

「それは違うよ」書記が黒い眉をひそめて、言った。「ナイフは、専制君主個人との個人的な争いを表現したものにすぎない。ダイナマイトは我々の最良の道具であるのみならず、最良のシンボルだよ。お祈りの時のお香《こう》がキリスト教徒のシンボルであるように、我々の非の打ちどころないシンボルだ。ダイナマイトは膨張する。ただ広がるが故に破壊する。それと同じように、思想もただ広がるが故に破壊する。人間の頭脳は爆弾だ」彼は突然、奇妙な情熱を解き放って、自分の頭を激しく叩いた。「僕の脳味噌は、昼も夜も、爆弾みたいな感じがするんだ。膨《ふ》張《く》れなきゃいけない！　膨張れなきゃいけない！　たとい宇宙をぶっ壊そうとも、人間の脳は膨張れなきゃいけない！」

「わたしはまだ宇宙をぶっ壊してもらいたくないね」侯爵が物憂げに言った。「死ぬ前に色々悪いことをやりたいんだ。昨夜《ゆうべ》も寝床の中で、一つ思いついた」

「うん。もし、とどのつまり無に帰するというなら」ブル博士がスフィンクスのような微笑を浮かべて、言った。「やる価値はないように思えるね」

老教授は鈍《にぶ》い目でじっと天井を見ながら、言った。

「誰もが心の底では知っている。するに値することなど、ないのをな」

奇妙な沈黙が下りた。やがて書記が言った――

「しかし、話が外《そ》れてきたね。我々が話し合うべき唯一の問題は、水曜日がどうやって攻撃を仕掛けるかということだ。爆弾を使うという最初の考えには、みんな賛成だと思うが、実際の段取りに関していうと、僕の提案では、明日の朝彼が最初に行くべきところは――」

突然、巨大な影がさして話は途切れた。議長の日曜日が、空を覆わんばかりにして立ち上がったのだ。

「そのことを話し合う前に」彼は小声で、穏やかに言った。「個室へ行こうじゃないか。おり入って話したいことがある」

サイムはいの一番に立ち上がった。ついに選択の瞬間《とき》が来たのだ。頭にピストルが突きつけられた。下の舗道で、例の警官が所在なげに身体を動かし、足踏みする音が聞こえた。今朝は陽射しは明るいが、寒いのだ。

通りで、手回しオルガンが突然にぎやかな旋律《ふし》を奏ではじめた。サイムは、それが戦《いくさ》を告げる喇叭《らっぱ》の音であるかのように、身をひきしめた。彼はどこからか超自然的な勇気が湧いて来るのを感じた。リンリンと鳴る音楽は、あの汚ない街でキリスト教徒の寛大さと慈悲心に縋《すが》る貧しい人々の活力と俗っぽさと、不合理な勇気に満ちているような気がした。警官ごっこを面白がるような、若気《わかげ》の悪戯《ふざけ》心は彼の胸から消えた。彼は自分が巡査に仮装した紳士部隊の代表だとも思わなかったし、真っ暗な部屋に暮らしているあの奇人の代理だとも思わなかった。自分は街にいるこうした平凡な優しい人々、日々手回しオルガンの音《ね》につれて戦場に進んで行く人々の使節なのだと感じた。そして、人間的であることの高い誇りが、なぜと説明はできないが、彼をまわりの怪人たちよりも限りなく高いところへ押し上げた。少なくとも一瞬の間、彼は平凡さの星きらめく山頂から、地面に這いずるかれらの奇矯さを見下ろした。勇敢な人間が猛獣に対して――あるいは賢い人間が強力な誤謬《ごびゅう》に対して感ずる、あの無意識の、根元的な優越感をかれらに対して抱いた。自分には日曜日のような知力も腕力もないことを知っていたが、その瞬間は何とも思わなかった。自分には虎の筋肉も犀《さい》のような角もないが、それと同じことだ。議長は間違っていて、手回しオルガンは正しいという究極の確信に一切が呑み込まれた。彼の心の中に、「ローランの歌」に歌われる、反駁《はんばく》のできぬ恐るべき自明の真理が鳴り響いた――

異教徒は過《あやま》てり。キリスト教徒は正し。

その真理は、鼻にかかったいにしえのフランス語で歌われると、大いなる剣がぶつかり合う響きと唸《うな》りを持っていた。こうして彼の精神《こころ》が弱さの重荷から解放されると、甘んじて死ぬ覚悟が決まった。手回しオルガンの人々が昔ながらの義務《つとめ》を守ることができるなら、自分だってできる。約束を守る誇りは、悪党どもにした約束でも守るから、誇らしいのだ。この狂人どもの暗い部屋へおりて行って、かれらには理解もできぬもののために死ぬことが、連中に対する最後の勝利だ。手回しオルガンはその行進曲に、オーケストラ一個分の迫力ととりどりな音色を加えるかに思われ、彼の耳には生の誇りが吹き鳴らす喇叭の響きの下に、死の誇りの太鼓の音が深く轟《とどろ》いているのが聞こえた。

陰謀家たちはすでに開いた窓から向こうの部屋へ、ゾロゾロと移りはじめた。サイムはそのしんがりに付いた。うわべは平静を装っていたが、身も心もロマンティックなリズムに脈打っていた。議長は一同を率いて、召使いが使うような裏階段を下り、薄暗く、ひんやりした部屋へ案内した。そこにはテーブルとベンチがあるだけで、使わなくなった会議室のようだった。みんなが中に入ると、議長は扉をしめて鍵を掛けた。

最初に口を利いたのはゴーゴリだった。妥協というものを知らぬこの男は、言葉にならぬ不満に煮えたぎっているかのようだった。

「ふん、なんじゃいね！」彼はいやに興奮して叫んだが、きついポーランド訛りが丸出しになって、何を言っているのかわからないくらいだった。「あんた、逃げ隠れしない、言う。姿見せる言うたが、ウソね。大事な話する時は、暗い箱の中、逃げ込むね！」

議長はこの外国人の筋のとおらぬあてこすりを聞いても、少しも腹を立てる気色はなかった。

「君にはまだわからんのか、ゴーゴリ」彼は父親のようにたしなめた。「あのバルコニーで我々が馬鹿話をするのを聞けば、そのあと我々がどこへ行こうと、気にするやつはおらん。もし我々が最初にここへ来たら、店中の者が鍵穴に聴耳を立てるだろう。君は人間のことを何も知らんようだな」

「ワタシ、人間のために死ぬ」ポーランド人はすっかり興奮して、叫んだ。「そして圧政者、殺す。こんな隠れんぼする、好きじゃない。広場で専制君主、ぶっ倒す」

「なるほど、わかった」議長は優しくうなずきながら、長いテーブルの端に腰をおろした。「君はまず人間のために死んで、それからよみがえって、圧政者を撃《う》つというんだな。それは結構。ところで君にお願いしたいが、美わしい感情を抑えて、他の紳士方と一緒に席に着いてくれないかね。今朝はこれからやっと、まともな話をするんだから」

サイムはここに呼び立てられて以来、心は乱れていても、やることは機敏で、今も第一番に坐った。ゴーゴリは茶色い鬚の中で、妥協とか辣韮《らっきょう》とかブツブツつぶやきながら、一番あとに坐った。サイムの他に誰一人、今にも事が起ころうとしているなどと思っている気配はなかった。そしてサイム自身は、すでに処刑台の階段を上っている心境で、せめて最後に名演説でもしてやるつもりだった。

「同志諸君」議長はいきなり立ち上がって、言った。「道化芝居はもう十分にやった。

ここへ君たちを連れて来たのは、ひとつ単純だが、びっくりするようなことを聞かせるためだ。それを聞いたら、階上《うえ》の給仕たちも（さんざん我々の軽口を聞かされてきたが）、私の声が真剣になってきたと思うだろう。同志諸君、我々は計画を話し合い、場所の名前を挙げた。私は何よりもまず提案するが、そういった計画や場所をこの会で討議して決めるのはやめよう。信頼できる同志に一任しようではないか。私は同志土曜日、ブル博士を推薦《すいせん》する」

全員が議長をまじまじと見た。そして全員がハッとした。議長が次に言った言葉は、大声で言ったのではないが、凄味を持って迫ったからである。日曜日はテーブルを叩いた。

「本会では、計画と場所について、これから一言も話してはならない。この席では、我々がしようとすることについて、これ以上どんな些細な点も口に出してはならない」

日曜日は生涯をかけて信奉者たちを驚かせてきたが、かれらを心底ギョッとさせたのは、これが初めてのようだった。一同は、サイムを除いて、みんな椅子の上でソワソワと身体を動かした。サイムは席にかしこまってポケットに手を突っ込み、弾を籠《こ》めた拳銃を握っていた。いざとなったら、自分の命を高価《たか》く売りつけてやるつもりだった。少なくとも、議長が生身《なまみ》の人間かどうかはたしかめてやろう。

　日曜日はよどみなく語りつづけた――

「諸君もおわかりいただけるだろうが、この自由の祝祭に於いて自由な発言を禁ずる理由は、たった一つしかない。部外者が立ち聞きしても、それはべつにかまわない。冗談を言っていると思われるだけだ。だが問題は――由々《ゆゆ》しき問題は、我々の中に仲間ではない人間が一人混じっていることだ。我々の重大な目的を知っているが、心を一《いっ》にしない者が。それは――」

　書記が突然、女のように金切り声を上げて、跳び上がった。

「あり得ない！　まさか、ここに――」

　議長は大きな平たい手を、巨大な魚の鰭《ひれ》のごとく、テーブルに打ちつけた。

「いや」と彼はゆっくり言った。「この部屋にはスパイがいる。このテーブルに裏切り者が着いている。無駄口はやめて、はっきり言おう。そいつの名は――」

　サイムは椅子から腰を浮かせた。銃の引き金にしっかりと指をかけていた。

「そいつの名はゴーゴリだ」と議長は言った。「そこにいる毛むくじゃらのペテン師だ。ポーランド人になりすましている男だ」

ゴーゴリは両手にピストルを持って、やにわに立ち上がった。その瞬間、三人の男が彼の喉元にとびかかった。あの教授でさえ、立ち上がろうとした。だが、サイムにはその光景がよく見えなかった。慈悲深い暗闇が彼の目をとざしていたからである。サイムは震えながら、どっかりと椅子に坐り込んだ。おそろしい緊張が解けて、全身が麻痺《しび》れていた。

第七章　ド・ウォルムス教授の不可解な行動

「坐れ！」日曜日は、生まれてこの方一ぺんか二へんしか使ったことのない声、人が引き抜いた剣を思わず取り落とすような声で言った。

立ち上がった三人はゴーゴリから離れ、疑わしき男自身も席に着いた。

「さて、君」議長はまったく未知の人間に話しかけるように、はきはきした調子で言った。「よろしかったら、チョッキの胸のポケットに手を入れて、そこに入っているものを見せてもらえないか？」

自称ポーランド人は、暗くもつれた髪の毛の下で少し蒼ざめていたが、落ち着き払った様子でポケットに指を二本突っ込み、青いカードをつまみ出した。サイムはそれがテーブルに置かれるのを見た時、ふたたび我にかえった。カードはテーブルの遠い端に置かれ、書いてある文字は読めなかったが、サイム自身のポケットに入っている青いカード――反無政府主義警察隊に入った時渡されたカードと、驚くほど良く似ていたからだ。

「悲愴なるスラブ人よ」と議長は言った。「ポーランドの悲しき子よ、そのカードを前にして、認める気になったかね？――君が我々の仲間ではない――いわば余計者であることを？」

「その通りだ！」と今は亡きゴーゴリは叫んだ。異国風の鬱蒼《うっそう》とした毛の中から、歯切れの良い、商売人風の、いくらかロンドン訛りのある声が聞こえてきたので、一同は度胆を抜かれた。まるで、支那人がいきなりスコットランド訛りでしゃべりだしたかのように不条理だった。

「君は自分の置かれた立場をよくわかっているだろうね」と日曜日が言った。

「おうよ」ポーランド人はこたえた。「まんまとつかまっちまったなあ。おれが言いたいのはこれだけだ。おれがポーランド人を真似したように、おれの口真似をできるポーランド人はいるまいってことだよ」

「その点は認める」と日曜日が言った。「君の本来の訛りはとても真似しがたいものだと信ずるよ。もっとも、風呂の中で練習してみようかと思うがね。カードを出したついでに、その鬚も取ってくれんかね？」

「お安い御用だ」ゴーゴリは指一本でむさ苦しい変装を引き剝《は》がした。すると、薄い赤毛の髪と、青白い、つるりとした顔があらわれた。「ああ、暑かった」と彼は言い足した。

「公平を期するために言っておくが」日曜日は、一種冷厳な賞賛の念をあらわして、言った。「君はそのお面の下で、中々よく冷静を保っていたようだね。では、私の言うことを聴きたまえ。私は君が好きだ。従って、君が拷問を受けて死んだと聞かされたら、二分半ばかりは嫌な気分になるだろう。さて、君が警察か、誰か生きている人間にしゃべったら、私は二分半の不愉快を忍ばねばならんのだ。君の不愉快は知ったことではない。足元に気をつけて帰りたまえ」

ゴーゴリに変装していた赤毛の刑事は無言で立ち上がり、悪びれた様子もなく部屋を出て行った。しかし、彼の平然とした態度がとってつけたものであることは、呆気にとられたサイムにもわかった。というのも、去り行く刑事は足元に気をつけなかったらしく、扉の外で物につまずく音がしたからである。

「時の経つのは早い」議長は時計をチラと見てから、上機嫌で言った。時計は彼の持ち物すべてと同様、滅法界に大きかった。「私はもう行かねばならん。人道主義者の集会で司会をつとめねばならんのでね」

書記が議長の方を向いて、眉毛を忙しく動かした。

「スパイはいなくなったんですから」彼はやや突《つ》っ慳貪《けんどん》に言った。「計画の細かい点をもう少し話し合った方が良くないですか？」

「いや、そうは思わん」議長は控え目な地震に似たあくびをして、言った。「決めた通りにしたまえ。土曜日にまかせよう。私は行かねばならん。来週の日曜に、ここで朝食を食べる」

しかし、さきほどの騒ぎは、書記のほとんど剥《む》きだしな神経を高ぶらせていた。彼は犯罪を犯すにしても誠心誠意やらないと気のすまない人間だった。

「議長、私は抗議せざるを得ません。これは規則違反です。計画はすべて評議員全員で協議するのが、我々の基本原則です。もちろん、ああいう裏切り者の存在を見抜いた御洞察には敬服いたしますが――」

「書記」議長は真顔で言った。「君のその頭を家に持って帰って蕪《かぶ》のかわりに煮たら、少しは役に立つかもしれん。きっと、とは請《う》け合えないが、ことによったらだ」

書記は荒《あ》れ馬のように怒って、そりかえった。

「私にはほんとに理解できません――」と憤然として抗議をはじめた。

「それそれ、そこだ」議長は何度もうなずいた。「そこが君の足りないところだ。理解できん――いいか、この薄ら頓馬《とんま》め!」彼は立ち上がって、吠えた。「スパイに立ち聞きされたくなかったんだろう? 今も立ち聞きされていないと、どうしてわかる?」

そう言うと、議長は言い知れぬ軽蔑に身を震わせながら、肩を怒らせて部屋から出て行った。

残った者のうちの四人は、議長の言う意味がわからない様子で、ぽかんと口を開けて見送った。サイムだけはおぼろげに察し、骨の髄まで凍りついた。もし議長の捨て台詞《ぜりふ》に何か意味があるとすれば、それは結局自分を疑っているということだ。日曜日は彼をゴーゴリのように弾劾することはできないが、さりとて、他の連中のように信用することもならぬ、というわけだ。

他の四人は多かれ少なかれ文句をこぼしながら席を立ち、他所《よそ》へ昼食を食べに出かけた。もう正午を大分過ぎていたのだ。一番おしまいに、教授がゆっくりと大苦労をして立ち去った。サイムは他の者がいなくなっても、しばらくそこに腰かけたまま、自分のおかれた奇妙な立場について考えていた。雷は逃れたが、黒雲はまだ頭上にわだかまっている、といったところだ。しまいに彼も立ち上がって、ホテルからレスター広場に出た。晴れた寒い日だったが、今はますます寒さがつのり、通りに出ると、雪がちらほら舞っているのに驚いた。彼はグレゴリーの仕込み杖や何かをまだ持っていたが、マントは脱いで、どこかに置き忘れたらしい。蒸汽船の中かもしれないし、バルコニーかもしれない。それで、雪が大雪にならぬことを祈りながら、とりあえず往来をよけて、一軒の家の戸口に軒を借りた。そこは小さな汚ならしい理髪店で、飾り窓には夜会服を着た貴婦人の薄気味悪い蠟《ろう》人形が立っているだけだった。

ところが、雪は次第に降りつのった。サイムは蠟人形の婦人を一目見ただけで気が滅入《めい》ってきたものだから、白い無人の通りを見つめていた。と、少々驚いたことには、店の外にじっと立って、飾り窓を覗き込んでいる男がいるのだ。男のシルクハットには雪がサンタクロースの帽子のように降り積もり、靴と踝《くるぶし》のまわりには白い吹きだまりができていたが、男はたとえ何事があろうと、汚ない夜会服を着た色褪《あ》せた蠟人形から目を離せないかのようだった。こんな天気に、こんな店を人が立って覗いているのは、それだけでもサイムには不思議だった。しかし、漠然たる不審の念は、突如胸を衝《つ》く驚きに変わった。そこに立っている男が、身体の麻痺したド・ウォルムス教授であることに気づいたのだ。そこは彼のように病弱な老人がいるべき場所とは思えなかった。

この人間離れした結社の連中なら、どんな変態的な真似でもしかねないが、さすがに教授があの蠟人形の貴婦人に恋しているとは信じられなかった。考えられることは、あの男の持病（どんな病気かは知らないが）が出て、一時的な硬直か精神昏迷の発作を起こしたのではないかということだ。しかし、仮にそうだとしても、あまり同情の念は湧かなかった。それどころか、教授が発作を起こしたのを有難いと思った。この男は足を引きずって歩くのがやっとだから、置き去りにして、何マイルも遠くへ行ってしまうのは簡単だろう。サイムはともかく、ほんの一時間でも良いから、連中の毒気を嗅《か》がないところに逃げ出したかったのである。そうすれば、きっと考えもまとまるだろうし、方針を決めて、グレゴリーとの約束を守るかどうか決心をつけられるだろう。

彼は舞い踊る雪の中を歩き去った。通りを二条《ふたすじ》三条《みすじ》あちらへ行き、二条三条こちらへ戻って、ソーホーの小さなレストランに昼食を食べに入った。考えに耽りながら、盛りは少ないがおつな料理を四品食べ、紅葡萄酒の小壜を飲んで、ブラック・コーヒーと黒い葉巻でしめたが、それでもまだ考え込んでいた。彼が坐ったのはレストランの二階だった。店の中は、ナイフのカチャカチャいう音と外国人のおしゃべりでにぎやかだった。自分が昔、こういう無害な優しい異国人をすべて無政府主義者だと思っていたことを思い出した。それから本物の無政府主義者のことを思い出して、身震いした。しかし、その身震いにさえ、逃げ出したという快い恥ずかしさがこもっていた。葡萄酒と普通の食事、見慣れた場所、自然でおしゃべりな人々の顔が、「七曜評議会」は悪い夢だったかのように感じさせた。それでも、あれが確かな現実だったことに変わりはないが、少なくとも遠い現実だった。高い建物とにぎやかな街路が、彼をあの恥ずべき七人の記憶から隔てていた。彼は自由なロンドンの町で自由に振舞い、自由な人間たちにうちまじって酒を飲んでいるのだ。サイムはいくらか余裕のある態度で帽子とステッキを取り、階段をゆったりと下りた。

下の部屋におりたとたん、彼はギョッとして、その場に釘づけになった。カーテンのない窓と雪のつもった白い通りのそばに、小さいテーブル席があった。そこに無政府主義者の老教授が、土気色の顔を上に向け、目蓋《まぶた》を垂らして牛乳のコップと向かい合っていたのだ。サイムは一瞬、突いているステッキと同じくらい硬くなった。それから、無闇と急ぐふりをして教授の傍らをすり抜け、扉をすばやく開けると、背後にバタンと閉めて、外の雪の中に立った。

「あの死にぞこないはおれを尾《つ》けてるんだろうか？」彼は金色の口髭を噛みながら、自問した。「二階の部屋に長居をしすぎたから、あんな足ののろいやつに追いつかれたんだ。でも、ちょっと早歩きすれば、あんな奴はティンブクトゥー[12]よりも遠くへ置き去りにできるぞ。それとも、思いすごしだろうか？　あいつは本当におれを尾けて来たんだろうか？　たしかに日曜日は、歩くのもやっとの男に尾行をさせるほど馬鹿じゃあるまい」

　彼はステッキをクルクルふり回しながら、早足でコヴェント・ガーデンの方向に歩き出した。大市場を横切る頃、雪は激しくなり、夕空が暗みゆくにつれて、一寸先も見えない大吹雪になった。雪片は銀色の蜂の群れのようにサイムを苦しめた。目や鬚の中に入り、ただでさえ苛立っている彼の神経に、絶え間なく無用の苦しみを与えた。フリート街の入口まで夢中でズンズンと歩いて来たが、そのあたりで我慢できなくなり、日曜も開いている喫茶店を見つけて、とび込んだ。申し訳にまたブラック・コーヒーを注文した。と思うや否や、ド・ウォルムス教授が重い足を引きずりながら店の中に入って来て、やっとのことで腰を下ろすと、一杯の牛乳を注文した。中に刃《やいば》を仕込んであるサイムの手からステッキが落ち、カランと大きな音を立てた。サイムはふだん冷静な男だったが、田舎者が奇術を見て驚き呆れるように、文字通り口をあんぐり開《あ》いていた。辻馬車が追って来るのは見なかった。店の外で車輪の音はしなかった。この男は、どう見ても歩いて来たのだ。しかし、老人は蝸牛《かたつむり》のようにしか歩けず、サイムは風のようにとんで来た。彼はハッとしてステッキを拾うと、算術上の矛盾に半ば気が狂ったようになって、自在扉からとび出し、コーヒーには手もつけずに店を出た。イングランド銀行行きの乗合いバスが、いつになくスピードを出して、目の前を通り過ぎた。彼は追いつこうとして遮二無二《しゃにむに》百ヤードも走ったが、ひとっとびして、なんとか泥除《よ》けにとび乗ることができた。一瞬立ちどまって肩で息をし、二階に上がった。

12 アフリカのマリ中部の町。中世には交易で栄えたが、ヨーロッパでは「幻の都市」といわれていた。

席に着いて三十秒も経ったろうか——背後に重い、喘息病《ぜんそくや》みのような息づかいが聞こえた。

ビクッとしてふり返ると、乗合いバスの階段を、雪に濡れて雫《しずく》のしたたるシルクハットがだんだんと上って来る。しかも、その帽子の下には、ド・ウォルムス教授の近眼の顔と震える肩がある。教授は例によって注意深く席に着き、顎までマッキントッシュの膝掛にくるまった。

老人のよろめく身体とおぼつかない手の動き、自信のない仕草や、慌ててハッとする様子などを見ると、彼が無力で、老いさらばえた肉体が言うことをきかなくなっているのは間違いない。彼は一寸刻みに身体を動かし、用心して息を詰めながら、やっとのことで腰を下ろした。しかるに、時間空間と呼ばれる哲学的本質に実用的存在すらもないというならともかく、彼が走って乗合いバスを追いかけて来たことに疑いの余地はなかった。

サイムは揺れるバスの上に立ち上がり、刻々と暗くなりゆく冬空をきっと睨みつけると、階段を駆けおりた。バスの横から跳び下りたいという本能的な衝動は、かろうじて抑えた。

彼はうろたえていたので、ふり向きもせず、筋道立てて物を考えることもできなかった。兎《うさぎ》が穴にもぐり込むように、フリート街のわきにある小さな袋小路の一つへとび込んだ。あの不可解なびっくり箱老人が本当に自分を尾けまわしているとしても、迷路のように入り組んだ裏道に入り込めば、じきにまくことができるだろう――彼はぼんやりとそう思っていた。道路というより罅《ひび》割《わ》れに似た、曲がりくねった小路を出たり入ったりして、互いちがいに二十も角を曲がり、途轍《とてつ》もない多角形を描いた頃、立ち止まって追跡者の足音がしないかと耳を澄ました。それらしい音は聞こえなかった。いずれにしても、大きな音がするはずはなかった。小路はしんしんと降りつもる雪に厚く覆われていたからである。しかし、レッド・ライオン・コートの裏のどこかに、雪掻きをした場所があった。誰か元気な市民が二十ヤードばかり雪を取り除《の》け、濡れた玉石が露《あら》われて光っていた。サイムは何の気なくそこを通り過ぎて、べつの細路にとび込んだが、そこから二、三百ヤードほど先に立ちどまって、また耳を澄ました時、彼の心臓も止まった。あのごつごつした石の露われたあたりから、忌々しい足《あし》弱《よわ》の松葉杖が鳴る音と、重い足音とが聞こえて来たからである。

頭上の空には雪雲が垂れ込め、夕方のその時刻にしては早すぎる暗闇と重苦しさにロンドンをつつんでいた。小路の両側の壁はのっぺりした盲壁で、小窓もなければ、丸窓の一つもない。サイムはこの蜂の巣のような町から抜け出し、開けた、街灯のともっている通りへ戻りたいという衝動をおぼえた。だが、大通りへ出るまでには、長いことウロウロとさまよい歩かねばならなかった。ようやく出て来たところは、思ったよりもずっと北の方だった。そこは、だだっ広く人気《ひとけ》のないラドゲイト円形広場《サーカス》のようで、空に聖《セント》ポール大聖堂が見えた。

初め、サイムは大通りが空《から》っぽなのにびっくりした。町に疫病でも流行《はや》ったかのようだ。しかし、考えてみれば不思議はない。吹雪がひどくて危険なほどだし、今日は日曜日なのだから。日曜日という言葉が頭に浮かんだ時、彼は唇を噛んだ。その言葉は、これ以降、彼には猥褻《わいせつ》な地口《じぐち》のように思われた。天高くかかっている雪の白い靄《もや》の下では、街全体の空気が、まるで海の底のような、なんとも奇妙な緑の薄明に変わっていた。幽閉された不機嫌な夕陽は、聖ポールの暗い丸屋根の後ろに沈んで、もやもやした不吉な色合いを帯びていた――病める緑、死せる赤、あるいは腐りゆく唐《から》金色《かねいろ》――そこには雪の白一色を引き立てるだけの明るさしかなかった。しかし、こうした物寂しい色彩を背に、どっしりした黒い大聖堂が聳《そび》え、大聖堂の天辺《てっぺん》にはアルプスの峰のごとく、風のまにまに吹きつけた雪が大きなしみとなって、へばりついていた。雪は偶然そこに降りかかったのだが、丸屋根を頂上から半ば被って、壮大な球体と十字架を見事な銀色に飾っていた。サイムはそれを見ると、背筋をピンと伸ばし、仕込み杖で思わず刀礼をした。

彼はあの邪悪な人物、己の影が、速いのだか鈍《のろ》いのだかわからぬ足取りで背後《うしろ》から迫って来るのを知っていたが、そんなことはもうどうでも良くなった。空は暗くなってきたが、地上のあの高処《たかみ》は明るく輝いている――そのことが人間の信仰と勇気の象徴であるような気がした。悪魔どもは天を陥落《かんらく》させたかもしれない。しかし、まだ十字架は支配していない。サイムはあの、舞いつ踊りつ追いかけてくる中風患者の謎を暴《あば》いてやりたくなった。そこで、サーカスにつづく袋小路の入口でクルリとふり向き、ステッキを握りしめて、追跡者がやって来るのを待った。

ド・ウォルムス教授は裏道の角をゆっくりと曲がって来た。ポツンと点《つ》いたガス灯を背に浮かびあがった教授の奇怪な姿は、あの童謡の登場人物さながらだった――「曲がった男が曲がった一里を歩いて行きました」。本当に、この男は曲がりくねった路次を歩いたので、ねじくれてしまったかのようだった。彼は次第にこちらへ近づき、街灯がその上を向いた眼鏡と、上を向いた辛抱強い顔を照らした。サイムは、聖ジョージが龍を待つように、人間が一切の説明か死を待つように、彼を待った。すると、老教授はこちらへ来たが、見ず知らずの人間のように傍らを通り過ぎ、悲しげな目を瞬《またた》きもしなかった。

この無言の、予想外な振舞いに、サイムは堪忍袋の緒を切らした。男の蒼白な顔と仕草は、これまでうしろを随《つ》いて来たのはすべて偶然だとでも言いたげだった。サイムは突然、電気にでも撃たれたように、憎しみと子供っぽい嘲笑の間を行く感情に満たされた。老人の帽子を叩き落とす真似《まね》をして、「つかまえられるもんなら、つかまえてみろ」とか何とか叫ぶと、白い広々したサーカスを夢中で駆け抜けた。隠すことはもう不可能だった。肩ごしにふり返ると、老紳士の黒い姿が、一マイル競走の優勝者さながら、身体を揺らして大股に追いかけて来るのが見えた。しかし、はずむ身体の上にのっている頭はやはり青白く、おごそかで、学者然としており、あたかもハーレクインの胴体に講演者の首をつないだようだった。

無茶苦茶な逃避行はつづいた——ラドゲイト・サーカスを横切り、ラドゲイト・ヒルを上って、聖ポール大聖堂をまわり、チープサイドを走った。サイムは、これまでに見た悪夢という悪夢をすべて思い出した。それから、サイムは川に向かって一散《いっさん》に走り、船渠《ドック》のあたりまで来た。小さな酒場の窓に黄色い明かりがともっていたので、とび込んでビールを注文した。そこは汚ない安酒場で、そちらこちらに外国人の船乗りが屯《たむろ》していた。阿片《アヘン》を吸ったり、ナイフを抜いたりするような場所だった。

一瞬遅れて、ド・ウォルムス教授が店に入って来た。注意深く腰かけると、牛乳を一杯注文した。

第八章　教授の説明

　ガブリエル・サイムはようやく椅子に落ち着いたが、真向かいの席には、やはり落ち着いて、梃子《てこ》でも動かぬといった様子の教授が坐っていた。その吊り上がった眉と鉛のように重い目蓋を見ていると、サイムの心にあらゆる恐怖が蘇った。恐ろしい評議会に出ていたこの不可解な男は、やはり自分を追って来たにちがいない。一方に中風患者の肩書を持ち、一方に追跡者の肩書を持っているとすると、この矛盾は彼をひとしお興味深い存在にするかもしれないが、気のゆるせる存在にはしなかった。自分には教授の正体がわからないが、教授は何かのきっかけでこちらの正体を見抜くかもしれない――これは、どう見ても楽しい状況ではない。サイムは、教授がまだ牛乳に手をつけないうちに、麦酒《エール》を白鑞《しろめ》の大杯に一杯飲み干していた。

　それでも、彼は一縷《いちる》の可能性に希望《のぞみ》をつないだ――それが何かの役に立つというわけではなかったが。この突飛な行動が意味するものは、彼に疑いがかけられているということとは全然別かもしれない。もしかすると、何かお定まりの形式か合図なのかもしれない。愚かな追いかけっこは一種の友好的な合図であって、自分はその意味を悟るべきだったのかもしれない。あるいは、一つの儀式だろうか。新任のロンドン市長はお供を連れてチープサイドを練り歩くが、そのように、新任の木曜日はこの通りを追いかけられる決まりなのかもしれない。ためしに何か訊いてみようと思って質問を考えていると、向かいの席の老教授が、いきなり出鼻を挫《くじ》いた。サイムが探りを入れる前に、年老いた無政府主義者は藪《やぶ》から棒にこうたずねたのだ――

「君は警官か?」

サイムは、よもやこんな乱暴な、身も蓋《ふた》もない質問をされるとは思わなかった。彼は落ち着いていたが、それでも、冗談めかしてぎごちなくこたえるのがやっとだった。

「警官?」と彼は曖昧に笑って、言った。「僕を見て、何で警官のことなんか考えるんです?」

「理由《わけ》は簡単だ」教授は辛抱強くこたえた。「警官のようだと思ったんだ。今もそう思っている」

「僕はあのレストランを出る時に、間違えて警官の帽子でもかぶりましたか？」サイムはいやにニヤニヤして、言った。「ひょっとして、僕のどこかに番号でも打ってありますかね？　僕の靴は人を見張っているように見えますかね？　どうして僕が警官なんです？　それより、郵便配達人にしてくださいよ」

老教授は重々しく首を振った。言いくるめることは出来そうもなかったが、サイムは滔々《とうとう》と皮肉を言いつづけた。

「でも、もしかすると、僕はあなたのドイツ哲学流の言葉の綾《あや》を誤解したのかもしれませんね。警官というのはきっと、相対的な用語なんでしょう。進化論的な意味では、類人猿はごくゆっくりと警官になりますよね。だから、僕にはその微妙な差違が感じとれないくらいです。猿は警官となり得べき唯一の存在です。クラファム・コモンにいる老嬢は、警官たり得た唯一の存在かもしれませんね。僕は警官たり得た存在であっても、かまいません。ドイツ思想の上で何になったって、かまいませんよ」

「君は警察の者か？」老人はサイムが口から出まかせに言う冷やかしを一切無視した。

「君は刑事か？」

サイムの心臓は石になったが、顔色は変わらなかった。

「あなたのおっしゃることは馬鹿げてます。一体、何だって――」

　老人は麻痺した手で、グラつくテーブルを打ち壊さんばかりに激しく叩いた。

「こんなにはっきり訊いておるのに、聞こえんのか？　この口の減らんスパイめ！」

　彼は甲高い、狂った声で叫んだ。「刑事なのか、違うのか、どっちなんだ？」

「違います！」サイムは絞首台の踏台に立たされた人のように、こたえた。

「誓え！」老人は身をのり出した。死人のようだった顔が、見るからに厭《いや》らしい、生きた表情になった。「誓え！　誓え！　偽りの誓いを立てたら地獄に堕《お》ちるが、いいんだな？　悪魔がおまえの葬式で踊りをおどるのを、知っておるな？　夢魔がおまえの墓の上に坐ってもいいんだな？　本当に間違いはないな？　おまえは無政府主義者で、爆弾魔だ！　何より、いかなる意味に於いても、刑事ではないんだな？　おまえは英国警察の者ではないんだな？」

　彼は骨張った肘をテーブルの上に突き出して、皮のたるんだ大きな手を、帽子の垂れ縁《ぶち》のように耳にあてた。

「僕は英国警察の者じゃありません」サイムは狂った冷静さで言った。

　ド・ウォルムス教授は、気が脱けたような奇妙な様子で、椅子の背に凭《よ》りかかった。

「残念だな。私はそうなんだ」

サイムはあわてて立ち上がり、その拍子に椅子が後ろに倒れて、大きな音を立てた。

「何ですって?」彼はしどろもどろになって、言った。「あなたは何なんです?」

「私は警官だ」教授はこの時初めて満面の笑みをたたえ、眼鏡の奥から嬉しそうに言った。「だが、君は警官を相対的な用語としか思っておらんから、私と君とは、もちろん、何の関係もない。私は英国警察の者だが、君は英国警察の者ではない。従って、君とは爆弾犯人のクラブで会ったとしか言うことができない。君を逮捕しなければならんようだな」そう言って、サイムの目の前のテーブルに、サイムがチョッキのポケットに入れて持っているのとそっくり同じ、青いカードを置いた。それは警察官の権限を示すものだった。

サイムは一瞬、天地が引っくり返ったような気がした。樹はすべて下へ伸びてゆき、星もすべて足の下にあるような――。それから、次第に正反対の確信が湧きあがった。今までの二十四時間、天地は本当に引っくり返っていたのだ。しかし、転覆した宇宙は今やっと元に戻った。自分は一日中悪魔から逃げまわっていたが、じつは悪魔と思っていたのは警察の先輩で、テーブルの向こう側にそっくりかえって、自分を笑っている。彼はまだそれ以上の詳しいことを訊《き》こうとしなかった。自分を追い立て、耐え難い不安を感じさせた影は、自分に追いつこうとする味方の影にすぎなかった、という、嬉しくも馬鹿馬鹿しい事実を知っただけだ。同時に、自分が愚かで自由な人間であることを感じた。心の病的状態が治る際には、ある種の健全な屈辱感が伴うからだ。そういう場合、ある段階に来ると、三つの事だけが可能になる。一つは、サタンのごとき慢心を守りつづけること。二つ目は涙。三つ目は笑いだ。サイムの自意識は第一の態度に二、三秒しがみついていた後、いきなり第三に移ったのだ。彼はチョッキのポケットから自分の青いカードを取り出し、テーブルの上に放《ほお》った。それから、黄色い顎鬚の先が天井を向くほどそりかえって、野蛮な笑い声をあげた。

その狭苦しい洞窟《あなぐら》は、ナイフや皿や缶が鳴る音、やかましい声、突然の喧嘩やどさくさでいつも沸きかえっていたが、サイムの笑い声には何かホメロスの英雄を思わせるものがあって、大勢の酔っ払いがこちらをふり向いた。

「何笑ってんだよ、旦那？」船渠の労働者の一人が、訝しんで言った。

「自分を笑ってるんだ」サイムはそうこたえて、また腹がよじれるほど笑った。

「しっかりしろ」と教授が言った。「さもないと、ヒステリーになるぞ。もっとビールを飲みたまえ。私もお相伴《しょうばん》する」

「牛乳をまだ飲んでいないじゃありませんか」とサイムは言った。

「牛乳だと！」相手は底知れぬ軽蔑をこめて、猛々《たけだけ》しく言った。「牛乳だと！　あの糞ろくでもない無政府主義者どもが見ていないところで、そんなけがらわしいものを飲むと思うのかね？　この部屋にいるのは、みんなキリスト教徒だ。もっとも——」彼は酔っ払いの群れをチラと見やって、「厳格なお宗旨ではないかもしれんがね。牛乳を片づけろだと？　畜生！　よし、今すぐ片づけてやる！」そう言うと、大コップを叩き落とした。ガラスが割れ、銀色の液体が飛び散った。

サイムは幸福な好奇心を抱いて、相手を見つめていた。

「やっとわかりました。あなたはもちろん、年寄りなんかじゃないんですね」

「ここでこの顔を脱ぐことはできん」ド・ウォルムス教授はこたえた。「少々手のこんだ変装なんでね。私が年寄りかどうかについては、自分では何ともいえない。この前の誕生日で三十八になった」

「そうですか。でも、僕が言いたかったのは」サイムは焦《じ》れったそうに言った。「お具合はどこも悪くないっていうことです」

「うん」相手は冷ややかにこたえた。「風邪をよく引くがね」

サイムは笑ったが、その声には、安堵《あんど》の泣き笑いのようなところがあった。中風病《や》みの教授が、じつは舞台に出る時のように扮装した若い役者だったと考えると、可笑《おか》しかったが、自分は胡椒入れが転がっても、高らかに笑うだろうと思った。

贋者《にせもの》の教授は酒を飲んで、つけ鬚を拭《ぬぐ》った。

「君、知ってたかい、あのゴーゴリって男が我々の仲間だったことを？」

「僕ですか？　いや、知りませんでした」サイムはちょっとびっくりして、こたえた。

「あなたもですか？」

「ゆめにも思わなかった」これまでド・ウォルムスと名告《なの》っていた男はこたえた。

「議長は私のことを言ってるんだと思って、足がガタガタ震えた」

「僕も自分のことを言ってると思ったんです」サイムは彼独特のすてばちな笑い方をした。「ずっと拳銃を握りしめてましたよ」

「私もだ」教授は陰気に言った。「明らかにゴーゴリも同じだった」

サイムはテーブルを叩いて、叫んだ。

「何だ、こちらは三人もいたのか！　七人のうち三人なら、十分喧嘩になる。仲間が三人いることを知ってればなあ！」

ド・ウォルムス教授の顔が暗くなった。彼は俯《うつむ》いたままだった。

「我々は三人いた。たとえ三百人いたとしても、やはり何もできなかったろう」

「三百対四でも？」サイムは少しやかましい声で冷やかした。

「そうだ」教授は冷静に言った。「仮に三百人いても、日曜日が相手ではね」

果たしてその名前が出たとたん、サイムは冷水を浴びせられたごとく真剣になった。笑いは、口元から消えるより先に、胸の中で消えた。忘れられぬ議長の顔が、彩色写真のごとく鮮烈に、心にとび込んで来たのだ。彼は日曜日とその取り巻きの違いに気づいた。取り巻きたちの顔はいかに兇悪で不気味でも、他の人間の顔と同じで、時間が経つと記憶の中でだんだんぼやけてゆく。ところが、日曜日の顔は、本人がいない間にいっそう現実感を増しさえするようだった——あたかも、彩色した肖像写真がゆっくりと生命《いのち》を帯びて来るように。

二人はしばらく黙っていたが、やがてサイムの口から、シャンパンの泡のように言葉が吹き出した。

「教授。こんなの、我慢ならない。あなたはあの男が怖いんですか？」

教授は重い目蓋を上げて、大きな青い眼を見開き、その眼にほとんど天界的な正直さを浮かべて、サイムを見つめた。

「うん、怖い」と穏やかに言った。「君もだろう」

サイムは一瞬黙り込んだ。それから、侮辱を受けた人間のようにつと立ち上がり、椅子を押しやった。

「そうだ」彼は何とも形容し難い声で言った。「その通りだ。僕はあいつが怖い。だからこそ、神に誓う――僕は怖いあの男をどこまでも追いつめて、探し出して、ぶん殴《なぐ》ってやる。もしも天がやつの玉座で、地がやつの踏み台だったとしても、必ずあいつを引きずりおろしてやる」

「どうやって？」教授は目を瞠《みは》った。「なぜ？」

「なぜなら、やつが怖いからだ」とサイムは言った。「誰も自分が怖いものを、この宇宙に残しておいてはいけないんだ」

ド・ウォルムスは一種盲目の驚嘆の念をおぼえて、目を瞬《しばたた》いた。そして何か言おうとしたが、サイムは低い声で、しかし、天も衝《つ》くばかりの気概をこめて、語りつづけた――

「恐ろしくもない、つまらんものを誰がわざわざやっつけますか？　賞金目当てに闘う拳闘士みたいに、ただ勇ましさを見せびらかすなんて賤しいことじゃありませんか？　恐れ知らずというのは、下等な——独活《うど》の大木みたいなものです。恐ろしいものと戦うべきです。昔話に、こういうのがあるでしょう。イギリス人の聖職者がシチリアの山賊に最後の儀式をしてやったら、大盗賊は臨終《いまわ》の床で言いました。『おれはあんたに金をやれんが、一生役に立つ忠告をしてやろう。親指を刃にあてて、突き上げるんだ』だから、僕もあなたに言います、突き上げるんだ——星々をやっつけるなら」

教授は天井を向いたが、これは彼が癖でする姿勢だった。

「日曜日は恒星だ」と教授は言った。

「あいつが流れ星になるのを見せてやる」サイムはそう言って、帽子をかぶった。

その決然たる態度につられて、教授もなんとなく立ち上がった。

「君、どこへ行くんだね」と気づかうように言った。「何か考えでもあるのかね？」

「ええ」サイムはぶっきら棒にこたえた。「パリで爆弾が投げられるのを止めに行くんです」

「やり方は考えたのか？」

「いいえ」サイムはやはりきっぱりと言った。

「君、もちろん憶えているだろうが」自称ド・ウォルムスは顎鬚をひねりながら、窓の外を見て、話をつづけた。「我々がいささか慌《あわただ》しく解散した時、犯行の手筈《てはず》は侯爵とブル博士に一任することになったろう。侯爵はたぶん今頃、海峡を渡っているにちがいない。しかし、彼がどこへ行って何をするかは、議長でさえ知っているかどうか疑わしい。もちろん、我々は知らない。知っているのはブル博士だけだ」

「畜生め！」サイムは叫んだ。「しかも、僕らはあいつの居所を知らないんだ」

「いや」相手は上《うわ》の空のような妙な調子で言った。「私は居所を知っているよ」

「教えてくれませんか？」サイムは目を輝かせた。

「連れて行ってやろう」教授はそう言って、帽子掛けから自分の帽子を取った。

サイムは興奮に身を強張らせて、相手を見た。

「どういう意味です？　一緒に闘ってくれるんですか？　あなたも危険を冒すんですか？」

「お若いの」教授は楽しげに言った。「君が私を臆病者扱いするのを見ていると、愉快になってくるね。その点に関しては、一言だけ言っておこう。君の哲学的修辞法とまったく同じ流儀でだ。議長をやっつけることは可能だと君は考える。私はそれが不可能だと知っているから、やってみるつもりだ」居酒屋の扉を開けると、冷たい風が吹き込んで来た。二人は共に船渠のそばの暗い通りへ出た。

雪はおおむね溶けたか、踏み崩されて泥になっていたが、白というより灰色の塊があちこちに残り、暗がりに浮き上がっていた。細い通りは水びたしで、水たまりに街灯の焔がポツポツと不規則に映っていた。まるで地上に落ちた別の星のかけらのようだった。サイムはこの光と影が交錯する中を歩みながら、眩暈《めまい》のようなものを感じたが、連れはズンズンと歩いて行った。やがて前方に道は尽きて、突きあたりに一インチか二インチばかり川面《かわも》が覗《のぞ》いていた。灯火に照らされた川は焔の棒のように光っていた。

「どこへ行くんです?」サイムはたずねた。

「もうすぐだ」教授はこたえた。「この先の角を曲がって、ブル博士が寝たかどうかたしかめるんだ。あの男は衛生第一で、早寝なんだ」

「ブル博士ですって!　この先に住んでいるんですか?」

「いや。じつをいうと、少し遠いところに——川の向こう岸に住んでるんだが、あいつが寝たかどうかは、ここからでもわかる」

教授はそう言いながら道の角を曲がり、焔の斑点紋様《まだらもよう》が入った薄暗い川に向かって立つと、ステッキで向こう岸を指《さ》した。川のサリー側の岸には高層住宅がごちゃごちゃとかたまって、ほとんどテムズ川に覆いかぶさるように、水際《みぎわ》まで続いていた。窓には点々と明かりがともり、建物はまるで工場の煙突のように、正気の沙汰とは思えない高さに聳え立っていた。全体のバランスと配置のために、一つの棟が、百の眼を持つバベルの塔のように見えた。サイムはアメリカの摩天楼《まてんろう》を見たことがなかったから、まるで夢の中の建物のようだと思った。

目を凝《こ》らして見ていると、ちょうどその時、無数の明かりがついたこの塔の、一番上の明かりが突然消えた。あたかもこの黒いアルゴス[13]が、数えきれぬ眼の一つでウインクをしたかのようだった。

ド・ウォルムス教授はクルリとふり返って、ステッキで靴を叩いた。

13　ギリシア神話に登場する百の眼を持つ巨人。

「遅かった。衛生第一の博士は寝ちまった」

「どういう意味です？　それじゃ、あそこに住んでるんですか？」

「そうだ。今は見えんが、あの窓の向こうにね。さあ、それじゃ晩飯を食いに行こう。やつのところへは明日の朝行くとしよう」

教授はそのまま道案内をつづけて、裏道を何本か通り、二人はしまいに、イースト・インディア・ドック・ロードの揺れる明かりと喧騒の中に出た。教授はこの界隈の道をよく知っていると見えて、さらに先へ進んだ。やがて、ある場所へ来ると、明かりのついた商店街は急に薄暗くひっそりとして、路《みち》から二十フィートばかり引っ込んだところに、修理もろくにしていないらしい古ぼけた白い宿屋があった。

「良きイギリスの宿屋というのは、化石のように偶然の戯れで、そこら中に残っている」と教授は説明した。「私は以前、ウエスト・エンドに良いところを見つけたよ」

「それじゃ、ここが」サイムは微笑んで言った。「イースト・エンドの良いところというわけですね」

「その通り」教授はおごそかにそう言って、中に入った。

二人はそこでたっぷりと夕食をとり、ぐっすりと寝た。こういう場所の人々が不思議と上手く料理する豆とベーコン、驚いたことに酒蔵から出て来たブルゴーニュの葡萄酒が、新しい仲間と慰めを得たサイムの喜びに花を添えた。この苦しい試練を通じて、彼の一番の恐怖は孤立していることだった。そして孤立と、一人の味方を持つこととの間には、いかなる言葉を以てしても言い表わせない深淵が横たわっている。数学者には、四は二かける二だということを認めてやっても良い。しかし、二は一かける二ではない。二は一かける二千なのだ。だからこそ、たくさんの不都合があるにもかかわらず、世界は常に一夫一妻のしきたりに戻るであろう。

サイムは自分の途方もない物語を、初めて人に聞いてもらうことが出来た。グレゴリーに川ほとりの小さな居酒屋へ連れて行かれたところから説き起こして、一切を、旧知の友と語るように言葉豊かな一人語りで、気ままに心ゆくまで語った。ド・ウォルムス教授に扮していた男も、話を聞いてばかりはいなかった。彼自身の話も、サイムのそれと同じくらい馬鹿げていた。

「君の変装は良《い》いね」サイムはマコンを一杯飲み干して、言った。「ゴーゴリの変装より、ずっと良い。初端《はな》から、あいつは少し毛むくじゃらすぎると思ってたんだ」

「芸術観の相違さ」教授は物思わしげにこたえた。「ゴーゴリは理想主義者だった。

無政府主義者というものの抽象的な、あるいはプラトン的な理想をつくり上げた。でも、私は現実派だ。肖像画家だ。いや、肖像画家と言うだけじゃ不十分だな。私は肖像画なんだ」

「どういうことかわからないね」とサイムは言った。

「私は肖像画なんだ」と教授は繰り返した。「その名も高いド・ウォルムス教授の肖像画だ。御本人はたぶん、ナポリあたりにいるのさ」

「君はその人に変装してるっていうことかい」とサイムは言った。「でも、本人は君が自分になりすましてることを知らないのかい?」

「知ってるとも」彼の友人は愉快げに言った。

「それじゃ、どうして君を告発しないんだ?」

「私が向こうを告発したんだ」

「説明してくれないか」

「私の話を聞いてくれるなら、喜んでするとも」高名な異国の哲学者はこたえた。「私の稼業は役者で、名前はウィルクスという。芝居をやっていた頃は、あらゆる種類のボヘミアンや無頼の連中とつき合った。競馬に手を出したこともあるし、芸術家くずれの連中や、時には政治亡命者と知り合いになったこともある。私はとある夢想家の亡命者たちのたまり場で、ドイツの虚無主義哲学者として有名なド・ウォルムス教授に紹介された。あの男については、見た目以上のことはあまりわからなかったが、その見た目というのが非常に不愉快で、私はよく観察した。聞くところによると、教授は宇宙の破壊的原理が神であることを証明したんだそうだ。それ故に、万物を粉砕する狂暴で弛《たゆ》みのないエネルギーが必要だ、と力説した。エネルギーこそすべてだと奴は言った。奴は足を引きずっていて、近眼で、身体に一部麻痺があった。私はあいつに会った時、たまたま悪ふざけをしたい気分で、鼻持ちならない奴めと思ったから、あいつの物真似をすることにした。私が画家なら、やつのカリカチュアを描《か》いたろう。でも、役者だから、カリカチュアを演ずるしかなかった。変装して、老教授のいやらしい姿をうんと誇張してやった。教授の支持者たちが一杯いる部屋に入った時、連中は大笑いするか、さもなくば（うんと教授に心酔している奴らだったら）、侮辱だといって大騒ぎするだろうと思った。ところが、私が入っていくと、部屋の中はしんと静まり返って、（私が初めて口を開くと）賞賛のつぶやきが聞こえて来たんだ。その時の驚きといったら、言葉には言い尽くせない。完璧な芸術家の呪いが私にふりかかったんだ。私の演技はあまりにも巧妙で、本物そっくりだった。連中は、私が本当に偉大な虚無主義哲学者だと思ったんだ。あの頃の私は健全な精神を持つ若者だったから、これには正直なところ愕然《がくぜん》としたね。しかし、その衝撃からすっかり立ち直らないうちに、二、三人の崇拝者が憤慨に耐えないといった様子で駆け込んで来て、隣の部屋で私を公然と侮辱している奴がいると言った。私はどういうことかとたずねた。誰か不届きな男が仮装をして、けしからぬことに私の物真似をしているらしい。私はシャンパンをしこたま飲んでいたから、勢いづいて、とことん教授で押しとおすことにした。その結果、本物の教授が部屋に入って来ると、部屋のみんなは睨みつけるし、私も眉を吊り上げて、氷のような目で迎えたわけさ。

もちろん、一悶着《ひともんちゃく》持ち上がった。私のまわりの厭世論者たちは、二人の教授を不安そうに見較べて、どちらが本当に病弱かを見定めようとした。でも、私の方が勝った。教授のように身体の悪い老人が、元気旺盛な若い役者のように虚弱な印象を与えることは、到底出来ない相談だった。なにしろ、彼は本当に身体に麻痺があって、その限界の中で立居振舞うわけだから、私みたいに立派な麻痺患者にはなれなかったんだ。それで、やっこさん、知的にこちらを言い負かそうとした。私はごく単純な手で対抗した。教授が何か、余人には理解のできぬことを言うたびに、私は自分にも理解できないことを言って応酬した。『君はこの原理を理解しておらんようだが』とやつは言った。『進化は否定にすぎぬ。なんとなれば、そこには空隙《くうげき》の発生が内在し、それが差異化の本質なのだから』私は軽蔑をこめてこたえた。『そんなことは全部、ピンクウェルツの論文に書いてある。混乱が優生学的に機能するという概念は、とうの昔にグルンペが指摘しておる』言うまでもないが、ピンクウェルツだのグルンペだのという人間は存在しない。しかし、その場にいた連中は（驚いたことに）かれらをよく知っているらしかった。教授は、玄妙な学問を武器に戦ったのでは、臆面もなく出《で》鱈目《たらめ》を言う相手の思うつぼだと悟って、機智という、もっと通俗な手段に訴えた。『君は』と彼はニヤリと笑って言った。『イソップに出てくる心得ちがいの豚のように、口だけは達者だな』『そして、君は』私は微笑んで、こうこたえた。『モンテーニュに出てくる針鼠《はりねずみ》のように、意気地《いくじ》なしだ』もちろん、モンテーニュに針鼠なぞ出て来ないがね。『おまえのはったりは、化けの皮が剝がれるぞ』と彼は言った。『おまえの鬚が抜けるようにな』これは本当のことだし、中々気の利いた文句だったから、うまく言い返すことが出来なかった。しかし、私は高らかに笑って、『汎神論者の靴と同じさ』――そう口から出まかせに答えて、やったりけりとばかりに、相手に背中を向けた。本物の教授は追い出されたが、手荒いことはされなかった。もっとも、一人の男が、しつこくあいつの付け鼻を引き抜こうとしていたがね。教授は今じゃヨーロッパのどこへ行っても、愉快なペテン師扱いされているらしい。大真面目で怒った様子が、じつに面白いというんだね」

「しかし」とサイムは言った。「君が一晩の悪ふざけにその汚ない鬚をつけるのは理解できるが、それをつけたきりというのは理解できないな」

「それについては、また話がある」と物真似役者は言った。「私は恭《うやうや》しい拍手に送られてその場を去った。暗い通りを、足を引きずって歩きながら、もう少し遠くへ行けば、人間らしく歩いても大丈夫だと思った。ところが、道の角を曲がると誰かが肩に触ったので、びっくりしてふり返ると、雲つくような大男の警官が立っていた。私に用があると男は言った。私は身体が麻痺しているふりをして、ドイツ訛りの甲高い声で叫んだ。『そうとも、私に用のある人間は大勢いる――世界中の虐げられた人々だ。君は私が偉大なる無政府主義者、ド・ウォルムス教授だというので逮捕するんだな』警官は手に持った紙を無表情に見て、丁寧に言った。『いいえ、少し違います。私はあなたがその名も高い無政府主義者、ド・ウォルムス教授ではない廉《かど》で逮捕するのです』この嫌疑は、たとえそれが犯罪にあたるとしても、二つの容疑のうちでは軽い方だから、私は男に随いて行った。一体どういうことだろうと思ったが、さほど心配してはいなかった。私はいくつもの部屋に通されて、しまいに警察の役人の前に連れて行かれた。その人は、無政府主義の中枢に対して重大な戦いが始まったのだと説明した。そして、私の変装の腕が社会の安寧を守るために役立つかもしれない、と。彼は私に良い給料と、この小さな青いカードをくれた。話をしたのはほんの一時《いっとき》だったが、随分常識とユーモアが豊かな人物という印象を受けた。しかし、彼の人となりについて、くわしいことは言えないんだ。なぜかというと――」

サイムはナイフとフォークを置いて、言った。

「知ってる。そのわけは、君は真っ暗な部屋で彼と話したからだ」

ド・ウォルムス教授はうなずいて、グラスを乾した。

第九章　眼鏡の男

「ブルゴーニュの葡萄酒は、やっぱり美味い」教授は悲しげに言って、グラスを置いた。

「君を見ていると、そうは思えないな」とサイムは言った。「薬でも飲むように飲んでるじゃないか」

「私の態度は大目に見てくれ」教授は陰気に言った。「私はちょっと妙なことになってるんだ。心の中は少年のように、ほんとに浮き浮きしている。しかし、中風の教授を演ずるのが板につきすぎて、今じゃ習《なら》い性《しょう》になっちまったんだ。友達と一緒にいて、人の真似をする必要なぞない時でも、ついゆっくり物を言って、額に皺を寄せてしまう——こいつが自分の額であるかのようにね。私は陽気にもなれるが、いいかね、それは身体の麻痺した人間の陽気さなんだ。胸の中には明るい叫び声が躍っている。しかし、口から出てくるのは全然違う声だ。私が『しっかりしろ、大将！』と言うのを聞いたら、君は涙が出るだろうよ」

「そうだな」とサイムは言った。「でも、それとは別に、君には何かほんとの悩みがあるように思えるんだけどね」

教授は少しびっくりして、サイムをまじまじと見た。

「君はほんとに利口な男だ。君と仕事をするのは楽しいよ。うん、おっしゃる通り、私の頭の中には厚ぼったい雲がかかっている。片づけなきゃならない大きな問題がある」そう言って、禿げあがった額を両手に埋《うず》めた。

それから、低い声で言った——

「ピアノを弾《ひ》けるか？」

「うん」サイムは不思議に思いながら、言った。「タッチが良いといわれてるけどね」

それから、相手が黙っているので、言い足した——

「これで、大きな雲は晴れたろうね」

長い沈黙の後、教授は顔の前にかざした両手の、洞穴《ほらあな》のような蔭から言った——

「君がタイプライターを打てれば、それでも良いんだ」

「ありがとう、ほめてくれて」

「よく聴け。明日誰と会わねばならないかを忘れるな。我々が明日やろうとしていることは、ロンドン塔から王冠を盗むよりも、ずっと危険なことなんだ。我々は非常に頭の切れる、強い邪悪な男から秘密を盗もうというんだ。私の思うに、むろん議長は例外として、色眼鏡をかけてニヤニヤ笑っているあの小男ほど恐ろしい、侮《あなど》れん奴はいないよ。あいつには書記みたいな死にもの狂いの情熱や、無政府主義に殉ずる狂った犠牲的精神はないかもしれない。しかし、書記の狂信には人間的な悲壮さがある分だけ、罪がない。ところが、あの博士は忌々しいほど正気で、それは書記の病気よりも破廉恥だ。あいつはいやらしいほど男らしくて元気だろう？　奴はゴム毬《まり》のように弾《はず》むよ。まったく、兇行の計画をすべてブル博士の丸い黒々した頭にしまい込むとは、日曜日も眠っていたわけじゃないな（しかし、あいつは眠ることなんか、あるんだろうか？）」

「それで、君は」とサイムは言った。「僕がピアノを弾いて聞かせたら、この類《たぐい》稀《まれ》な怪物はおとなしくなるというのかい？」

「馬鹿だな」と彼の導師は言った。「ピアノのことを言ったのはね、ピアノを習うと指が素速く、自在に動くからだ。サイム、我々があの男と会見して、気も狂わずに帰って来ようと思うなら、二人の間で、あの悪党にわからない合図を決めておかなきゃいけない。私は五本指に対応するアルファベットの暗号を考えた。大まかなものだがね——見ろ、こんな具合さ」彼は木のテーブルの上で指を小波《さざなみ》のように動かした——「B、A、D、悪《バッド》いだ。この言葉は何度も使うかもしれないな」

サイムはグラスに葡萄酒をもう一杯ついで、暗号を習いはじめた。彼は異常にパズルを解くのが上手で、手品をやっても器用だったから、テーブルや膝をなにげなく叩くふりをして簡単な内容を伝える方法を、すぐに呑み込んでしまった。しかし、この男は友達と酒を飲んでいると、お道化《どけ》た真似をしたくなる癖があった。教授はやがて、新言語が興ののったサイムの頭から際限もなく湧き出して来るのに手を焼いた。

「いくつか単語を表わす合図を決めておかなきゃ」サイムは真顔で言った——「必要になりそうな、微妙な意味を表わす単語だ。僕の好きな単語は『同時代の《コイーヴァル》』だ。君の好きな言葉は？」

「ふざけるのはやめてくれ」教授は哀れっぽく言った。「大切なことなんだぞ」

「『みずみずしい』もだな」サイムは賢《さか》しげに首を振った。「『みずみずしい』も要るよ──草に使う言葉だがね」

「ブル博士と」教授は腹を立てて言った。「草の話をするとでもいうのかね?」

「話題をそこへ持って行く方法はいくらもある」サイムは考え込むように言った。

「この単語が自然に出るようにするんだ。たとえば、こんな風に言ったらいい──『ブル博士、あなたは革命家だから、昔のさる暴君が我々に草を食えと言ったのを御存知でしょう? じっさい、我々の多くが、新鮮な、みずみずしい夏草を見ると──』」

「わかってるのか?」教授は言った。「これは悲劇なんだぞ」

「もちろんだ」とサイムはこたえた。「悲劇中には常に喜劇がある。それは仕方ないじゃないか? 君の言語にもっと幅《はば》を持たせたいな。足の指も使うわけにはいかないだろうね? そうすると、話の最中、靴も靴下も脱がなきゃいけないから、いくら目立たないようにやっても──」

「サイム」彼の友は厳しく言った。「寝ろ!」

しかし、サイムは寝床の上に坐って、しばらく暗号をお復習《さら》いしていた。翌朝、東の空がまだ暗いうちに目を醒ますと、白鬚の盟友が幽霊のごとく寝床の傍らに立っていた。

サイムは目をまたたきながら、床の上に起き直った。それから、ゆっくりと考えをまとめ、夜具をまくって立ち上がった。奇妙なことだが、前夜の安心となごやかさは夜具と共にはがれ落ちたような気がして、彼は今、冷たい危険な空気の中に立っていた。連れに対しては、やはり全幅の信頼と誠心《まごころ》を寄せていたが、それは処刑台に向かう二人の男の間にある信頼だった。

「ねえ」サイムはズボンを穿《は》きながら、無理に朗らかさを装って言った。「君のアルファベットの夢を見たぜ。あれを考え出すのには長くかかったかい？」

教授は返事をせず、冬の海の色をした眼で、まっすぐに前を見つめていた。それで、サイムは質問を繰り返した。

「ねえ、あれを発明するのに、長くかかったのかい？　僕はこの手のことは得意なはずなんだけど、おぼえるのにたっぷり一時間はかかったぜ。君はすぐにおぼえられたかい？」

教授は黙っていた。目を大きく見開き、口元にはかすかな微笑がはりついていた。

「どのくらい時間がかかった？」

教授は身じろぎもしなかった。

「こん畜生、答えられないのか？」サイムは急に腹が立って、どなった。その怒りの底には、恐怖のようなものが混じっていた。教授は返事が出来るのやら出来ないやら――いずれにしても、答えなかった。

サイムは教授の羊皮紙のように強張った顔と、虚ろな青い目をじっと見つめていた。彼が最初に考えたのは、教授が狂ったということだったが、その次に思いついたのはもっと恐ろしいことだった。自分はこの変な男を軽々しく味方と思い込んでいたが、結局、彼について何程のことを知っているだろう？　この男は無政府主義者の朝食会にいた。サイムに馬鹿馬鹿しい話を語った――それ以外に、何を知っているだろう？あの場所にゴーゴリ以外の味方がいたなどということは、ありそうもない話だ！　この男の沈黙は、不敵な宣戦布告なのだろうか？　つまるところ、このわき目もふらぬ視線は、ついに正体をあらわした三重の裏切り者の、おそるべき冷笑なのだろうか？彼は立ったまま、無情な沈黙の中で耳を澄ました。爆弾魔たちが外の廊下を忍び寄って、自分をつかまえに来る足音が聞こえるような気がした。

やがて、彼はふと下を向くと、いきなり笑い出した。教授その人は彫像のごとく音なしで立っていたが、物言わぬ五本の指は、テーブルの上で生き生きと踊っていたのだ。サイムは物言う手の素早い動きを目で追って、はっきりと通信を読み取った――

「これから、この方法でしゃべる。慣れなきゃいかん」

サイムはほっとして、指でせっかちに返事をした。

「わかった。朝飯を食べに行こうよ」

二人は無言で帽子とステッキを取ったが、サイムは仕込み杖を取ると、かたく握りしめた。

かれらはコーヒー屋台にほんの二、三分立ち寄って、コーヒーと分厚い粗末なサンドイッチを腹に詰め込み、それから川を渡った。川は灰色の曙光《しょこう》の下で、アケロン川のごとく荒涼たる趣をたたえていた。二人は向こう岸から見た巨大な建物の下に着くと、剝き出しの数知れない石段を無言で上りはじめた。時々立ち止まって、欄干の横木の上で短いやりとりを交わした。石段を一続き上るごとに、窓を一つ通り過ぎた。それぞれの窓から、青白い悲愴な暁がロンドンの街の上にゆっくりと広がってゆくのが見えた。一つひとつの窓から見える無数の瓦屋根は、雨上がりの灰色の海に騒ぐ鉛色の大波のようだった。サイムは、この新しい冒険が、なにか今までの突飛な冒険よりも性《たち》の悪い、冷たい正気さを帯びているのをひしひしと感じた。たとえば昨夜、この高層住宅は夢の中の塔のように見えた。今、彼は石段を蜿々《えんえん》と上りながら、それが果て知れず続くことに辟易《へきえき》している。しかし、その感情は夢の激しい恐怖でもなければ、誇張とか幻覚とかいった種類の物でもなかった。石段の無限はむしろ代数の空虚な無限に似て、それ自体は考えることのできない、しかし思考にとっては必要なものだった。あるいは、恒星の距離について天文学が述べる、気の遠くなるような数字にも似ていた。彼は理性の館の——不条理そのものより戦慄すべきものの階段を上っているのだった。

ブル博士の住む階にたどり着いた頃には、最後の窓から見える白々した暁の空を、赤い雲というよりも赤い粘土に似た、粗野な赤さの横雲が縁取っていた。そしてブル博士のがらんとした屋根裏部屋に入ると、そこは光に溢れていた。

サイムは、この建物の空っぽな部屋と厳粛な夜明けを見ているうちに、何かこういう歴史上の場面があったような気がしてならなかった。その屋根裏部屋と、机に向かって書き物をしているブル博士の姿を見たとたん、それが何だったかを思い出した──フランス革命だ。あの重たるい赤と白の朝空には、ギロチンの黒い輪郭が浮かび上がっているべきなのだ。ブル博士は白いシャツに黒い半ズボンを穿いているだけだった。短く刈った黒い頭は、たった今鬘《かつら》を脱いだばかりのようにも見えた。マラー[14]といっても、身形《みなり》にかまわぬロベスピエールといってもおかしくなかった。

しかし、博士をつぶさに見ると、フランスの幻想は消え去った。ジャコバン党は理想主義者だったが、この男には凶々《まがまが》しい実利主義があった。坐っている位置のために、その様子には今までにない感じが加わっていた。一方から射し込む強い真っ白な朝陽が、影をくっきりと際立たせ、博士の顔はバルコニーで朝食を食べた時よりも青白く、角張って見えた。眼を覆っている二つの黒いガラスは、髑髏《しゃれこうべ》にぽっかり開いた黒い穴のようで、その顔を死神の首のようにしていた。まったく、もし死神が木の机に向かって書き物をするとしたら、それはこの男だったかもしれない。

二人が入って来ると博士は面《おもて》を上げ、愛想良く微笑って、教授が言った通り、毬《まり》の

14　ジャン・ポール・マラー（一七四三～九三年）。ロベスピエール（一七五八～九四年）と共に、フランス革命の際、ジャコバン党を指導した政治家。

弾むような敏捷さで立ち上がった。彼は二人に椅子をすすめ、扉の後ろの洋服掛けに寄って、粗い生地の黒っぽいツイードの上着とチョッキを着た。ボタンをきちんとかけると、机の前に戻って腰を下ろした。

　落ち着いたにこやかな態度をとられて、二人の敵対者はなすすべもなかった。教授は言葉につまったが、やがて沈黙を破った。「朝っぱらからお邪魔してすまないね、同志」彼はまたド・ウォルムス教授の緩慢《かんまん》な様子を慎重に演じながら、「もちろん、パリ行きの仕度《したく》は整ったろうな?」そう言ってから、おそろしくゆっくりと言い足した。「我々は、寸刻の遅延も耐え難いものにする情報を手に入れたのだ」

　ブル博士はまたニッコリしたが、何も言わずに二人を見つめていた。教授は一言言うごとに間をおいて、だらだらと話しつづけた――

「いきなりこんなことを言って、どうか無作法と思わないでもらいたいのだがね。君に忠告する。計画を変えるか、もう遅すぎるのであれば、君の代行人のあとを追いかけて、出来る限り支援をしてやってくれ。サイム同志と私の身に、ある事件がふりかかってね、今はそれについて説明するひまはない――そのことを考慮に入れて行動するとすれば、だ。しかしながら、もし君が、どうしてもそのことを――我々が話し合わねばならぬ問題を——理解する必要があると本当に感ずるなら、時間を無駄にする危険を冒しても、その出来事を詳しく説明しよう」

教授は言葉を引き伸ばして、耐え難いほどまわりくどくしゃべった。実際家の博士が痺《しび》れをきらし、つい手の内を見せはしないかと期待したのだ。しかし、小柄な博士は相変わらずこちらを見てニヤニヤしているだけで、独り語りは胸突き坂をのぼるような苦しい仕事だった。サイムはまたしても嫌悪と絶望を感じはじめた。博士の微笑と沈黙は、三十分前に教授が示した強硬症患者のような凝視と恐ろしい沈黙とは、まったく違った。教授の変装と道化じみた演技には、常にお化け人形のような、グロテスクなものがあった。サイムは昨日のひどい苦しみを、子供の頃に怖がったお化けのように思い出した。しかし、ここには陽の光がある。ここにいるのはツイードを着た健康な、怒り肩の男で、変わったところといえば、醜い眼鏡をかけていることぐらい——人を睨みつけるでもなく、歯を剝《む》いて怒るでもなく、ただニコニコして黙っている。すべてに耐え難い現実感があった。次第に明るくなる日光の下で、博士の顔色とツイードの柄《がら》は引き立ち、途方もなく広がった——ちょうど、そうしたものが写実派小説の中であまりにも強調されすぎるように。しかし、彼の微笑はかすかで、首の傾《かし》げ方は礼儀正しく、唯一不気味なのはその沈黙だった。

「私が言うように」教授は重い砂を踏み分けて、苦労しいしい進んで行く人間のように、話しつづけた。「我々に起こった出来事——それ故に、我々は侯爵に関する情報を求めたいのだが——君はそれを説明してもらいたいと考えるかもしれん。しかし、これは私というよりも、むしろサイム同志の身に起きたことで——」

教授は一語一語を賛美歌の歌詞のように引き伸ばしていたが、抜かりなく様子を見ていたサイムは、教授の長い指がテーブルの端で舞い狂っているのに気づいた。彼は暗号を読んだ。「君が続きを話せ。こん畜生はおれの生気をカラカラに吸っちまった！」

サイムはいつも危険を感じた時に出る空元気《からげんき》で、この窮地にとび込むと、口から出まかせを言った。

「そうだ。僕の身に起きたことなんだ。僕は運良く刑事と話をすることになってね。その刑事は僕の帽子を見て、立派な人物だと思い込んだ。僕は立派な人物だなんて思われるのは嬉しいから、その評判を保つために、彼をサヴォイへ連れて行って、へべれけに酔わせた。刑事は酔っ払うと親しくなって、ぺらぺらとしゃべったんだ——一両日中に、侯爵をフランスで逮捕できる見込みだということを。だから、君か僕が彼をつかまえないと――」

博士は依然にこやかに微笑み、眼鏡に隠された目は、やはり何事も語らなかった。教授は「あとを引き受ける」とサイムに合図を送って、また落ち着きすまして語りはじめた。

「サイムはこの情報をただちに私に伝えた。私たちはそれで、君がこの情報をどう利用したいと思うかが知りたくて、一緒にここへ来たんだ。私の思うに、間違いなく急を要するのは――」

この間《かん》も、サイムはずっと博士を見つめていた。博士の方はわき目もふらずに教授をじっと見ていたが、もう微笑は浮かべていなかった。二人の戦友の神経は、この男のピクリとも動かぬにこやかさを前にして、緊張のあまりプツンと切れそうだったが、そのうちサイムは急に身をのり出すと、テーブルの端を所在なげに叩いた。盟友に送った暗号の内容はこうだった。「僕、閃《ひらめ》いたぞ」

教授は独り語りをつづけながら、暗号を返した。「そんなら、黙ってろ」

サイムは電信を送った。「すごく奇抜なんだ」

教授は答えた。「奇抜が何だ、クソめ！」

サイムは言った。「僕は詩人だ」

教授は言い返した。「おまえは死人だ」

サイムは黄色い髪の毛の付根まで真っ赤になり、その眼は狂熱に燃えた。彼の言った通り、直感が閃いたのだ。それは一種熱に浮かされた信念となった。彼はまた指を叩いて、友に暗号を送った。「君は僕の直感がいかに詩的か、わかってない。それには、春の訪れに時々感じられる、あの唐突さがあるんだ」

サイムはそう言って、友の指の返事を見た。返事は「地獄に堕ちろ！」だった。

教授はまた、博士に向かって空疎な独り語りをつづけた。

「たぶん、こう言い換えたら良いかもしれない」サイムは指信号で言った。「それはみずみずしい森の奥でふと潮の香を嗅ぐにも似ている」

相棒は返事をしなかった。

「あるいは、また」サイムは指を叩いた。「それは美しい女の赤い情熱的な髪のように、積極的なんだ」

教授は話をつづけていたが、サイムはその最中《さなか》に行動を起こす決意をした。テーブルの上に身をのり出し、聞き捨てにできない声で言った——

「ブル博士！」

博士のつやつやしたにこやかな顔は動かなかったが、その眼が黒い眼鏡の奥でサイムの方を向いたことは、間違いなかった。

「ブル博士」サイムはいやに折目正しい、丁寧な口調で言った。「ひとつ、ささやかなお願いを聞いてはもらえませんか？　恐縮ですが、その眼鏡を外してもらえませんか？」

教授は椅子に坐ったままふり返り、驚きのあまり凍りついて、サイムをまじまじと見た。サイムは命も財産もテーブルの上に投げ出したように、燃えるような顔で身をのり出した。博士は身動きひとつしなかった。

二、三秒間、ピンが落ちても聞こえそうな沈黙がつづいた。ただ一度だけ、遠くテムズ川から汽笛がポーッと聞こえて来た。やがてブル博士はおもむろに立ち上がると、微笑みを浮かべたまま、眼鏡を外した。

サイムは思わずとび上がって、化学の講師が実験で爆発を起こした時のように、やや後ろへさがった。彼の眼は星のように輝き、一瞬、ものも言えずにただ指さしていた。

　教授も中風の真似をするのを忘れて、とび上がった。彼は椅子の背に凭れかかり、まるで博士が目の前で蟾蜍《ひきがえる》に変わったかのように、信じられないといった顔でブル博士を見つめた。じっさい、それほどの大変身だったのだ。

　二人の刑事の目の前で椅子に坐っていたのは、まだ少年のような若者だった。率直で幸福そうな栗色の眼、あっけらかんとした表情、シティの事務員のように下町っ子らしい服装をして、善良だが、どちらかというと平凡な若者という印象を与える。顔には今も微笑みが浮かんでいたが、それは赤ん坊の最初の微笑みのようだった。

「僕が詩人だということは、わかってたんだ」サイムは有頂天になって、叫んだ。「僕の直感がローマ法王のように無謬《むびゅう》であることは、わかってたんだ。眼鏡の仕業だ。問題は眼鏡だった。あのろくでもない真っ黒な眼鏡をしただけで、それ以外は健康な、気持ちの良い顔立ちなのに――死んだ悪魔の中に混じった生きた悪魔みたいに見えたんだ」

「たしかに、こんなに見違えるとは妙だ」教授は震え声で言った。「しかし、ブル博士の計画については――」

「計画なんか、糞っ喰らえ！」サイムは我を忘れて、怒鳴った。「こいつを見たまえ！　この顔を見たまえ！　この襟を、この素敵な靴を！　これが無政府主義者だなんて、まさか君も思わないだろ？」

「サイム！」教授は不安に身悶えて、叫んだ。

「いいかい、神かけて」とサイムは言った。「責任は僕が負うよ！　ブル博士、僕は警官だ。ほら、これが僕のカードです」そう言って、例の青いカードをテーブルの上に放った。

教授はなおも一切が御破算《ごはさん》になることを恐れていたが、仲間を裏切ることは出来なかった。自分のカードを取り出して、友のカードに並べた。すると、第三の男はいきなり笑い出し、サイムと教授はその朝初めて、この男の声を聞いたのだった。

「こんなに朝早く来てくれて、嬉しいなあ」彼は学校の生徒のような軽い調子で、言った。「これで三人そろってフランスへ行けるものね。そうです、僕も警察の者なんです」そう言うと、挨拶がわりに青いカードを指で弾いて、二人の方に飛ばした。

中山帽子《ボウラー》をサッと被り、お化け眼鏡をふたたびかけると、博士は素早く戸口に向かった。あとの二人も夢中で随いて行った。サイムは少し呆然としているようだった。

彼は扉をくぐる時、ステッキで不意に石の廊下を叩いたものだから、わんわんと音が谺《こだま》した。

「でも、全能の主よ」サイムは大声で言った。「これがもし本当なら、あの忌々しい評議会には、忌々しい爆弾魔よりも忌々しい刑事の方が多かったんだ！」

「喧嘩は楽勝だったろうね」とブルが言った。「四対三だったんだから」

教授は先に階段を下りていたが、下から声が聞こえて来た。

「いや、ちがう。四対三じゃない——我々はそんなに幸運ではなかった。四対〝一〟だったんだ」

他の二人は黙って階段を下りた。

ブルと呼ばれる若者は、この男独特の無邪気な礼儀正しさで、一番後ろから随いて行った。しかし、通りに出ると、健脚なので自然と先に立ってしまい、鉄道案内所に向かってズンズン歩きながら、肩ごしにふり返って、後ろの二人に話しかけた。

「友達ができるって、楽しいな。僕、今まで一人ぼっちだったから、ビクビクして死にそうだったんです。ゴーゴリが味方だってわかった時は、両腕に抱きしめてやりたかったけど、そんなことをしちゃあ不可《まず》いものね。僕が陰気にしていたのを軽蔑しないでくれるでしょうね」

「陰気な地獄の陰気な悪魔どもが」とサイムは言った。「寄ってたかって、僕を陰気にした！　でも、一番恐ろしい悪魔は君と、その忌々しい色眼鏡だった」

若者は嬉しそうに笑って、言った。

「素敵ないたずらだったでしょう？　じつに単純な思いつきだけど――僕の考えじゃないんです。僕にはそんな知恵はありませんからね。あのね、僕は刑事課に入って、とくに無政府主義対策の仕事をしたかったんです。でも、そのためには爆弾魔みたいな身形《なり》をする必要があって、僕なんか逆立ちしても爆弾犯人には見えないって、みんなが言いました。歩き方からして品行方正で、うしろから見ると、英国憲法が歩いてるようだって言われました。どう見ても健康すぎるし、朗らかすぎる。信用のおける、善意の人みたいだって――スコットランド・ヤードじゃ、もうあらゆるあだ名をつけられましたよ。みんなは言いました――もし僕が犯罪者なら、こんなに正直そうに見えるから、ひと財産つくれるだろうって。でも、不幸せなことに、僕は正直な人間ですから、犯罪者らしく見えることによって警察の役に立つ可能性はこれっぽっちもなかったんです。でも、しまいに僕はさる部局のお偉いさんの前に連れて行かれました。

その人は途轍もなく頭の良い人のようでした。他の連中はみんな、その人の前で無駄なことばかり言いました。もじゃもじゃの鬚を生やしたら、僕の人の善さそうな笑顔が隠されるとか、顔を真っ黒に塗ったら、黒人の無政府主義者に見えやしないかと――でも、そのお偉いさんが口を挟んで、驚くべき意見を言ったんです。『曇りガラスの眼鏡をかければ良い』とあの人は言い張りました。『この坊やを見ろ。まるで天使のような若い事務員に見えるだろう。こいつに曇りガラスの眼鏡をかけさせてみろ。子供たちはこいつを見て、悲鳴をあげるだろう』やってみたら、何と、その通りだったんです！　一度目《ひとたび》を覆ってしまうと、他の部分は――笑顔も大きな肩も、短髪も、何もかも、完璧な小悪魔のように見えるんです。まったく、やってみたら簡単そのもので、まるで奇蹟のようでしたよ。でも、本当に奇蹟的だったのは、そのことじゃないんです。一つだけ、本当に腑《ふ》におちないことがあって、いまだに不思議だと思ってるんです」

「それは何だい？」サイムがたずねた。

「じつはね」眼鏡の男はこたえた。「あの警察のお偉いさんは――僕の人柄を知って、僕の髪の毛と靴下に色眼鏡が合うと考えた人は――神かけて誓いますが、僕の姿形を全然見ていないんですよ」

サイムは突然、目を光らせて若者を見た。

「どうしてだい？　その人と話をしたんじゃないのか？」

「話しました」ブルは朗らかに言った。「でも、石炭置場みたいに真っ暗な部屋で話したんです。だから、あんなことを言われるなんて、思わなかったんです」

「僕だって、そんなことは思いもつかないよ」サイムは重々しく言った。

「まったく、聞いたこともない話だねえ」と教授が言った。

かれらの新しい盟友は、実務的な事柄にかけてはつむじ風のようだった。案内所で、ドーヴァー行きの列車のことをてきぱきと問い合わせると、連れの二人を辻馬車に押し込み、あれよあれよという間《ま》に、一行は汽車に乗った。やっと会話がはずんできた頃には、もうカレー行きの船に乗っていた。

「僕は最初から」と彼は説明した。「昼飯を食べにフランスへ行く用意をしてあったんです。でも、一緒に昼飯を食べる人ができて、嬉しいな。じつはね、爆弾を抱えた侯爵の野郎を向こうへ送り込まなければならなかったんです。議長が僕を、どういう風にしてか知らないが、監視していたのでね。その話はいつかしますよ。ほんとに息が詰まりそうでした。僕が逃げ出そうとすると、いつも議長がどこかで見張ってるんです。クラブの張出し窓からニコニコしてこちらをながめていたり、乗合い馬車の上で帽子を取って挨拶したり——いいですか、あなた方が何と言おうと、あの男は悪魔に魂を売っていますよ。一度に六つの場所にいられるんですから」

「それじゃ、侯爵を送り出したんだね」教授がたずねた。「それは、だいぶ前のことかね？　今からでも奴に追いつけるだろうか？」

「ええ」と新しき案内人はこたえた。「時間を計算してみました。あいつは、僕らが着く頃、まだカレーにいるはずです」

「しかし、カレーで奴をつかまえたら」と教授。「我々はどうしたらいいんだ？」

この質問を受けて、ブル博士の顔が初めて曇った。博士は少し考えてから、言った——

「理屈からいえば、警察を呼ばなくちゃなりませんね」

「それはだめだ」サイムが言った。「理屈からいえば、僕はその前に身投げでもしなきゃならない。僕はある男に——そいつは本物の今風の厭世論者なんだが——名誉にかけて警察には言わないと約束したんだ。善悪の判定をするのは得意じゃないが、今風の厭世論者との約束を破ることはできない。子供との約束を破るようなものだ」

「私も同じだ」と教授が言った。「警察に言おうとしたが、言えなかった。くだらん誓いを立てたからだ。なにせ私は役者だった時は、あらゆる悪いことをしたものさ。でも、偽誓と裏切りの罪だけは犯さなかった。それをやったら、善悪のけじめがなくなっちまうだろう」

「そのことは、僕も悩みました」とブル博士が言った。「そして決心したんです。僕は書記と約束しました――例の、さかさまに微笑《わら》う男ですよ。あの男は人間として生まれた、もっとも不幸せな男です。消化が悪いのか、良心が悩むのか、神経か、あいつの宇宙観か知りませんが、とにかく、あいつは浮かばれない地獄に堕ちた男です！とてもじゃないが、あんな奴を追いつめるような真似はできませんよ。死馬を鞭打つようなものです。僕は頭がおかしいかもしれませんが、そんな風に感じるんです。それで、警察に言うという件はおしまいです」

「おかしいなんて思わないよ」とサイムが言った。「君もそういう結論を出すだろうと思ってた。最初に君が――」

「何です？」ブル博士はたずねた。

「最初に君が眼鏡をはずした時からさ」

ブル博士はちょっと微笑って、デッキの向こうへぶらぶらと歩いて行き、日のあたる海をながめた。それから、またぶらぶらと、踵《かかと》を無造作に踏み鳴らしながら戻って来た。三人の間には、なごやかな沈黙が下りた。

「どうやら」とサイムが言った。「我々はみんな同じような道徳観か不道徳観を持っているようだね。してみると、そこから生じる事実を見据えた方がいいな」

「うん」教授が相槌を打った。「君の言う通りだ。それに急がなきゃならん。そら、フランスのグリネ岬がもう見えてきた」

「そこから生ずる事実は」サイムは真剣に言った。「我々三人がこの惑星上で孤立無援だということだ。ゴーゴリはどっかへ行ってしまった。あるいは、議長が蠅《はえ》みたいに叩きつぶしたのかもしれない。評議会では、我々は三対三だ——橋を守ったローマ人みたいに[15]。でも、我々はそれよりももっと分《ぶ》が悪い。第一に、やつらは自分たちの組織に訴えることができるが、我々にはできない。そして第二に——」

「向こうの三人のうちの一人は人間じゃないからだ」と教授が言った。

サイムはうなずいて一、二秒間黙っていたが、また語りつづけた——

「僕の考えは、こうだ。侯爵を何とかして、明日の正午《ひる》までカレーに引き留めなければいけない。僕は頭の中で計画を二十通りも考えたよ。やつを爆弾魔として告発することはできない――この点はみんなの意見が一致してるね。ちょっとした罪で拘留させるわけにも行かない。そうしたら、僕らも出頭しなきゃならなくなる。やつは我々を知っているから、おかしいと感づくだろう。無政府主義者組織の用事だといって引きとめることもできない。その手を使えば多少はだませるだろうが、皇帝が無事パリを去るまでカレーにいろなんていっても、納得するはずはない。あいつを誘拐して監禁するという手もあるが、あの男はここじゃ知られた顔だ。護衛隊ができるほど味方がたくさんいるし、腕っぷしも強くて勇敢な男だから、うまく行くかどうかわからない。ただ一つ、やれそうなのは、あいつにとって有利な事情を逆手にとることだ。僕は、あいつが人から尊敬される貴族であることを利用しようと思う。あいつには友達がたくさんいて、上流の人々とつきあってることを利用しようと思う」

15　プルタルコス『英雄伝』に登場する三人の英雄への言及。ホラティウス・コクレス、ヘルミニウス、ラルティウスの三人が攻め来る敵を前に橋を守った。

「一体全体、何を言ってるんだね？」教授がたずねた。

「サイム家の名前が記録にあらわれるのは、十四世紀のことだ」とサイムは言った。「でも、一族の一人がバノックバーンでブルースの[16]驥尾《きび》に付していたという言い伝えがあるんだ。一三五〇年以降の家系図ははっきりしてる」

「この人、どうかしちゃった」小柄な博士が、目を丸くして言った。

「わが家の紋章は」サイムは平然と語りつづけた。「『銀の地に紅い山形が入って、小十字が三つ斜めに並んで』るんだ。題銘は時によって変わる」

教授が乱暴にサイムのチョッキをつかんだ。「もう岸に着くぞ。船酔いしたのか？それとも場所柄をわきまえずに冗談を言ってるのかね？」

「嫌になるくらい堅実な話をしてるんだ」サイムは悠然とこたえた。「サントゥスターシュ家もやっぱり、非常に古い家柄だ。侯爵は自分が紳士であることを否定できない。僕が紳士であることも否定できない。僕は社交界に於ける地位を疑いのないものにするために、なるべく早い機会《おり》をみて、あいつの帽子を叩き落としてやるつもりだ。でも、港に入ったね」

三人は強い日射しに照らされた陸《おか》に上がって、一種の眩暈《めまい》をおぼえた。サイムは、ブルがロンドンでそうしていたように先頭に立って、海辺の遊歩道を進んだ。やがて、こんもりした緑の木蔭に、海を見晴らすカフェが何軒か並んでいるところへ来た。彼はいくらか威張りかえった足どりで歩き、ステッキを剣のようにふりまわした。一番端のカフェを目ざしているようだったが、急にピタリと立ち止まった。素早い仕草をしてあとの二人を黙らせ、手袋をはめた手で、とあるカフェのテーブルを指さした。見ると、花咲く木蔭にサントゥスターシュ侯爵が坐っているのだ。真っ黒な濃い鬚の中に歯がキラキラと輝き、彫りの深い褐色の顔は薄黄色の麦藁《むぎわら》帽子をかぶって、その向こうに菫《すみれ》色の海があった。

16　ロバート・ブルース（一二七四～一三二九年）は、スコットランド王。一三一四年、バノックバーンの町でイングランド軍を破り、スコットランドの独立を確保した。

第十章　決闘

サイムは眼下に輝く海のように青い目を光らせながら、連れとカフェのテーブルに坐り、嬉しさに心急《せ》く様子で、ソーミュールを一本注文した。彼はなぜか妙に浮かれていた。彼の気分はすでに異常に高ぶっていたが、ソーミュールを流し込むにつれてますます調子が上がり、三十分もすると、わけのわからないことを猛烈にまくしたてた。これから恐るべき侯爵と交わすやりとりの下稽古をしているのだと言って、それを鉛筆でなぐり書きした。その対話は印刷された教理問答のように問いと答から成っていて、サイムはそれを異常な早口で読み上げた。

「僕はあいつに近づく。あいつの帽子を脱がせる前に、自分の帽子を取る。僕は言う、『サントゥスターシュ侯爵ですね』あいつは言う、『高名なサイム氏とお見受けしましたが』やつはすごくきれいなフランス語で、『ごきげんいかがですか？』と言うんだ。

僕はすごくきれいなロンドン訛りで答える。『ええ、相変わらずです《サイム》――』」

「やめてくれ」眼鏡の男が言った。「しっかりしてくださいよ。そんな紙切れは捨てちまいなさい。ほんとに、何をしようっていうんですか？」

「素敵な教理問答だったんだがなあ」サイムは悲しげに言った。「ねえ、読ませてくれよ。問いと答が四十三あるだけで、侯爵の答のうちのいくつかは、すごく気が利いてるんだ。僕は敵に対しても公平でありたいからね」

「でも、そんなものが何の役に立つんです？」ブル博士がいらいらして、たずねた。

「それをきっかけに、決闘を申し込むんじゃないか」サイムは得意げに言った。

「侯爵が三十九番目の返答をしたら、だ。その文句は――」

「君、もしや、こんなことは考えなかったかね」教授がずけりと言った。「侯爵は君が考えてやった四十三の台詞を言わないかもしれないじゃないか？　その場合、君の言う警句は、いささか不自然に聞こえると思うんだがね」

サイムは顔を輝かして、テーブルを打った。「ほんとだ、その通りだ。そんなこと、全然思いつかなかった。君の頭の良さは尋常《じんじょう》じゃないね。きっと有名になれるぞ」

「ああ、ひどい酔っ払いだ！」と博士が言った。

「問題は」サイムは少しも動じずに、語りつづけた。「何かべつの方法で、僕と僕が殺そうと思っている男との間にある氷を（こんな表現をして良ければ）割ることだ。対話の流れというものは（君がいとも深遠な見識でもって指摘した通り）一方だけで予想することはできない。従って、なすべきことはただ一つ——一方ができるだけ自分一人でしゃべりまくるんだ。僕はそうしてやる、聖《セント》ジョージにかけて！」彼はそう言うと、急に立ち上がって、黄色い髪を海からの微風《そよかぜ》になびかせた。

どこか木蔭の音楽つきカフェで、楽団が演奏していた。女の歌手が今し方歌をうたい終えたところだった。サイムの熱した頭には、騒々しい金管の響きが、レスター広場で聞いた手回しオルガンの音のように聞こえた。彼はあの時、オルガンの音色を聞いて、死ぬ覚悟を決めたのだ。彼は侯爵が坐っている小さなテーブルを見やった。侯爵には二人の連れがいた。フロックコートにシルクハットというおごそかな服装《いでたち》のフランス人で、一人はレジオン・ドヌール勲章の紅い薔薇総《ばらぶさ》をつけており、いずれも社会的地位の高い人と見えた。黒い円筒《つつ》のような服を着たこの二人と並ぶと、目の粗い麦藁帽子に薄物の春衣という格好の侯爵は、ボヘミアンで、野蛮人のようにさえ見えたが、それでも侯爵然としていた。じっさい、動物のように優雅で眼には軽蔑をたたえ、紫の海を背にして昂然《こうぜん》と頭をそびやかした姿は、王者の風格があると言っても良いだろう。だが、キリスト教国の王でないことはたしかで、むしろ、ギリシアとアジアの血が半々に混じった浅黒い肌の専制君主――奴隷制度が当然のことだった時代に、地中海と、ガレー船と、呻《うめ》く奴隷たちを睥睨《へいげい》した人物のようだった。そうした暴君の金色がかった茶色の顔は、暗緑色のオリーヴの木々と燃える青い海を背景にして、あんなふうに見えたにちがいないとサイムは思った。

「決闘のお相手に挨拶するのかね？」教授はサイムが立ったまま動かないのを見て、焦《じ》れったそうに言った。

サイムは泡立つ葡萄酒の最後の一杯を飲み干した。

「するとも」と言って、侯爵と連れの仲間を指さした。「あの相手――あの相手は気に食わないね。僕はあの相手の、でっかくて醜いマホガニー色の鼻を引っぱってやる」

彼は多少ふらつきながら、足早に歩いて行った。侯爵はサイムを見ると驚いて、アッシリア人風の黒い眉をひそめたが、にこやかに微笑んだ。

「サイムさんでしたね」と侯爵は言った。

サイムはお辞儀をした。

「それで、あなたはサントゥスターシュ侯爵ですね」と上品に言った。「すみませんが、鼻を引っぱらせてください」

サイムは身をのり出して、相手の鼻を引っぱろうとしたが、侯爵はとっさにうしろへ下がり、椅子を引っくり返した。シルクハットをかぶった二人が、左右からサイムの肩をつかんだ。

「この男は僕を侮辱した！」サイムは説明の身ぶりをまじえて、言った。

「侮辱ですと？」紅い薔薇総をつけた紳士が言った。「一体、いつ？」

「たった今だ」サイムはふてぶてしくこたえた。「僕の母親を侮辱したんだ」

「あなたの母親を侮辱した？」紳士は信じられぬように叫んだ。

「いや、少なくとも」サイムは一歩譲《ゆず》って、「僕の叔母を、だ」

「しかし、侯爵がたった今あなたの叔母上を侮辱したなんてことは、あり得ませんよ。どうして、そんなことができます？」もう一人の紳士が、もっともな疑問を呈した。

「あの人はずっとここに坐っていたんですぞ」

「そりゃあ言葉によってです！」サイムは曖昧に言った。

「わたしは何も言っちゃいない」と侯爵。「楽団のことを言っただけだ。ワーグナーを上手に演奏すると良いものだと言っただけだ」

「それは僕の一族へのあてこすりだ」サイムはきっぱりと言った。「うちの叔母さんはワーグナーを弾くのが下手だった。それを言われるとせつなくて、僕らは侮辱を感ずるんだ」

「これはどうも尋常ではありませんな」勲章をつけた紳士は疑わしげに侯爵の顔を見やった。

「いえ、本当のことです」サイムは真面目に言った。「あなた方の話全体に、叔母の弱点を陰険にあてこする言葉が一杯詰め込まれていたんです」

「馬鹿げている！」ともう一人の紳士が言った。「たとえば、このわたしだが、この三十分ばかりの間にわたしが言ったことといえば、あの黒髪の娘の歌が良いということだけだ」

「そら、そいつもです！」サイムは腹立たしげに言った。「うちの叔母は赤毛だったんです」

「わたしには」ともう一人が言った。「君はただ、侯爵を侮辱する口実をさがしているだけのように思えるが」

「聖《セント》ジョージにかけて！」サイムはふりかえって、相手を見た。「あんたは何て利口なんだろう！」

侯爵は虎のように爛々《らんらん》と眼を光らせて、立ち上がった。

「わたしに喧嘩を売るのか！　勝負したいというのか！　よかろう！　わたしはそういう相手を待たせたことはない。ここにおられる紳士方が、わたしの介添え人になってくれるだろう。暗くなるまでに、まだ四時間はある。今宵のうちに勝負をつけようじゃないか」

サイムはいとも優雅にお辞儀をして、言った。

「侯爵、あなたのお振舞いはあなたの名声と血筋を辱《はずか》しめません。僕の身をあずかってくれる紳士たちと、少しの間だけ相談することをお許しください」

彼は一《ひ》の二《ふ》の三歩《みほ》で仲間のいる席に戻った。連れの二人は、シャンパンに鼓舞された彼の威勢の良さを見たし、馬鹿馬鹿しい説明を聞いたあとだったので、サイムの様子を見るとギョッとした。戻って来た彼はすっかり素面《しらふ》で、顔が少しばかり蒼ざめ、真面目にものを頼む口調でささやいたのだ。

「やったぞ」と彼はしゃがれ声で言った。「あん畜生と決闘の約束をした。でも、いいかい、よく聴いてくれ。おしゃべりしてる閑《ひま》はないんだ。君たちは僕の介添え人で、何事も君たちから言ってくれなければいけない。決闘は明日の七時以降にしたいと、頑《がん》として主張するんだ。そうすれば、奴は七時四十五分のパリ行き列車に乗り遅れるかもしれない。その汽車に乗りそこなえば、計画もおじゃんだ。あいつは時間と場所みたいな些細なことでは、君たちに譲《ゆず》らざるを得ないだろう。そのかわり、きっとこうすると思う。どこか列車にとび乗れるような駅の近くの野原を選ぶだろう。あいつは剣の達人だから、僕を殺してから悠々列車に乗れると思うにちがいない。でも、僕だって剣術は下手じゃないから、少なくとも列車が行っちまうまでは、あいつとやり合えると思うんだ。そうしたら、たぶん、奴は憂さ晴らしに僕を殺すかもしれない。わかったかい？　よし、それじゃ、君たちを僕の素敵な友達に紹介しよう」サイムは二人の先に立って遊歩道を足早に歩いて行き、侯爵の介添え人にかれらを紹介した——二人がそれまで聞いたこともない、いとも貴族的な名前で。

サイムは時々、ふだんの彼とはちがって、妙な具合に常識を発揮することがあった。それは（彼が眼鏡の一件で、自らの衝動について言ったように）詩的な直感であり、時として予言の域にまで高められた。

サイムは今回、敵の出方を正確に読んでいた。決闘は明朝でなければ行えないと介添え人たちが言った時、侯爵は、首都で爆弾事件を起こす計画に突然邪魔が入ったことを悟ったにちがいない。もちろん、事情を友人たちに説明するわけにはゆかないので、彼はサイムが予想した通りのやり方を選んだ。介添え人に言って、鉄道線路から遠くない小さな牧場を決闘の場所に指定した。そして、最初の一撃で相手を殺せるものと信じていた。

侯爵が落ち着きすまして決闘場にあらわれた時、旅行のことを心配しているなどとは誰にも想像できなかっただろう。両手はポケットに入れ、麦藁帽子をあみだにかぶり、ととのった顔は日射しを浴びて真鍮《しんちゅう》色に冴えていた。しかし、彼のお供の中に、剣の函《はこ》を持った介添え人だけではなく、二人の召使いがいて、旅行鞄と昼食の籠を運んでいたことは、部外者が見たら奇異に感じたかもしれない。

朝早くで、陽の光があらゆるものに温《ぬく》もりをふりそそいでいた。一同が集まった牧場には、膝《ひざ》のあたりまで草が生い茂っていたが、その中にたくさんの春の花が金色銀色に燃えているのを、サイムはなんとなく意外に思った。

侯爵を除き、男たちはみな地味でいかめしい礼装をして、黒い煙突の煙出しのような帽子をかぶっていた。わけても小柄なブル博士は黒眼鏡までかけているものだから、道化芝居の葬儀屋のようだった。サイムは立ち並ぶ男たちの、この葬式めいた扮装《いでたち》と、いたるところに野花が咲く豊かな輝かしい牧場との間に、喜劇的な対照を感じずにはいられなかった。しかし、じっさいのところ、黄色い花と黒い帽子の喜劇的対照は、黄色い花と暗い仕事の悲劇的対照の象徴にすぎないのだ。彼の右側には小さな森があった。左を向くと、遠くに鉄道線路の長い曲線が見える。サイムはいわば、侯爵にとって目的地であり逃げ道でもある鉄路を、侯爵から守っているのだ。正面を向くと、黒装束の対手方《あいて》の後ろに、うっすらと見える海を背にして、小さなアーモンドの茂みが色づいた雲のように花を咲かせていた。

レジオン・ドヌール勲章の持主が――この男はデュクロワ大佐というらしいが――いとも礼儀正しく教授とブル博士に近づいて来て、どちらかが相当の傷を負ったら、勝負は終わりにしようと申し出た。

しかし、ブル博士はこの点についてサイムに言い含められていたから、争闘者の一人が戦闘能力を失うまでつづけるべきだと、威厳をもって、下手なフランス語で主張した。サイムは、少なくとも二十分間は侯爵を無力化することも、侯爵に無力化されることもなしに丁々発止《ちょうちょうはっし》をつづけられるつもりだった。二十分経てば、パリ行きの汽車は出てしまうだろう。

「サントゥスターシュ侯爵ほどの名だたる技倆と勇気の持主には」教授はおごそかに言った。「どちらの方法を採るかは取るに足らぬことでありましょうが、我々の決闘者には、長い立ち合いを求める重大な理由があります。その理由は微妙なものでありまして、あからさまに申し述べることは憚《はばか》られますが、それが正当にして名誉ある性質のものであることを、わたしは――」

「畜生め！」後ろの方で侯爵が怒鳴った。その顔は急に険《けわ》しくなっていた。「おしゃべりはやめて、始めようじゃないか」彼はそう言うと、ステッキで背の高い花の先を薙《な》ぎ払った。

サイムは相手が焦《じ》れて無作法な振舞いに及んだのを悟ると、思わずふり返って、汽車が見えないかどうかをたしかめた。しかし、地平線に煙は立っていなかった。

デュクロワ大佐はひざまずいて函の鍵を開け、一双の剣を取り出した。剣は陽光《ひかり》を浴びて、二条《ふたすじ》の白い焔に変わった。大佐が一振りを侯爵に差し出すと、侯爵はいきなりそれを引ったくった。もう一つをサイムに渡すと、サイムは剣を手に取り、曲げてみたりバランスを取ったりして、威儀を失せぬ範囲で、できるだけ時間を稼いだ。

それから、大佐はもう一対の剣を取り出し、一つを自分が取って、一つをブル博士に渡すと、戦う両者を位置に着かせた。

対戦者は二人共コートとチョッキを脱ぎ、剣を握って立った。介添え人たちも剣を手に、しかし、黒いフロックコートと帽子はそのままで、それぞれ対戦者を結ぶ線の外側に立った。決闘の主役が挨拶を交わした。大佐が静かに「始め！」と言うと、二振りの剣が触れて、シャリンと鳴った。

触れ合わせた鉄の軋《きし》みがサイムの腕を伝わって来ると、これまで抱いていた空想的な恐怖は、夢から醒めるように、彼の心から消えた。彼はそうしたものをただの神経の錯覚として、明瞭に順序立てて思い出した――教授の恐ろしさが、悪夢の中で起きる理不尽な出来事の恐ろしさであったこと、博士の恐ろしさが科学の真空の恐ろしさであったことを。前者はどんな奇蹟が起こるかもしれないという昔からの恐怖で、後者はいかなる奇蹟も起こらないという、希望のない現代の恐怖だった。しかし、彼はこれらの恐怖が空想にすぎないことを知った。というのも、今は死の恐怖という重大な事実と、その粗野で無慈悲な常識を前にしているからだ。崖から落ちる夢を一晩中見つづけて、朝になって目が醒めたら、絞首刑の運命が待っている——そんな人間の心境だった。というのも、遠目には短く見える敵の刃《やいば》の溝《みぞ》に陽光がキラリと流れるのを見た瞬間、そして二振りの鋼鉄が、二匹の生き物のように震えながら触れ合うのを感じたとたん、彼は敵が恐るべき使い手であることを知り、自分も一巻の終わりかと思ったからである。

サイムはまわりの地面すべてに、足下の草に、不思議な生き生きした価値を感じた。生きとし生ける物のうちに命への愛を感じた。草の伸びてゆく音が聞こえるように思った。自分がこうして立っている間も、この牧場には新しい花々が芽生え、花開く——血のように紅い花や、燃えるような金色の花、青い花が、春の華やかな絵巻をつくっている。そして、彼の眼が一瞬、人を眈々《たんたん》と魅込《みこ》むような侯爵の眼から外《そ》らされた時、その眼はいつも空を背に立っている小さなアーモンドの木を見ていた。もしも何か奇蹟が起こって、この場を切り抜けられたら、自分はあのアーモンドの木の前にいつまでも坐って、他に何も欲するまい、と思った。

しかし、天地と万物が失われたもののせつない美しさをまとっていたにもかかわらず、彼の頭脳の半ばは明鏡のごとく澄んでいた。彼は敵の剣先を精密器械のような技巧で躱《かわ》した。自分にそんな腕前があるとは思ってもみなかった。一度、敵の剣先が手首をかすって、細い血のすじが浮いたが、誰もそれに気づかなかったか、暗黙のうちに無視した。サイムも時々突き返して、一度か二度、剣先が相手に深々と刺さったような気がしたが、刃にもシャツにも血がついていないので、カン違いだと思った。そのうちにやりとりは中断し、戦いの流れが変わった。

侯爵は負ける危険を冒して、ほんの一瞬静かな眼差しを敵から外《そ》らし、肩ごしに右側をふり返って、線路を見やった。それから、悪鬼《おに》のような顔をサイムに向けて、剣を二十本も持っているかのごとく攻撃をくり出した。その攻撃はあまりにも速く、かつ凄まじく、一振りのきらめく剣が、雨あられと降りそそぐきらめく矢のように見えた。サイムには線路を見る余裕はなかったが、その必要もなかった。侯爵が俄然猛烈にたたみかけて来た理由は想像できた――パリ行きの列車が見えたのだ。

しかし、侯爵の異様な闘志は空《から》回りした。サイムは二度、相手の剣先を受けて、遠く間合いの外に叩き出した。三度目は素早く突き返したので、今度こそ敵を仕留めたと思った。じっさい、サイムの剣は侯爵の身体に突き刺さり、その重みで撓《しな》ったのだ。

サイムは敵を突いたと確信していた。庭師が地面に鋤《すき》を刺すのと同じくらい確かだった。しかし、侯爵はよろめきもせずに後ろへ跳び退《すさ》り、サイムはポカンとして自分の剣先を見つめた。血は少しもついていなかった。

一瞬、ぎごちない沈黙があり、そのあと今度はサイムの方が、燃えるような好奇心にかられて、猛然と突きかかった。最初に思った通り、たぶん、侯爵はふつうの意味で言えば、サイムより使い手だったろう。しかし、今は気もそぞろで、形勢も悪かった。無茶苦茶に剣をふるって、下手な手を打つこともあり、始終線路の方ばかり見ていた——まるで、剣先よりも汽車の方が恐ろしいかのように。かたやサイムは激しく、しかし、慎重に戦っていた。剣に血がつかない謎を解きたくて知的に興奮し、そのために、侯爵の胴よりも喉や頭を狙った。それから一分半もすると、彼は剣先が相手の顎の下に入ったのを感じた。ところが、剣はきれいなまま出て来た。サイムは半狂乱になってもう一度突きをくり出し、侯爵の頬に血のにじむ傷を負わせたと思った。しかし、傷はなかった。

一瞬、サイムの空はまたも超自然の恐怖に覆われて、暗くなった。間違いない、あの男は魔法の命を持っているのだ。しかし、この新たな霊的恐怖は、彼を追いかけて来た中風の男が象徴していた単なる霊的混乱にもまして、おそろしかった。教授はただの矮鬼《ゴブリン》にすぎなかったが、この男は悪魔だ――たぶん、本物の悪魔なのだ！　ともかく、たしかなことは――人間の剣が三度《みたび》この男を突き刺したが、かすり傷も負わせられなかったことだ。サイムはそう考えると身を引きしめ、彼の心の内にあるすべての善なるものが、大風が木々の梢《こずえ》に歌うごとく、高い空に歌った。彼は自分がこれまでに出会ったあらゆる人間的なものを思った――サフラン・パークの支那風灯籠、庭にいた娘の赤い髪の毛、船渠《ドック》のそばでビールをがぶ飲みしていた正直な船乗りたち、今もそばに立っている誠実な仲間。たぶん、自分はこうしたさわやかな優しいものたちの代表に選ばれて、万物の敵と剣を交えているのかもしれない。「結局のところ」と彼は思った。「おれは悪魔より上手《うわて》だ。人間なんだからな。おれには、サタンにもできないことができる――死ぬことができる」〝死〟という言葉が脳裡をよぎった時、遠くかすかに汽笛の音が聞こえて来た。それは、まもなくパリ行き列車の轟々《ごうごう》たる音に変わるだろう。

彼は楽園を求めるモハメッド教徒のように、異様にうきうきと戦いをつづけた。汽車がだんだん近づいて来るにつれて、パリで花のアーチを飾っている人々の姿が目に見えるような気がした。偉大な共和国のわきあがる喧騒と栄光に彼自身も融け込んでいた。彼はその共和国の門を地獄から護っているのだ。彼の思いは近づく汽車の轟音と共にしだいに高く昇りつめ、轟音はやがて誇らしげに吹きわたる、甲高い汽笛の音に変わった。汽車が停まったのだ。

　そのとたん、誰もが驚いたことに、侯爵はうしろに跳びすさって剣のとどかないところへ逃げると、自分の剣を投げ捨てた。それは見事な跳躍だった。しかも、サイムはその直前に彼の太腿に剣を突き刺していたのだから、なおさら見事というほかはなかった。

「待て！」侯爵は誰もが一瞬従わざるを得ないような声で言った。「言いたいことがある」

「何事です？」デュクロワ大佐が、目を丸くしてたずねた。「何か反則でもあったのですか？」

「どこかに反則があったのは間違いない」少し顔色の蒼ざめたブル博士が言った。「我々の決闘者は少なくとも四回、侯爵に傷を負わせたはずだが、彼はピンピンしている」

侯爵はならぬ堪忍《かんにん》をしているといった奇妙な様子で、片手を上げた。「話をさせてくれ。大事な話なんだ、サイム君」彼は相手の方を向いて、語りつづけた。「我々が今日こうして闘っているのは、たしか、わたしの鼻を引っぱりたいという（わたしの思うに、理に合わぬ）望みを君が表明したからだった。君、申し訳ないが、なるべく急いでわたしの鼻を引っぱってくれないかね？　汽車に乗らなければいけないんだ」

「抗議する。こんな申し出は規則違反だ」ブル博士は憤然として言った。

「おっしゃる通り、前例には反しますな」デュクロワ大佐は侯爵をせつなげに見ながら、言った。「記録にはこういう例があったと思いますが（ベルガルド大尉とツンプト男爵の決闘でしたが）、立ち合いの途中に、一方の要求で武器を変えたんです。しかし、鼻は武器とは言えませんからね」

「鼻を引っぱるのか、引っぱらないのか、どっちなんだ？」侯爵は憤《いき》り立った。「さあ、どうぞ、サイム君！　やりたいと言ったんだから、やりたまえ！　これはわたしにとって、君には想像もつかないほど大事なことなんだ。そんなにわがままを言わないでくれよ！　今すぐわたしの鼻を引っぱってくれ、頼むから！」彼は顔に何とも素敵な笑《え》みを浮かべて、心もち前にかがんだ。パリ行きの列車はゼイゼイ喘《あえ》ぎ、うめきながら、線路を軋らせて、近くの丘の後ろにある小さな駅に入っていた。

サイムはこれまでの冒険の中で一度ならず感じた、あの感覚を味わった――天までせり上がった恐ろしい崇高な波が、今にも崩れおちるという感覚だ。自分にはよくわからない世界を歩きながら、サイムは二歩進み出ると、やんごとない貴族の鷲鼻をつかんだ。思いきり引っぱると、鼻はスッポリ抜けて、手に残った。

サイムは数秒間、手に握ったボール紙の大鼻を見ながら、呆然と突っ立っていた。太陽と雲と森に覆われた丘が、この間抜けな光景を見下ろしていた。

侯爵が大きい朗らかな声で、沈黙を破った。

「誰方《どなた》か、わたしの左の眉毛が御入り用なら、さしあげよう。デュクロワ大佐、どうかわたしの左の眉毛を受けとってくれたまえ！　こんなものもいつか役に立つかもしれんよ」そう言って、黒々したアッシリア人風の眉毛をおもむろに引きはがし、それと一緒に鳶色《とびいろ》の額を半分くらいはがすと、恭《うやうや》しく大佐に差し出した。大佐は怒りのあまり真っ赤になって、口も利けなかった。

「もし、わたしが知っていれば」大佐はぶつぶつと言った。「決闘のために身体に詰め物をする卑怯者の介添えだと知っていれば――」

「わかってる、わかってる！」侯爵はやけくそになって、身体のさまざまな部分を右に左に投げ散らしながら、「君は誤解をしているんだが、今は説明していられない。汽車がもう駅に着いてるんだ！」

「そうとも」ブル博士が激しい剣幕で言った。「そして汽車は駅から出て行く。おまえを乗せずに出て行くんだ。我々は知ってるぞ、おまえがどんな悪魔の所業を――」

謎めいた侯爵は両手《もろて》を上げて、絶望の仕草をした。朝陽を浴びて立っている彼の姿は、奇妙な案山子《かかし》のようだった。顔の半分が剝がれ落ち、その下から、もう一つの顔が歯をむいて睨みつけていた。

「わたしの気を狂わせるつもりか？　汽車が――」

「汽車には乗らせない」サイムはきっぱりと言って、剣を握りしめた。

異様な姿の男はサイムの方をふり向き、気合いを入れるように身を縮めてから、口を開いた。

「このでぶ野郎、罰《ばち》あたりの、ただれ目の、阿呆《あほ》たれの、滅法界な能なしの、神に見離された、ヨイヨイの、糞ったれの馬鹿め！」彼は息もつかずにまくしたてた。「薄ら頓馬《とんま》な、桃色面《ももいろづら》の、麻屑《あさくず》頭の蕪《かぶ》野郎！　この――」

「おまえをこの汽車には乗らせない」とサイムは繰り返した。

「こん畜生、全体何がかなしくて、おれが汽車に乗らなきゃいけないんだ」

「我々はみんな知っている」教授が厳しく言った。「おまえはパリへ爆弾を投げに行くんだ！」

「ジャバーウォック[17]を投げにエリコへ行くんだよ！」相手は叫んで、髪の毛を引きむしった。すると、髪は容易に頭から剝がれた。「おまえら、みんな頭が呆《ほ》けて、おれが何者かわからないのか？　あの汽車に乗りたがってると本気で思ったのか？　パリ行きの汽車なんか、いくら通りすぎたって、かまわん。パリ行きの汽車が何だ！」

「それじゃ、君は何を気にしていたんだ？」と教授が言った。

「おれが何を気にしてたかって？　汽車をつかまえることなんかじゃない。汽車につかまえられやしないかと心配してたんだ。こん畜生、あの汽車はおれをつかまえちまった。何てことだ！」

「残念ながら」サイムは抑えた口調で言った。「君の言うことは珍文漢文《ちんぷんかんぷん》だね。もしかして、その剝げかかった額と、かつて君の顎だったものの一部を取っちまったら、言うことがもっと良くわかるかもしれない。精神の明晰《めいせき》さは、色々な形であらわれるものだ。汽車が君をつかまえたというのは、一体どういう意味なんだい？　僕の文学的な想像かもしれないが、何か意味するところがありそうに思えるんだが」

「一切を意味するんだ」と相手は言った。「そして一切の終わりを。我々はもう日曜日の掌《てのひら》の中につかまっちまった」

「我々だって！」教授が愕然《がくぜん》としたように言った。「我々とは、どういうことだ？」

「警察だ、決まってるじゃないか！」侯爵はそう言うと、頭の皮と顔の半分を引っぺがした。

露われた頭は金髪の、手入れの良いつやつやした髪の毛で、いかにもイギリスの警察官らしかったが、顔はひどく青ざめていた。

「わたしはラトクリフ警部だ」彼は不愉快なほどせっかちに言った。「わたしの名は、警察じゃ良く知られているし、君らは見たところ警察の者のようだ。しかし、もしわたしの身分について疑いがあるなら、カードがある」そう言って、ポケットから青い

17　ルイス・キャロルのノンセンス詩「ジャバーウォッキー」に登場する怪物。

カードを取り出そうとした。

教授はうんざりだという仕草をして、もの憂げに言った。

「いや、見せなくてもいい。そいつなら、もう紙撒《ま》き遊びができるくらい、いっぱいある」

ブルと呼ばれる小男は、元気なだけの俗物に見える人間によくあることだが、突然優れた趣味を発揮することがあった。ここでも彼は見事にその場を収めたのである。呆《あき》れるような早変わりの一幕のさなかに、介添え人にふさわしい威厳と責任を持って進み出、侯爵の二人の介添え人に話しかけた。

「紳士諸君、我々はあなた方に深くお詫びしなければなりません。しかし、誓って申しますが、あなた方は御想像なさるような下劣な冗談に弄《もてあそ》ばれたわけではありませんし、名誉の士にふさわしからぬ扱いを受けたわけでもないのです。あなた方は時間を無駄になさったのではありません。世界を救う手伝いをされたのです。我々は道化師ではなく、巨大な陰謀と必死で戦う者です。無政府主義者の秘密組織が我々を兎《うさぎ》のように追っています。それは飢えやドイツ哲学に影響されて、あちこちで爆弾を投げる不幸な狂人たちではなく、豊かで力を持つ狂信的教会――東洋の厭世主義の教会でありまして、人類を害虫のように滅ぼすことを聖なるつとめと考えているのです。かれらが我々をいかに厳しく追いつめているかは、私が今そのことでお詫びしている、変装という手段を取らざるを得なかったことからも、お察しいただけましょう。あなた方に御迷惑をおかけした悪ふざけも、そのためなんです」

侯爵の若い介添え人、黒い口髭を生やした小男が、丁寧にお辞儀をして言った――

「むろん、わたしは謝罪を受け入れますが、あなた方もわたしをお許しください――あなた方の問題にこれ以上かかわるのは御辞退して、さよならを申し上げることを。町の名士たる知人が野外でバラバラになるのを見るのは尋常ではありませんし、総じて、一日の体験としては十分です。デュクロワ大佐、あなたの行動に口を挟むつもりはありませんが、この集まりが少し常軌を逸しているとお思いでしたら、わたしはもう町に歩いて帰りますよ」

デュクロワ大佐は機械的に動きだしたが、白い口髭を急に引っ張って、言った――

「いや、とんでもない！　わたしは帰らんぞ。この紳士方がもし本当に、そんな卑劣な悪党どもに困らされているなら、力を貸そう。わたしはフランスのために戦って来たのだ。文明のために戦えないとしたら、情ないことだ」

ブル博士は帽子を取り、公の会合でやるように歓呼しながら、振りまわした。「大声を立てるな」ラトクリフ警部が言った。「日曜日に聞こえるかもしれないじゃないか」

「日曜日だって！」ブルは叫んで、帽子を取り落とした。

「そうだ」ラトクリフはこたえた。「あいつは連中と一緒かもしれない」

「誰と一緒だって？」サイムが尋ねた。

「あの汽車から出て来た連中だよ」

「あんたの言うことは支離滅裂に聞こえるな」とサイム。「まったく、実際の話――でも、ああ、何てことだ！」彼は遠くで爆発が起こるのを見た人のように、突如叫んだ。「何たることだ！　もしこれが本当なら、我々無政府主義評議会の人間は、みんな反無政府主義者だったんだ！　議長と書記を除いて、全員が探偵だった。これは何を意味するんだろう？」

「意味だと！」新顔の警官は信じられないほど荒々しく言った。「我々はおしまいだという意味さ！　君は日曜日を知らんのか？　あいつの冗談はいつも大がかりで単純だから、誰もそいつに気がつかないことを知らんのか？　これ以上、あの日曜日らしいことが考えられるかね——あいつは自分の強敵を全部最高評議会に集めて、評議会が最高じゃなくなるように仕向けたんだ。いいか、あいつはあらゆる企業合同《トラスト》を買い、あらゆるケーブル線を占領して、あらゆる鉄道路線を支配している——とくに、あの鉄道路線を！」彼はそう言うと、震える指で線路沿いの小さな駅を指さした。「無政府主義運動全体が奴に支配されていた。世界の半分が奴のためにいつでも起ち上がる用意をしていた。しかし、おそらく、たったの五人だけ、逆らいそうな人間がいた……それで、あの悪魔は五人を最高評議会に集めた。お互いを監視させて時間を無駄にさせたんだ。我々はまったく間抜けだが、我々をこんな間抜けにしたのはあいつの策略だ！　教授がサイムをロンドン中追いまわすのを日曜日は知っていたし、サイムがフランスでわたしと闘うことも知っていた。あいつが莫大な資本を合併して、主立った電信線を手中におさめている間、我々五人の間抜け野郎は、ろくでもない赤ん坊の群れが目隠し遊びをして遊ぶように、追いかけっこをしていたんだ」

「それで？」サイムは一種の落ち着きをもって、尋ねた。

「それで」相手は急に冷静になった。「我々は今日、田園美にあふれるこの上なく寂しい野原で、目隠し遊びをしているわけだ。あいつはたぶん、もう世界中を虜《とりこ》にしちまったろう。あとは、この野原にいる愚か者どもをつかまえるだけだ。それから、諸君はあの汽車が着くのをわたしがなぜ嫌がっていたか、本当に知りたいようだから、教えてやろう。それは、日曜日か奴の書記が、たった今あの汽車から下りて来たからなんだ」

サイムは思わず叫び声をあげ、一同はみな遠くの駅を見やった。たしかに、その方角では相当な数の人々が動いているようだったが、遠く離れているので、はっきりとは見分けられなかった。

「故人となったサントゥスターシュ侯爵は」新顔の警察官は革のケースを取り出して、言った。「常にオペラグラスを持ち歩く習慣だった。議長か書記のどちらかが、あの群衆と一緒に我々を追いかけている。連中は我々を素敵に静かな場所に追い込めたよ。ここじゃ、誓いを破って警察を呼ぼうなんていう気にもならない。ブル博士、君のその伊達《だて》眼鏡で見るより、こちらの方がよく見えるんじゃないかね」彼は双眼鏡を博士に渡した。博士はすぐに自分の眼鏡をはずして、双眼鏡を当てた。

「君が言うほどひどいことになっちゃいまい」教授が少しビクついて言った。「たしかに人は大勢いるが、ふつうの旅行客かもしれないじゃないか」

「ふつうの旅行客が」ブル博士は双眼鏡で見ながら、尋ねた。「黒覆面で顔を半分隠しているかな？」

サイムは博士の手から双眼鏡をひったくって、それで見た。こちらへ向かって来る群衆の大部分はふつうの人間のように見えたが、先頭に立っている二、三人は、たしかに、黒い半覆面で目から口のあたりまで覆っていた。この変装は、ことにこうして遠くから見ると完璧で、サイムは、前列でしゃべっている男たちの鬚を剃った口元や顎を見ても、何の結論も下せなかった。だが、やがて、男たちは話しながら、みんなにっこりと微笑った。そのうち一人は顔の半分だけが微笑っていた。

第十一章　犯罪者が警察を追う

サイムは青ざめながら、それでも安堵感をおぼえて、双眼鏡を目から外した。

「ともかく、議長はあの中にはいない」そう言って、額を拭《ぬぐ》った。

「しかし、連中は地平線の彼方じゃありませんか」困惑した大佐が、目を瞬《しばたた》きながら言った。大佐はブルのせっかちだが丁寧な説明を聞かされて、愕然としたが、やや気をとり直していた。「あれだけいる人間の中に、その議長とやらを見分けられるのですかな?」

「人間があれだけいても、白い象が混じってりゃわかるでしょう!」サイムは少し苛《いら》立《だ》ってこたえた。「おっしゃる通り、連中は地平線上にいます。しかし、もしあいつが連中と歩いていたら……きっと、この地面が揺れますよ」

一瞬の間《ま》を置いて、ラトクリフと呼ばれる新顔が陰気に断言した——

「もちろん、議長はあそこにはいやしない。いてくれたらと双子座に祈るがね。大方《おおかた》、議長は戦勝祝いにパリの街を練り歩いているか、聖ポール大聖堂の廃墟に腰かけているんだろう」

「馬鹿馬鹿しい！」とサイムは言った。「僕らのいない間に、そりゃ多少のことは起こったかもしれないが、あいつだって、そんなに早く世界を征することはできないよ。たしかに」彼は怪訝《けげん》そうに眉をひそめながら、小さな駅の方角にある遠い野原を見やった。「たしかに、人が大勢こちらへやって来るね。しかし、君が考えるような軍勢じゃないよ」

「そうとも」新顔の探偵は見下げるように言った。「そりゃあ、強い部隊じゃない。しかし、はっきり言うとね、奴らは我々相応の相手として差し向けられたんだ――君ね、日曜日の宇宙の中では、我々なんて大した存在じゃないのさ。あいつは自分の手で、あらゆるケーブル線と電信を掌握した。しかし、最高評議会を始末するのは、葉書を出すくらいの些細なことだと考えている。書記にやらせれば済むことだとね」そう言って、草の上に唾《つば》を吐いた。

それから、彼は他の面々をふり返って、いささか厳しく言った――

「死ぬのもいちがいに悪いことじゃないが、もし生きたいなら、私に随《つ》いて来ることを勧めるね」

そう言うと、広い背中をこちらに向けて、森の方へズンズンと無言で歩きはじめた。他の者も後ろをチラとふり返ったが、黒雲のような群衆が駅から離れ、妙に規律正しい動きで平野を進んで来るのが見えた。先頭に立った連中の顔に黒い汚点《しみ》があるのが、もう裸眼でも見わけられた。それは覆面を被《かぶ》っているのだ。みんなはふり返ってラトクリフのあとを追った。ラトクリフはもう森にたどり着き、きらきら光る樹々の間に姿を消していた。

陽のあたる草の上は乾いていて、熱かった。だから、森の中に入ると、暗い池にとび込んだような、木蔭の冷たさを感じた。森の中は、まだらな木洩《こも》れ日と揺れる影に満ちていた。それらは一種の震える帷《とばり》となって、活動写真のチラチラする画面を思い出させた。一緒に歩く連れの姿さえ、その上に陽光《ひかり》と影の模様が踊っているので、サイムにはほとんど見えなかった。今は一人の頭にレンブラントの描くような光があたり、それ以外を消し去っているかと思うと、今はまた、白い両手が凄いほど強く浮き上がって、顔は黒人のようだったりする。元侯爵は例の麦藁帽子を目深にかぶっていた。帽子の縁《ふち》の黒い影がその顔を真二つに切り、追っ手と同じ黒覆面を被っているように見えた。この考えが、サイムの心に圧倒的な驚異感となって広がった。あの男は覆面をしているのだろうか？　誰か、覆面をしている者はいるか？　誰かが何者かであるのだろうか？　この妖魔の森の中では、人間の顔がかわるがわる黒白に変じ、人の姿は陽の光にふくれあがるかと思うと、やがてぼやけて無形の闇になる。（森の外の明るい陽射しの後で体験する）この明暗の混沌は、サイムがこの三日間動きまわっている世界――人々が髭や眼鏡や鼻を取って別人になり変わるこの世界の、完璧な象徴のように思われた。侯爵が悪魔だと信じていた時、彼は悲愴な自信を抱いていたが、侯爵が味方であることを知った今、その自信は奇妙なことに消えてしまった。そういうわけのわからぬ思いをさせられると、一体何が味方で何が敵なのか訊いてみたい心境になった。外見とは別に何物かが存在するのだろうか？　侯爵は付け鼻を取ったら、探偵だった。それなら、首を引っこ抜いたら、妖怪になるだろうか？　結局すべてが、この人を戸惑《とまど》わせる森――この闇と光の踊りのようなものなのではあるまいか？　すべてが一瞬の閃きで、その一瞬はつねに予見出来ず、つねに忘れられてしまう。というのも、ガブリエル・サイムは木漏れ日のさす森の奥に、多くの現代画家が見出したのと同じものを見出したのだ。彼はそこに現代人が印象主義と呼ぶものを見つけたが、それは宇宙に根底を見出すことの出来ない窮極の懐疑主義の別名である。

悪い夢を見ている人が叫び声をあげて目醒めようともがくように、サイムは突然、この最悪の考えを払いのけようとして、必死になった。彼はせかせかと大股に二歩進んで、侯爵の麦藁帽子をかぶった男、彼がラトクリフと呼ぶようになった男に追いついた。わざとらしく明るい大声をあげて、彼は底なしの沈黙を破った。

「訊いてもいいかい。一体、我々はどこへ向かってるんだ?」

彼の魂を苦しめていた疑惑は切実なものだったから、連れがうちとけた人間味のある声でこたえるのを聞くと、嬉しくなった。

「ランシーの町を抜けて、海まで行かなきゃならん。あのあたりへ行けば、連中のいる可能性は低いと思うんだ」

「それって一体、どういう意味だい? あいつらがそんな風に現実世界を動かしているはずはない。労働者に無政府主義者は多くないし、仮に大勢いたとしても、ただの烏合《うごう》の衆じゃ現代の軍や警察には敵《かな》わないよ」

「烏合の衆!」新しい味方は鼻でせせら笑った。「君はそんな風に、大衆や労働者階級が問題であるかのようなことを言う。君の頭には、無政府主義者の蜂起が起こるとすれば、それは貧しい者が引き起こすという、度し難い間抜けな固定観念があるんだ。どうしてそんなはずがあるかね？　貧乏人は反乱は起こしたが、けっして無政府主義者だったためしはない。かれらは他の誰にもまして、まっとうな政府の存在を必要としている。貧しい者はじっさい、国と命運を共にしている。金持ちはそうじゃない。ヨットでニューギニアへ行くことだってできる。貧乏人は下手な統治をされることに時々反対したが、金持ちはそもそも、統治されること自体に、いつも反対している。貴族階級がつねに無政府主義者だったことは、男爵戦争を見ればわかる通りだ」

「子供向けの英国史の講義としては」とサイムが言った。「君のいうことはしごく結構だけれども、僕にはまだ、それをどう実地に応用したら良いのか、呑み込めないな」

「こういうことさ」と彼の教示者は言った。「日曜日の右腕となっている連中は、大《おお》方《かた》南アフリカやアメリカの億万長者なんだ。だから、あいつはあらゆる通信手段を掌握している。だからこそ、反無政府主義部隊の最後の四大将は、兎みたいに森を逃げまわっているのさ」

「億万長者なら、僕も理解できる」サイムは考え深げに言った。「連中はほとんど全部気狂いだ。でも、おかしな趣味を持った悪人紳士を二、三人取り込むことと、偉大なキリスト教国民を取り込むこととは別だ。僕の言うことが間違ってたら、この鼻を引っこ抜いてもいいが（鼻のことを言って、ごめんよ）、どこの国の人でもいい、ふつうの健全な人間を宗旨替えさせろといわれたら、日曜日はまるきりお手上げだと思うね」

「ふむ。それは君のいう人間の種類によるだろうな」

「たとえばね――あいつはあの男を宗旨替えさせることはできないよ」サイムはそう言って、まっすぐ前方を指さした。

一同はもう陽のあたる開けた場所に来ていて、それは自分の良識がようやく戻って来たことの証《あか》しのようだとサイムは思った。そして、この森の空地の真ん中に、その常識を峻厳な現実として代表しているかのような人物がいた。陽に焼けて汗にまみれ、細々《こまごま》した日々の仕事の底知れぬ重みをたたえて、身体つきのたくましいフランスの農民が手斧《ておの》で木を切っていたのだ。二、三ヤード離れたところに荷車があり、荷台にはすでに材木が半分ほど積み込んであった。草を食《は》む馬は、主人に似て、勇気はあるが破れかぶれではなかった。主人同様、暮らし向きが良さそうだったが、それなのにどこか悲しげだった。男はノルマンディー人で、ふつうのフランス人よりも背が高く、四角張った身体つきをしていた。日焼けした姿は四角い陽光《ひかり》を背景にして黒々と立ち、壁画の黄金の地《じ》に描かれた〝労働〟を寓意する人物像のようでもあった。

「サイム氏の言うには」ラトクリフが大声をあげて、フランス人の大佐に話しかけた。「少なくとも、あの男はけっして無政府主義者にならないそうですよ」

「サイムさんのお説はあたっていますよ」デュクロワ大佐は笑ってこたえた。「もっとも、その理由は、彼が守るべき財産をたくさん持っているからでしょうがね。しかし、貴国では裕福な農民というものに馴染みがないというのを忘れていました」

「貧しそうに見えますけど」ブル博士が疑わしげに言った。

「さよう」と大佐は言った。「だからこそ、彼は裕福なのです」

「そうだ、いいことを思いついたぞ」ブル博士がだしぬけに声を上げた。「あの荷車に乗せてくれといったら、あいつは金をいくら欲しがるだろう？　追っかけて来る連中はみんな徒歩《かち》です。すぐにやつらを引き離せるでしょうよ」

「いくらでもいいから、やってくれ！」サイムは夢中で言った。「金ならたくさん持ってるんだ」

「そいつは駄目です」と大佐が言った。「値段を掛け合わなければ、あの男はけしてあなたに尊敬を払わないでしょう」

「ああ、もしあいつが四の五の言ったら！」ブルが焦《じ》れったそうに言った。

「彼は自由な人間だから、押し問答もするでしょうよ」と大佐はこたえた。「おわかりになってませんね。あまり気前の良いことを言ったら、あの男はかえって胡乱《うろん》に思うでしょう。チップをもらうなぞという習慣がないのですから」

一同はそれで、奇妙な追跡者たちの重い足音が今にも聞こえて来ようというのに、立ちどまって地団駄《じだんだ》を踏まなければならなかった。その間、フランス人の大佐はフランス人の木樵《きこり》を相手に、市《いち》の立つ日のように悠長な冗談と掛け合いをつづけた。しかしながら四分も経つと、一同は大佐が正しかったことを知った。くだんの木樵はかれらの相談にのってくれて、それは金を余分にもらった客引きが曖昧にへつらうというのではなく、適正な報酬を支払われた弁護士のような真剣さだった。一番良いのは、ランシーの町を見下ろす丘の上に小さな宿屋があるから、そこまで下りてゆくことだと木樵は言った。その宿屋の亭主は昔軍人だったが、年老《とし》ってから信心に凝《こ》りはじめた人で、きっと同情してくれるだろうし、危険を冒して一肌脱いでくれるかもしれない。一同はそこで積み重ねた材木のてっぺんに乗り、粗末な荷車に揺られながら、森の向こう側の急な斜面を下りて行った。荷車は重くガタガタだったが、存外に速かったので、やがて、追っ手は遠くうしろに引き離され、一同は安心した。それにしても、あの連中は何者なのだろう？　無政府主義者があれだけの仲間をどこで集めて来たかという謎は、いまだに解けなかった。かれらには一人の男がいるだけで十分で、書記のねじ曲がった笑顔を見るや否や、逃げ出したのだ。サイムは時々肩ごしにふり返って、追って来る軍勢を見た。

森はしだいにまばらになり、小さくなって行ったから、森の向こうや上の方に陽のあたる斜面が見えた。この斜面を、方陣を組んだ黒い人の群れが今も巨大な甲虫《かぶとむし》のように動いていた。陽射しは強く、持ち前の視力も望遠鏡並だったから、サイムにはこの人間どもの塊がじつにはっきりと見えた。一人一人を見分けられたが、全体がまるで一人の人間のように動いているのが、だんだん不思議に思えて来た。かれらは黒っぽい服を着て、地味な帽子を被り、街路《とおり》にいる平凡な群衆と変わりはなかった。しかし、通常の群衆なら広がり、散開し、長い尾を引き、さまざまな線を描いて目標に向かって行くのが自然である。連中はそうせず、睨みつける自動人形の軍隊のように、一種おそるべき邪悪なぎごちなさで進んでいた。

サイムはこのことをラトクリフに指摘した。

「うむ」と警官はこたえた。「それが規律だ。それが日曜日だ。あいつはたぶん五百マイルも離れたところにいるんだろうが、あいつへの恐怖心が神の指のように全員を抑えている。そうだ、やつらは規律正しく歩いている。そして賭けてもいいが、規律正しくおしゃべりして——そう、規律正しくものを考えているんだ。しかし、我々にとって肝腎なのは、やつらが規律正しく消えつつあることだ」

サイムはうなずいた。たしかに、追って来る男たちの黒いかたまりは、農夫が馬を力一杯走らせるにつれて、次第に小さくなっていった。

陽のあたっているあたりの景色は、全体としては平《たいら》だったが、森の向こう側に出ると急坂になって、大波のごとく海になだれ落ちた。サセックス丘陵の低いところに似ていなくもなかった。ただ一つ違っているのは、サセックスでは、路が小川のようにうねくねして角張っているが、ここフランスの白い道路は、目の前に滝のごとく流れ落ちていることである。荷車はガタガタいいながら、このまっすぐな下り坂をかなりの急角度で走りおりた。二、三分すると道はいよいよ急傾斜になり、ランシーの小さな港と大海の青い弧が眼下に見えた。雲のように群れなす敵は視界からすっかり姿を消した。

馬と荷車は楡《にれ》の木立ちのところで急に曲がり、「金色の太陽《ル・ソレイユ・ドール》」という小さなカフェの前でベンチに腰かけていた老紳士の顔に、馬の鼻がぶつかりそうになった。農夫はぶつぶつと詫びを言って座席から下りた。他の者も一人ずつ下り、老紳士に一言二言慇懃《いんぎん》な挨拶をした。というのは、くつろいだ様子からして、この人物が小さな居酒屋の主人であるのは明らかだったからである。

彼は白髪の、林檎《りんご》のような顔をした老青年で、眠たそうな眼をして白い口髭をたくわえていた。身体つきはがっしりして、あまり動きまわる性《たち》ではなく、いかにも人の良さそうな――フランスにもよく見かけるが、ドイツのカトリック教徒にはもっとありふれたタイプの人物だった。彼のまわりのあらゆるものが――パイプも、ビールのジョッキも、花々も、蜂小屋も、先祖代々の平和な暮らしを物語っていた。ただ、訪問客たちが客間に入って、上を見ると、壁に剣がかかっていた。

大佐は宿の主《あるじ》に旧友のごとく挨拶すると、そそくさと客間に入って腰を下ろし、儀礼的に飲み物を注文した。隣に坐ったサイムは、大佐の軍人らしいキビキビした行動に興味を引かれて、宿の主人が出て行ったすきに、好奇心を満足させた。

「おたずねしてもいいですか、大佐」と彼は小声で言った。「我々は何のためにここへ来たんです？」

デュクロワ大佐はピンと立った白い口髭の蔭で微笑んだ。

「理由は二つあるんです。第一の理由を申しましょう。もっとも重要というわけではありませんが、もっとも実際的な理由です。ここへ来たのは、二十マイル四方で馬を借りられる場所はここだけだからです」

「馬を！」サイムはサッと顔を上げて、言った。

「さよう。本気で敵を引き離したいと思うなら、馬でなければ役には立たない。むろん、ポケットに自転車と自動車でも入っていれば、話はべつですがね」

「それで、馬に乗ってどこへ行けば良いとおっしゃるんです？」サイムは訝しげにたずねた。

「当然のことながら」大佐はこたえた。「町の向こうの警察署へ急いで行くべきです。私の友人は――私は多少いかさまめいた状況の下で、彼の介添え人をしましたが――大衆蜂起の可能性をだいぶ大袈裟《おおげさ》に考えているようです。ですが、あの男だって、フランス警察と一緒にいても安全でないなどとは言わんでしょう」

サイムはおもむろにうなずいて、それから、急に言った――

「それで、ここへ来たもう一つの理由は?」

「ここへ来たもう一つの理由は」デュクロワ大佐は冷静に言った。「死の危険が近づいた時、一人か二人、善良な人間に会ってみるのも良いものだからですよ」

サイムは壁を見上げて、拙《つた》ない筆致の悲劇的な宗教画がかかっているのを見た。

「おっしゃる通りです」そう言って、すぐに言葉を継いだ。「誰か馬の用意はしていますか?」

「ええ」デュクロワはこたえた。「ここへ来ると真っ先に頼んでおきましたから、御心配なく。あなた方の敵は急いでいるように見えなかったが、実際は訓練の行き届いた軍隊のように、驚くべき速さで進んでいました。無政府主義者があんな風に規律を持っているとは思いも寄らなかった。一刻の猶予もなりませんぞ」

言っているそばから、青い眼と白髪の宿の主人が部屋に入って来て、六頭の馬を用意して外に待たせてある、と告げた。

デュクロワの忠告で、他の五人は携帯用の食料と葡萄酒を持ち、手元にある唯一の武器として決闘に使った剣を持ち運びながら、白い急な坂道を蹄《ひづめ》の音を立てて下りて行った。侯爵が侯爵だった時に荷物持ちをした二人の召使いは、カフェに残って酒でも飲むが良いということになった。当人たちも、それが嫌ではなかった。

午後の陽はすでに西に傾いていた。日射しの中で、宿の老亭主のたくましい姿が、次第に小さくなりながら、それでも立って、無言で見送っていた。銀色の髪に陽光《ひかり》があたっていた。大佐のふと口にした言葉が、サイムの心に迷信的な一つの考えを植えつけていた。それは、もしかしたらあの老人を最後に、この世で真っ正直な人間と出会うことはないかもしれない、という考えだった。

サイムは小さくなる姿をいつまでも見ていた。その姿は、緑の大壁のような急傾斜な丘を背景にして、灰色のしみに白い焔が燃えているようだった。そして、亭主の背後の丘のてっぺんを見つめていると、黒服をまとって行進する男たちの一団が現われた。かれらは善良な男とその家の上に、黒い蝗《いなご》の群れのごとく覆いかぶさった。馬の用意をさせたのは、けして早すぎることはなかったのだ。

第十二章　無政府状態の地上

一行は、下り道の険《けわ》しさにもおかまいなく馬を疾走させたので、徒歩《かち》の男たちとはすぐに差がつき、しまいに、ランシーの町の建物が追っ手の姿を視界から隠した。しかし、大分長いこと走ったため、町の中心部に着いた頃には、西空は夕陽の色と風合《ふうあい》に温かく染まっていた。警察署へ駆け込む前に、もう一人の人間を味方につけようと大佐が提案した。やってみた方がいい、その男は役に立つかもしれないから、と。

「この町には金持ちが五人いますが」と大佐は言った。「そのうち四人は、ありきたりなペテン師です。世界中どこへ行っても、まあそんな比率《ひりつ》だと思いますがね。五番目の男は私の友達で、じつに立派な奴です。しかも、我々にとってそれ以上に重要なことは、あいつは自動車を持っておるんです」

「残念だが」教授が後ろをふり返って、ふざけた口調で言った。背後の白い道には、黒い蠢《うごめ》く塊がいつ何時《なんどき》あらわれるかもしれなかった。「残念だが、午後の訪問をする時間はなさそうだよ」

「ルナール博士の家へはたったの三分で行かれます」と大佐は言った。

「我々の危険は」とブル博士。「二分と待ってくれそうにありませんよ」

「いや」とサイム。「馬をすっ飛ばせば、差はつけられるよ。連中は歩きなんだから」

「自動車を持ってるんです」と大佐。

「でも、貸してもらえないかもしれない」とブル。

「いや、あいつはあなた方の味方ですよ」

「でも、留守かもしれない」

「黙って！」とサイムがいきなり言った。「あの音は一体、何だ?」

みんなは一瞬、彫像の騎士のように身じろぎもしなかった。そして、一秒間――二秒か、三秒か、あるいは四秒間かもしれない――天地もまたひそまり返った。やがて、苦しいほどに注意を凝らす全員の耳に聞こえてきたのは、道の向こうから近づいて来る、何とも形容しがたい戦慄と鼓動――それが意味するのはただ一つ、馬だった！

大佐の顔は、雷に打たれたが無傷だった人のような形相に一変した。

「やられた」彼はそっけない軍人風の皮肉をこめて言った。「騎兵隊を迎え撃つ準備をしたまえ！」

「一体、どこで馬を手に入れたんだろう？」サイムはそう言いながら、機械的に馬を駆け足にさせた。

大佐はしばらく黙っていたが、やがて緊張した声で言った――

「二十マイル四方に馬を借りられる場所は『金色の太陽《ル・ソレイユ・ドール》』しかないと言いましたが、私のあの言葉に間違いはないのです」

「嘘だ！」サイムは乱暴に言った。「僕は信じないぞ、あの人がそんなことをするなんて。あの白髪頭のおやじさんが――」

「無理強いされたのかもしれません」大佐は穏やかに言った。「敵の兵力は少なくとも百騎――こうなると、ぜひとも私の友人ルナールに会いに行かねばなりませんな。自動車を持っているのですから」

彼はこう言うと、突然馬首を廻《めぐ》らして街角を曲がり、滅法界なスピードで街路を突っ走った。他の者もすでに進みを速めて襲歩《ギャロップ》で走っていたが、大佐の馬に随いて行くのは容易ではなかった。

ルナール博士は急な坂道の一番上に、高い快適な家を構えて暮らしていた。だから、馬の乗り手たちは門前で馬を下りると、ふたたびあの緑豊かな丘の背を見ることができた。丘は町の家並の上に立ち、斜面を一条の白い道が走っている。一同はその道にまだ追っ手の影が見えないのを確認して、ホッと一息つくと、呼鈴を鳴らした。

ルナール博士は茶色の顎鬚を生やした朗らかな人物で、フランスがイギリスよりもかえって完全に保存している、あの寡黙《かもく》な、しかしまことに多忙な職業的階級の典型だった。事情を説明すると、博士は元侯爵の臆病風を笑った。彼は堅実なフランス流懐疑主義で、無政府主義者の一斉蜂起などということはあり得ないと語った。「無政府主義なんて」博士は肩をすくめて言った。「子供の遊びですよ!」

「じゃあ、あれは」大佐がいきなり相手の背後を指さして、叫んだ。「あれも子供の遊びかね?」

一同はふり返った。丘の上を、黒い騎兵隊の列が、アッティラの軍勢のように勇ましく押し寄せて来るのが見えた。しかし、疾走しているにもかかわらず、部隊全体が依然として良くまとまっており、最前列の黒覆面は、制服を着た軍人が並ぶように一列にそろっていた。主力の黒い方陣は、スピードこそ速いものの前と同じ様子だったけれども、一つだけ、大きく目立つ違いがあった。一同はそれを斜めにかけた地図の上に見るごとく、丘の斜面にはっきりと見ることができた。騎者たちの大部分は一塊《ひとかたまり》になっていたが、一騎だけ、戦列のずっと先にとび出し、手と踵《かかと》を無茶苦茶にふりまわして、もっと速く走れと馬を駆り立てている。まるで追跡者ではなく、追われる身のようだった。しかし、遠目にもその男には何かひどく狂信的な、独特のものがあったので、他ならぬ書記であることがわかった。

「教養あふれるお話を邪魔して申し訳ないが」と大佐が言った。「自動車を貸してもらえないかね、あと二分のうちに」

「あなた方はみんな気が狂っているのではないかと思うが」ルナール博士は愛想良く微笑んだ。「しかし、狂ったからといって、友情が絶えるなぞということは、あってはならんことです。車庫へ参りましょう」

ルナール博士は途轍もない富を持つ温厚な人士だった。家の中はクリュニー美術館さながらで、自動車が三台もあった。しかしながら、フランス中流階級の質朴な趣味を有する彼はめったに車を使わないらしく、友人たちはやきもきしながら車を調べてみたが、そのうちの一台が動くかどうかをたしかめるのにも時間がかかった。かれらは一苦労してこの車を家の前の通りに出した。薄暗い車庫から外《おもて》に出ると、驚いたことに、もう空に明かりはなく、南国のように突然の闇が下りていた。思ったよりも長く車庫にいたのか、あるいは常ならぬ雲が町に蓋《おお》いかぶさったのだろう。急坂になった街路を見下ろすと、海から薄霧が立ちのぼって来たようだった。

「もう行かなきゃ」とブル博士が言った。「馬のやって来る音が聞こえるよ」

「しかし」と教授が言った。「馬は一頭だけだ」

耳を澄まして聴くと、ガタガタ鳴る石の上を急速に近づいて来る音は、騎兵隊全体ではなくて、全隊をはるか後ろに残して来た一人の騎者——狂った書記が立てているのだった。

サイムの家族は、質素な生活をするに至ったたいていの家と同様、かつては自動車を持っていたので、サイムは自動車のことなら何でも知っていた。彼はただちに運転席にとび乗り、顔を真っ赤にして、長いこと使われなかった機械をレンチで締めたり、引っ張ったりした。ハンドルの一つに全力を傾けて、それからボソリと言った——

「これ、動かないよ」

と言う間に、一人の男が身を硬張らせて疾駆する馬に跨《また》がり、矢のように早く、硬くなって道の角を曲がって来た。彼は片方の頰を、顔から外《はず》れたように突き出して、微笑っていた。人を一杯乗せたまま動かない自動車の横を通りすぎると、車の前の方に手をあてた。書記だった――彼の口はおごそかな勝利をたたえて、まっすぐに引き結ばれた。

サイムはハンドルにのしかかって、力一杯押していた。聞こえてくるのは、他の追っ手が町へ入って来る地響きの音だけだった。すると、突然、鉄のこすれる悲鳴のような音がして、車は前方にはね跳んだ。書記は鞘《さや》からナイフを抜くように馬の鞍から引きずり落とされた。二十ヤードも車に引きずられて、地面にひどくぶつかった揚句、おびえた馬のずっと前に放り出されて、大の字になった。車が見事なカーヴを描いて街角を曲がる時、他の無政府主義者たちが通りにあふれ、落馬した指導者を抱き起こすのが、ちらと見えた。

「どうしてこんなに真っ暗になったのか、理解できん」教授がやがて小声で言った。

「嵐になるんだと思うな」とブル博士が言った。「ねえ、この車に明かりがないのは残念だね。せめて、ものを見るためにでもね」

「ありますよ」大佐はそう言って、自動車の床から重い古風な灯籠を取り上げた。それは鉄製で彫刻が施してあり、内側に蠟燭《ろうそく》が入っていた。見るからに骨董品で、もともとは何か半ば宗教的な用途のために作られたとおぼしい。というのも、側面の一つに、稚拙な十字架の形が鋳《い》ってあるからだ。

「一体、どこでこんなものを手に入れたんです?」と教授がたずねた。

「自動車を借りたところです」大佐はクスクス笑って、こたえた。「私の親友に借りたんですよ。サイムさんがここでハンドルと格闘している間に、私は家の石段を上がって、ルナールに言ったんです。あの男は玄関に立っていましたからね。『ランプを取りに行く閑はないだろうね』やつは愛想良く目をパチクリしながら、正面玄関の美しいアーチ型の天井を見上げました。そこにこの灯籠が、素晴らしい鉄細工の鎖にブラ下がっていたんです。宝の家にある百の宝のうちの一つですよ。あいつは天井から力まかせにこのランプを引きちぎって、色塗りの嵌め板は割るし、青磁の花瓶を二つも引っくり返しました。そうして鉄の灯籠を渡してくれたので、車の中に入れておきました。ルナール博士は知り合いになって損はない男だと申し上げたが、その通りでしょう?」

「まったくです」サイムは真顔で言って、重い灯籠を車の前部に掛けた。現代の自動車と、奇妙な教会用のランプとが示す対照のうちには、何かこの状況全体を寓意するようなものがあった。

これまでは町のごく閑静な場所を通って来たので、出会った通行人も一人二人しかおらず、この町が平和な場所か、それともこちらに敵意を抱いているかを推し量ることはできなかった。しかし今は家の窓に一つまた一つと明かりがともって、人の住む人間くさい町の感じを与えた。ブル博士はこれまで逃走の案内役をつとめてくれた新顔の探偵の方をふり返って、持ち前の親しげな微笑を洩らした。

「こうして明かりが点くと、楽しい気分になるね」

ラトクリフ警部は眉をひそめた。

「私を楽しい気分にさせてくれる明かりは、一つだけだ。それは町の向こうに見える警察署の明かりだよ。どうか、あと十分であちらへ着きますように」

すると、ブルの心にわき立つ良識と楽観主義が突如おもてに出た。

「でも、そんなの、まるっきり馬鹿げてるよ！」と彼は叫んだ。「ふつうの家に住んでいるふつうの人が無政府主義者だなんて、そんなことを本気で考えてるなら、無政府主義者よりもあなたの方が狂ってる。もし僕らがあいつらに立ち向かって戦ったら、町中が加勢《かせい》してくれますよ」

「いや」相手は不動の信念をもってこたえた。「町中が奴らに加勢するよ。今にわかる」

二人が話している間に、教授が突然興奮して、身をのり出した。

「あの音は何だ？」と彼は言った。

「馬が追いかけて来る音でしょう」と大佐。「大分引き離したと思ったんだがなあ」

「馬が追いかけて来るだって！　違う」と教授は言った。「馬じゃない。それに追いかけてもいない」

言いも終わらぬうちに、前方の街路の果てを、二つの輝く物体がガタガタと音を立てて過《よぎ》った。ほとんど一瞬のうちに通りすぎたが、それが自動車であることは誰にもわかった。教授が青白い顔をして立ち上がり、あれはルナール博士の車庫にあった二台の自動車に相違ないと断言した。

「いいかね、あの人の車だったぞ」教授は目をぎらつかせて、繰り返した。「それに、覆面の男たちが大勢乗っていた！」

「馬鹿な！」大佐が腹立たしげに言った。「ルナール博士はあんなやつらに車を貸さんよ」

「力ずくで強制されたのかもしれない」ラトクリフが穏やかに言った。「町中が向こうについてるんだ」

「まだそんなことを信じてるのかね」大佐は納得できない顔で言った。

「もうじき、君たちだって信じるだろうよ」相手はあきらめきった冷静さで言った。しばし途方に暮れたような沈黙があったが、大佐がまた唐突に口を切った——

「いや、私には信じられん。馬鹿げている。平和なフランスの町の、ふつうの人々が——」

言いも終わらぬうちに、バンという音がして、大佐の目のそばを閃光が走ったようだった。疾走する車の後ろに、白い煙が漂っていた。サイムは弾丸がヒュウッと耳元をかすめる音を聞いた。

「神よ！」大佐が言った。「誰か、我々を狙って撃ったぞ」

「だからといって、話の腰を折るには及ばんよ」陰気なラトクリフが言った。「さっきの話をつづけてくれたまえ、大佐。たしか平和なフランスの町の、ふつうの住人のことを話していたんだったね」

目を剝《む》いた大佐は、もうとっくに皮肉を気にするどころではなくなっていた。彼は通りの至る処をキョロキョロと見まわした。

「異常なことだ。じつに異常なことだ」

「気難しい人間なら」とサイムが言った。「不愉快だとでも言うでしょうね。しかし、この通りの向こうの原っぱに見える明かりは、警察署のようですね。もうすぐ、あそこへ着きますよ」

「いいや」ラトクリフ警部が言った。「あそこへはけっして着かんよ」

彼は立ち上がって前方を注視していたが、今は坐って、なめらかな髪を物憂げに撫でた。

「どういう意味さ?」ブルが鋭く尋ねた。

「あそこにはけしてたどり着かないという意味だ」悲観論者は平然と言った。「もう道の両側に、武装した男たちが並んでいる。ここから見えるよ。私が言った通り、この町は武器をとった。私としては、予想が正しかったことを欣快《きんかい》とするのみだね」

ラトクリフは車の中に心地良く坐りこんで紙巻煙草に火を点けたが、他のみんなは興奮して立ち上がり、道の彼方を凝視した。サイムは雲行きが怪しくなってきたので車のスピードを落とし、しまいに、とある脇道の角で停めた。それは海へおりて行くきわめて急な坂道だった。

町はおおむね蔭になっていたが、陽は沈んでいなかった。水平な光が射し込んだところは、どこも一切が燃える金色に染まっていた。落日の最後の光は、この脇道を、まるで劇場の照明のように細くくっきりと照らしていた。夕陽は五人の仲間が乗った車を、燃える戦車のように照らし出した。しかし、通りの他《ほか》のところ、ことに両端は深い薄明に沈んでいて、しばらくの間、何も見えなかった。そのうち、一番目の良いサイムが忌々《いまいま》しげにヒュッと口笛を吹いて、言った。

「ほんとだ。あの通りの出口には、人だかりだか軍勢だか、何かそんなのがいるぜ」

「ふん、いるとしても」ブルが苛立って、言った。「何か他のものに決まってるよ——演習とか、市長の誕生日とかね。こんな場所に住んでいるふつうの愉快な人たちがダイナマイトをポケットに入れて歩きまわるなんて、僕には信じられないし、信じたくもない。サイム、もう少し先へ行って、様子を見ようよ」

車はのろのろと百ヤードほど先へ進んだが、そのうち、ブル博士が甲高い声で笑いだしたので、一同は驚いた。

「ほんとに、君らはお馬鹿さんだね！」と彼は叫んだ。「だから、言ったじゃないか。あの人たちは雌牛のように法を守る良民だし、仮にそうでなくても、こちらの味方だよ」

「どうしてわかる？」教授がカッと目を見開いて、言った。

「どこに目ん玉をつけてるんだい！」ブルが叫んだ。「あの連中を引率しているのが誰か、見えないのかい？」

一同はまた前方を見やり、今度は大佐が声を詰まらせて叫んだ——「なんと、ルナールじゃないか！」

実際、ぼんやりした人の列が道を横ぎって走っていたが、はっきりとは見えなかった。しかし、それよりもずっと手前の方に射し込んだ夕陽の中を大股に行ったり来たりしているのは、ルナール博士に違いなかった。博士は白い帽子を被り、長い茶色の顎鬚を撫でながら、左手に拳銃を握っていた。

「私は何て馬鹿だったんだろう！」大佐は絶叫した。「あの男はもちろん、我々を助けに来たんだ」

ブル博士は大はしゃぎで笑いながら、手にした剣をステッキのようにふりまわした。彼は車からとび下りて前方へ走って行きながら、大声で呼んだ——

「ルナール博士！ ルナール博士！」

次の瞬間、サイムは自分の眼がイカレてしまったのではないかと思った。博愛家のルナール博士はおもむろに拳銃を上げると、ブルを狙って二度撃ったので、道に銃声が響き渡ったのである。

この非道な発砲のために白い煙が舞い上がるのとほぼ同時に、おつに澄ましたラトクリフの紙巻煙草から、白い煙が長々と立った。彼も他のみんなと同様、少し蒼ざめてはいたが、ニヤニヤ微笑っていた。銃弾はブル博士を狙ったが、すんでのところで頭にはあたらなかった。博士は恐れ気《げ》もなく道の真ん中にただずみ、それからごくゆっくりとふり返って、ソロソロと車に戻ると、帽子に二つの穴を開けたまま、車に乗り込んだ。

「どうだね」紙巻煙草を吸っている男は、おもむろにたずねた。「君の今のお考えは？」

「思うに」ブル博士は四角張ってこたえた。「僕はピーボディ・ビルディングの二七号室で寝てるんだ。もうじき、ハッと目醒めるにちがいない。さもなければ、ハンウェル[18]の床や壁にクッションをした小部屋に坐っていて、医者も匙《さじ》を投げてるんだと思うな。でも、もし僕が考えないことを知りたければ、お教えしましょう。僕はあんたの考えることは考えない。一般大衆が薄汚ない現代思想家の群れだなんて考えちゃいないし、これからもけして考えないだろう。そうとも、僕は民主主義者だし、日曜日が平凡な人夫だの店屋の売子だのを、ただの一人だって改宗させられるとは思わないぞ。そうとも、僕は狂ってるかもしれないが、人類は狂っちゃいない」

サイムは、ふだんは見せないような真剣な面ざしで、輝く青い目をブルに向けた。

「君はじつに素敵なやつだ。君は自分の正気さだけではなくて、他人《ひと》の正気さも信ずることができる。それに、君が人類について——田舎の農民や、あの愉快な宿のおやじさんみたいな人々について言ったことも正しいよ。でも、ルナールに関しては間違ってる。僕は最初からあいつを疑ってたんだ。あいつは合理主義者だし、もっと悪いことには金持ちだ。義務感と宗教が真に破壊される時、破壊するのは金持ちなんだ」

「本当に、もう壊れちまったよ」紙巻煙草を吸っている男は、そう言うと両手をポケットに入れて、立ち上がった。「悪魔どもがやって来る!」

車の中の男たちは、彼の夢見るような眼差しが追う方向を不安げに見た。果たして、道の向こう端にいた全隊がこちらへ向かっており、ルナール博士が先頭に立って、そよ風に鬚をなびかせながら、猛進して来た。

大佐は車から跳び出して、耐え難いといった声で叫んだ。

「紳士諸君、こんなことは信じられない。悪い冗談に決まっている。諸君がもし、私のようにルナールをよく知っていれば——まったく、ヴィクトリア女王を爆弾魔と呼ぶようなものだ。もしあの男の人柄が頭に入っていれば——」

「少なくとも、ブル博士は」サイムがからかうように言った。「そいつを帽子に入れてもらいましたよ」

「そんなはずはないと言ってるんだ!」大佐は地団駄を踏んだ。「ルナールに説明させよう。私に説明してもらおう」そう言って、ズンズンと進み出た。

「そんなに慌てなさんな」煙草呑みが物憂げに言った。「じきに、みんなに説明して

18　一八三一年に創設されたミドルセックス州精神病院の通称。

くれるだろうよ」

しかし、気の急《せ》いた大佐はもうその声のとどかないところにいて、迫り来る敵にこちらから向かって行った。興奮したルナール博士はまた拳銃を上げたが、相手が誰か気づくと、撃つのをためらった。大佐は彼に面と向かって、怒りもあらわな仕草で抗議した。

「無駄だよ」とサイムが言った。「あの外道《げどう》を相手にしても、なんにもならないよ。僕としては、あいつらの真ん中を突っ切ってやったら良いと思うね——ピストルの弾がブルの帽子を貫通したみたいにね。我々はみんな殺されるかもしれないが、あいつらも大勢殺せるよ」

「そんなのダメだい」ブル博士は立派な心を示すにつれて、言葉遣いが俗っぽくなった。「あいつら、誤解してるのかもしれない。大佐にチャンスを与えようよ」

「それじゃ、引き返すか?」と教授が言った。

「駄目だ」ラトクリフは冷然と言った。「後ろも囲まれてる。じっさい、あすこに君の友達がもう一人いるぜ、サイム君」

サイムはクルリとふり返って、やって来た道の後方を見つめた。暗がりの中を騎馬の男たちがバラバラに集まり、こちらへ襲歩で走って来た。先頭の馬の上で剣が銀色にきらめいたが、近づいて来るにつれて、銀色にきらめく老人の髪の毛も見えた。次の瞬間、サイムはおそろしく乱暴に自動車の向きを変えて、死に急ぐ人間のごとく、海へ向かう急坂をまっしぐらに下りはじめた。

「何だってんだ？」教授が彼の腕をつかんで、叫んだ。

「明《あ》けの明星が堕ちたんだ！」とサイムは言った。彼が運転する車も、暗闇の中を流れ星のように下っていった。

他の者には彼の言葉が理解できなかったが、ふり返って上の通りを見ると、敵の騎兵隊が角を曲がり、坂道を追いかけて来る。先頭の馬に跨《また》がっているのは、あの善良な宿の亭主だった。無心な顔が夕陽を浴びて焔のように輝いていた。

「世界中が狂ってる！」教授はそう言って、両手に顔を埋めた。

「ちがう」ブル博士は飽くまでも自分を卑下して、「狂ってるのは、僕だ」

「我々はどうなるんだろう？」と教授。

「目下のところ」サイムは科学者のように超然として、「我々は街灯の柱に衝突しようとしてるね」

次の瞬間、自動車は破滅的な衝撃と共に、鉄の柱にぶつかった。さらに次の瞬間、四人の男は滅茶滅茶になった金属の塊の下から這い出した。海辺の遊歩道の縁《へり》にまっすぐ立っていたひょろ長い街灯柱は、折れた木の枝のようにねじ曲がっていた。

「それでも、何かをぶっ壊したじゃないか」教授がかすかに微笑った。「これも気慰めだ」

「君はだんだん無政府主義者になって来たぞ」身だしなみを気にするサイムは、本能的に服の塵を払った。

「誰も彼もが、そうだ」とラトクリフは言った。

言うそばから、白髪の騎者とその徒党が上から怒濤《どとう》のごとく押し寄せ、それとほとんど同時に、男たちが黒い条《すじ》になって、雄叫《おたけ》びをあげながら海岸を走って来た。サイムは一本の剣を取り、歯にくわえた。さらに二本を腋《わき》の下に挟んで、四本目の剣を左手に、右手には灯籠を持って、高い遊歩道から下の浜辺へ跳びおりた。

他の者も彼の果断な行動にならってあとに続き、頭上には車の残骸と人の群れだけが残った。

「まだ一つチャンスはある」サイムは剣を口から外して、言った。「この魔物の巣窟が何を意味するとしても、警察署は我々を助けてくれるはずだ。僕らはあそこに辿り着けない——あいつらが道をふさいでいるから。でも、ちょうどここの海に桟橋《さんばし》か防波堤みたいなものが突き出している。ここなら、ホラティウスが橋を守ったように、どこよりも長く守ることができるだろう。警察が来るまで、あそこを守り通すんだ。僕に随いて来い」

一同はサイムのあとに続き、浜辺の砂を踏んで行った。一、二秒もすると、かれらの靴は海の砂利ではなくて、幅広い平らな石を踏んだ。長く低い一本の突堤が、暗く荒れ騒ぐ海に突き出している。その先端へ来ると、かれらは進退きわまったことを感じた。みんなはふり返って、町の方を向いた。

町は一変して大騒ぎになっていた。たった今サイムたちが下りて来た高い遊歩道は、どよめく黒い人混みの河流と化し、ふり上げた腕と怒りに燃える顔が、うごめいて、こちらを睨んでいた。長い黒々した人の列のここかしこに松明《たいまつ》や灯籠がともっていたが、猛《たけ》り狂った顔を焔が照らしていないところでも——離れた人の姿、暗く蔭になった人物の仕草にも——組織された憎悪を見ることが出来た。自分たちがこの世で一番呪われた人間であることは明らかだったが、その理由《わけ》はわからなかった。

二、三人の男——小さくて黒い猿のような人影が、サイムたちのしたように道の縁《へり》を跳び越えて、浜辺に下りた。深い砂をザクザクと踏みながら、おそろしい叫び声を上げてやって来ると、勝手次第に海に入って来た。他の者もかれらに倣《なら》い、黒い人間の塊が、さながら黒蜜《くろみつ》のように流れ出して、道の縁からしたたりおちた。
先頭を切って浜辺におりて来た男たちの中に、サイムは荷車を駆ったあの農民の姿をみとめた。男は荷車を引く大きな馬に乗り、飛沫《しぶき》をあげて波にぶつかると、こちらに向かって斧を振りまわした。

「農民が！」とサイムは叫んだ。「連中は中世からこの方蜂起したことなんか、なかったのに」

「こうなっては、たとえ警察が来ても」教授が嘆かわしげに言った。「この群衆をどうしようもないな」

「馬鹿な！」とブルが悲痛に言った。「町には誰か、人間らしい人間が残ってるはずだよ」

「いないね」悲観派の警部が言った。「人間はもうじき、この世からいなくなる。おれたちが最後の人類だよ」

「そうかもしれん」教授が上《うわ》の空で言って、夢見るような声で言い足した。「『ダンシアッド』の終わりの文句は、どんなだったかな？

公の、はた私《わたくし》の焔も敢へて輝かず、
人間《ひと》の光も、天来の聖なるきらめきも残ることなし！
見よ！　混沌よ、汝が死せる帝国は復《な》したり。
光は汝が〝非造〟の言葉の前に消えゆく。
汝《なんぢ》の手が、大いなる無秩序よ、幕を下ろさしめ、
普遍の闇が一切を葬る。[19]」

「やめろ！」ブルが突然叫んだ。「警察が出て来たぞ」
果たして、警察署の一階の明かりのついた窓に、せかせかと動く人影がいくつも見

19　アレグザンダー・ポープ（一六八八～一七四四年）の長詩「ダンシアッド」第四巻六五一～六五六行。

えた。やがて、規律正しい騎兵隊の蹄と鈴《りん》の音が暗闇から聞こえてきた。

「暴徒に突撃するんだ！」ブルがうっとりしたような、脅《おび》えたような声で叫んだ。

「ちがう」とサイム。「遊歩道に沿って、隊列をととのえてる」

「カービン銃を肩からおろしたぞ」ブルは興奮のあまり、小踊りした。

「うん」とラトクリフ。「そして我々を撃とうというんだ」

言いも終わらぬうちに、バリバリと小銃射撃の音が立って、弾丸が目の前の石の上に霰《あられ》のごとく舞った。

「警察があっちに付いた！」教授はそう叫んで、額を打った。

「僕は精神病院の病室にいるんだ」ブルがきっぱりと言った。

長い沈黙が訪れ、やがてラトクリフが、一種の灰色がかった紫色に染まってうねりをうつ海を見ながら、言った――

「誰が狂っていようと、誰が正気だろうと、どうでもいいことじゃないか？　もうじき、みんな死ぬんだ」

サイムが彼をふり返った――

「それじゃ、君に希望はないのか？」

ラトクリフ氏は石のように口を閉ざし、しまいに静かに言った――

「いや。妙なことだが、全然希望がなくはない。一つだけ、正気の沙汰と言えないようなささやかな希望があって、それを忘れることができないんだ。この地球上の全勢力が我々の敵になったが、それでも、この馬鹿馬鹿しい小さな希望は、まだ望みを失っていないらしいんだ」

「君は何に、あるいは誰に希望を寄せているんだい?」サイムは好奇心をおぼえて、たずねた。

「見たことのない男にさ」相手は鉛色の海を見ながら言った。

「君の言う意味はわかる」サイムは小声で言った。「あの暗室にいた男だろ? でも、日曜日は今頃あの人を殺しちまってるよ」

「かもしれん」相手は落ち着いた口調で言った。「だが、そうだとしても、あの男は日曜日が容易に殺せなかった唯一の人間なんだ」

「君らの話を聞かせてもらったよ」教授がこちらに背を向けて、言った。「じつは私も、一度も見たことのないものに縋《すが》りついているんだ」

サイムは我を忘れたように考え込んでいたが、突然ふり返ると、夢から醒めたように大声をあげた――

「大佐はどうした？　一緒だと思ったのに！」

「大佐かい！　そうだ」ブルが叫んだ。「大佐は一体どこにいるんだ！」

「ルナールと話をしに行ったんだ」と教授。

「あの獣《けだもの》どもの中に置き去りにはできないぞ」サイムが叫んだ。「どうせなら、紳士らしく死のうじゃないか、もし――」

「大佐に同情することはないよ」ラトクリフが薄笑いを浮かべて言った。「あいつはしごく快適にやっているよ。あいつは――」

「嘘だ！　嘘だ！」サイムは一種の狂乱状態になって、叫んだ。「大佐まで、まさか！　僕は絶対に信じないぞ！」

「自分の目は信じるかい？」相手はそう言って、浜辺を指さした。

今は追っ手の多くが水に入って拳《こぶし》を振っていたが、波が荒く、桟橋には辿り着けなかった。しかし、二、三人の男が石の歩道の入口に立ち、用心深くこちらへ近づこうとしていた。灯籠の光がたまさか先頭に立った二人の顔を照らし出した。一人は顔に黒い半覆面を被っていて、覆面の下の口が狂った神経のためにひどくよじれているため、黒い顎鬚が、落ち着きのない生き物のようにヒクヒクと動いていた。もう一つの顔は、デュクロワ大佐の赤ら顔と白い口髭だった。二人は真面目に何か相談をしていた。

「そうだ、あいつも向こう側へ行っちまったんだ」教授はそう言って、岩の上に坐り込んだ。「万事休す。おれも終わりだ！　自分の身体の機械仕掛けすら信用できない。自分の手がとび上がって、おれを殴りそうな気がする」

「僕の手がとび上がったら、誰か他の奴を殴るぜ」サイムはそう言うと、大佐の方へ向かって桟橋をズンズン歩いて行った。片手に剣を、片手に灯籠を持っていた。

大佐は彼が近づいて来るのを見ると、最後の希望か疑いかを挫《くじ》こうとするかのように、拳銃を向けて、撃った。弾はサイムにはあたらなかったが、剣にあたり、剣は柄《つか》のところでポッキリと折れてしまった。サイムは大佐に駆け寄ると、鉄の灯籠を頭上に振りかざした。

「ヘロデをやっつける前に、ユダからだ！」そう言って、大佐を石の上に殴り倒した。それから、書記の方を向き直り――書記は恐ろしい口から泡を吹かんばかりだったが――硬張った、派手な仕草でランプを高々とかかげたので、相手は一瞬凍りついてしまい、こちらの言葉を聞くよりなかった。

「この灯籠が見えるか？」サイムは恐ろしい声で言った。「こいつに彫ってある十字架と、中の火が見えるか？　おまえがこれを作ったんじゃない。おまえが火を点けたんじゃない。おまえなんかよりも立派な人々が――信じて服従することのできた人々が、鉄の臓腑《ぞうふ》を歪《ね》じ曲げて、火の言い伝えを守ったんだ。おまえが歩く通りも、着る服も、みんなこの灯籠みたいに作られた――おまえたちが信奉するゴミと溝鼠《どぶねずみ》の哲学を否定することによって作られた。おまえには何も作れない。破壊することしかできない。おまえは人類を滅ぼし、世界を滅ぼす。それで満足するがいい。でも、このキリスト教徒が作った灯籠だけは、壊させやしないぞ。これは、おまえたち猿の帝国の連中には探し出せないところへ行くんだ」

サイムは灯籠で書記を一撃したので、相手はよろめいた。それから、頭の上で二回灯籠をふりまわすと、はるか沖へ向かって投げつけた。灯籠はうなる花火のように燃え上がり、海に落ちた。

「剣を取れ！」サイムは火のように燃える顔で後ろの三人をふり向いて、叫んだ。「あん畜生どもに突撃しよう。僕らの死ぬ時が来た」

　三人の仲間は剣を持って、あとにつづいた。サイムの剣は折れたが、一人の漁師を倒して、その手から棍棒をねじり奪《と》った。みんなは今にも敵のさなかに突っ込んで討ち死にするところだったが、間一髪のところで邪魔が入った。書記は、サイムが啖呵《たんか》を切っている間、打《ぶ》たれた頭に手をあてて、気が遠くなったように立ちすくんでいた。それが今、いきなり黒覆面を脱いだ。

　ランプの光の中で露《あら》わになった青白い顔は、怒りというよりも驚きを浮かべていた。書記は威厳を保ちながら気遣うように片手を上げた。

「誤解があるようだ。サイム君、君は自分の置かれた立場を理解していないらしい。法の名に於いて、君を逮捕する」

「法のだって？」サイムは棍棒を手から落とした。

「そうとも！　僕はスコットランド・ヤードの刑事だ」書記はそう言って、ポケットから小さな青いカードを取り出した。

「それで、我々を何だと思ってるんだね？」教授はそう言って、武器を捨てた。

「おまえたちは」書記は固くなって言った。「私は事実として知っているが、無政府主義最高評議会の委員たちだ。おまえたちの仲間に化けていたが、私は――」

ブル博士が剣を海に投げ込んだ。

「無政府主義最高評議会なんて存在しなかったんだ。僕らはみんな、お互いを監視し合う阿呆な警察官だ。そして僕らに銃弾を浴びせたあの素敵な人たちは、僕らを爆弾魔と思ってたんだ。僕はやっぱり大衆に関しては間違ってなかった」彼はそう言って、左右に広がった無数の人の群れを満足げに見やった。「俗衆はけして狂わない。僕も俗人だから知ってるのさ。これから陸《おか》に上がって、ここにいるみんなのために乾杯しよう」

第十三章　議長の追跡

　翌朝、五人の男は戸惑いながらもはなはだ上機嫌に、ドーヴァー行きの船に乗った。気の毒な大佐は、文句の一つも言って良い立場だったかもしれない。ありもしない二つの徒党のために戦った揚句、鉄の灯籠で殴り倒されたのだから。しかし、大佐は心の広い老紳士だったし、いずれの側もダイナマイト爆弾とは無関係なことを知って、大いにホッとしたから、親切にも桟橋へ見送りに出た。

　和解した五人の刑事は、お互いにこまかいことを百も説明しなければならなかった。書記はサイムに言った――自分たちが覆面をしたのは、陰謀家の仲間であるふりをして、君らに近づくためだった、と。サイムは、文明国の田舎をどうやってあんなに素早く逃げまわったかを説明した。しかし、こうした些細な点はみんな説明がついたけれども、説明のつかぬ肝腎要《かんじんかなめ》の問題が、それらの上に山のごとく聳えていた。この大騒ぎはすべて何を意味しているのだろう？　我々全員が無害な公務員だとすると、日曜日は何者なんだ？　彼は世界を掌握しなかったとすると、今まで一体何をしていたのだ？　ラトクリフ警部はこの点について、なおも悲観的だった。

「あの日曜日のお遊びは、おれにだって理解できないよ」と彼は言った。「しかし、日曜日が何者であれ、罪のない市民じゃあない。畜生め！　あいつの顔を憶えてるか？」

「たしかに」サイムが答えた。「僕はあの顔をどうしても忘れることができないんだ」

「でも」と書記が言った。「もうじき、わかるだろうさ。明日は次の総会が開かれる日だ。憚《はばか》りながら」と言って、気味の悪い微笑を浮かべた。「僕は書記の仕事に精通しているんでね」

「君の言う通りだと思う」教授が考え込みながら言った。「あいつから訊き出すことは可能だと思うが、正直言って、日曜日に『あなたは本当は誰なんですか』と訊くのは、ちょっと怖いな」

「それは」と書記がたずねた。「爆弾が怖いのかね？」

「いや」と教授は言った。「あいつが答を言うのが怖いんだ」

「何か飲もうよ」しばしの沈黙の後に、ブル博士が言った。

船旅と汽車旅行の間、一行は良く酒を飲んだが、本能的にいつも同じ場所にかたまっていた。一番の楽天家であるブル博士は、ヴィクトリア駅から同じ二輪馬車《ハンサム》に乗って行こうと言い張ったが、この案は却下されて、一同は四輪辻馬車《フォー・ホイーラー》を拾い、ブル博士は御者台に上がって歌をうたった。旅はピカデリー・サーカスのホテルで終わりを告げた。翌朝レスター広場で早い朝食をとるため、近くの宿を選んだのである。しかし、その日の冒険はまだ完全に終わったわけではなかった。みんなが寝ようというのに不承知なブル博士は、ロンドンの美景を観賞するため、十一時頃ブラリとホテルを出た。しかし、それから二十分もすると戻って来て、玄関で騒ぎ立てた。サイムは初め静かにさせようとしたが、そのうち、おやと思って話を聴きはじめた。

「おい、あいつを見たぞ！」ブル博士はさも大事《おおごと》のように言った。

「誰を？」サイムは聞き返した。「まさか議長じゃないだろうな？」

「さすがにね」ブル博士は必要もないのに笑った。「そうじゃないよ。ここであの男と出くわしたんだ」

「あの男って誰さ？」サイムは焦《じ》れて言った。

「髭もじゃ男さ」相手ははっきりとこたえた。「髭もじゃだった男だ——ゴーゴリだよ。そら、ここにいる」と言うと、博士は嫌がる青年の肘をつかんで、引っぱり出した。それは五日前に、赤い髪の毛と蒼白な顔で評議会から出て行った男——正体のばれた偽物の無政府主義者の第一号だった。

「どうして僕にかかりあうんだ?」と青年は叫んだ。「スパイだといって追い出したくせに」

「僕らはみんなスパイなんだ!」サイムがささやいた。

「僕らはみんなスパイなんだ!」ブル博士は大声で言った。「さあ、一杯やろう」

翌朝、ふたたび勢揃いした六人は、おごそかにレスター広場のホテルへ向かった。

「この方が楽しいな」ブル博士が言った。「僕ら六人の男が一人の男に、おまえは何だと訊きに行くわけだね」

「もう少し妙なことじゃないかな」とサイムが言った。「僕が思うには、六人の男が一人の男に自分が何かを訊きに行くんだ」

一同は無言で広場に入った。例のホテルは向かい側の隅にあったが、小さなバルコニーと、そこにおさまるにはどう見ても大きすぎる一人の人物がすぐ目にとまった。

男はたった一人椅子に腰かけ、俯いて新聞を読み耽っていた。しかし、彼を投票で罷《ひ》免《めん》するためにやって来た評議員たちは、あたかも天から百の眼《まなこ》が自分たちを見張っているような気持ちで、広場を横切った。

かれらはどんな戦法をとるか、さんざん話し合った。仮面を脱いだゴーゴリは外に残して、まず駆け引きを試みるべきだろうか？　それとも彼も連れて行って、一斉《いっせい》に火薬を爆発させた方が良いのか？　サイムとブルは後者を主張したが、書記は、どうして日曜日にそんな無謀な攻撃をしかけるんだと言った。

「理由はごく単純だよ」とサイムはこたえた。「僕はあいつがおっかないから、無謀な攻撃をするんだ」

一同はサイムのあとに随いて、暗い階段を黙々と上った。バルコニーに出ると、そこには朝陽が一杯に射していると同時に、日曜日の微笑みが朝陽のごとく一杯に溢れていた。

「嬉しいね！」と彼は言った。「みんなに会えて、本当に嬉しい。今日は何て良い日なんだろう。ロシア皇帝は死んだかね？」

たまたま一番前にいた書記は、堂々と渡り合うべく身構えた。

「いいえ」と彼は厳しく言った。「虐殺は行われませんでした。私はそんな、胸糞《むなくそ》の悪い事件《スペクタクルズ》の報《しら》せを持って来たのではありません」

「胸糞の悪い事件《スペクタクルズ》？」議長は明るい物問いたげな微笑を浮かべて、鸚鵡《おうむ》返しに言った。「君の言うのはブル博士の眼鏡《スペクタクルズ》のことかね？」

書記は一瞬言葉に詰まり、議長は愛想良く訴えかけるように話をつづけた――

「むろん、我々にはそれぞれ自分の意見があるし、自分の目さえ持っているわけだが、それにしても本人のいる前で、胸糞の悪い、とは――」

ブル博士が眼鏡をとり、テーブルに叩きつけた。

「僕の眼鏡は悪党みたいだが、僕は悪党じゃない。この顔を見ろ」

「言ってみれば、映《は》える顔だね」と議長は言った。「じっさい、君の胴体に生えておる。私は生命の樹に実《な》る野生の果実《このみ》と言い争うほどの、御大層《ごたいそう》な者ではないよ。いつか私にもそんなものが生えるかもしれん」

「馬鹿話をしている閑はないんだ」書記が乱暴に割って入った。「我々は、何がどうなっているのか知りたくて来たんだ。あなたは誰なのか？　何者なのか？　なぜ我々みんなをここに集めたのか？　我々が誰で何者かを知っているのか？　あなたは陰謀家ごっこをしている薄馬鹿なのか？　それとも、馬鹿のふりをしている利口者なのか？　答えてくれ」

「入学試験の受験生は」と日曜日はつぶやいた。「問題用紙に書かれた十七の質問のうち、八つだけに答えればいいんだ。私の理解するところでは、君らは私に答えよと言っている――私が何者か、君らが何者か、このテーブルは何か、この評議会は何か、この世界はこのように見えているが、本当は何なのか。うむ。一つだけ、謎の帷《ヴェール》を取り払ってやろう。君らがもし、自分が何者かを知りたいというなら、君らは善意にあふれる間抜けな青二才だ」

「それで、あなたは？」サイムが身をのり出して、たずねた。「あなたは何者なんです？」

「私？　私が何者かだと？」議長は吼《ほ》えたけり、おもむろに立ち上がると、信じられないほどの背丈になった――途方もなく大きな波がサイムたちの頭上に押し寄せ、今にも崩れかかろうとしているようだった。「私が何者か、知りたいというんだな？　サイム、ブル、君は科学者だ。樹の根を掘り返して、樹について真実を見つけたまえ。サイム、君は詩人だ。あの朝雲をよく見たまえ。しかし、これだけは言っておくが、この世の最後の樹の一本と空の一番上に浮いている雲の真実を見つけるまでは、私に関する真実は見つかるまい。君らが海を理解しても、私は依然謎のままだろう。星々が何かを知っても、私が何か知ることはできまい。天地開闢《かいびゃく》からこの方、あらゆる人間が私を狼のように狩り立てた——王侯や賢人、詩人や立法者、すべての教会とすべての哲学者が。だが、私はまだ一度もつかまったことはないし、私が追い詰められて反撃したら、天が崩れ落ちるだろう。私はいつも、かれらが骨折っただけの見返りを与えた。今もそうするつもりだ」

誰一人身動きもできぬうちに、怪物めいた男は巨大なオランウータンのごとく身を揺すって、バルコニーの手摺りをとびこえた。しかし、下へ落ちる前に、鉄棒でもしているようにもう一度身体を引き上げ、大きな顎をバルコニーの縁《へり》から突き出して、おごそかに言った——

「私が誰かということについて、一つだけ教えてやろう。私は君らを警官にした、暗室の男だ」

そう言うと、バルコニーから跳び下り、石畳の上をゴム毬《まり》のように跳ねて、はずみながらアルハンブラの方へ向かって行った。そして辻馬車を呼びとめて、とび乗った。

六人の刑事たちは、彼が最後に言った言葉に茫然と色を失っていが、日曜日が辻馬車の中に姿を消すと、サイムは実際的な感覚を取り戻した。サイムはあやうく脚を折りそうになるほど乱暴にバルコニーから跳び下り、べつの辻馬車を呼んだ。

サイムとブルはその辻馬車に乗り、教授と警部がべつの辻馬車に、書記と元ゴーゴリが三番目の馬車にあわてて乗り込んで、ひた走るサイムを追いかけ、サイムはひた走る議長を追いかけた。日曜日は激しい追いっくらの先頭を切って北西に向かった。彼の御者は格別の酒銭《さかて》を約束してもらったと見え、危険きわまるスピードで馬を駆った。しかし、サイムは行儀の良さに拘泥《こだわ》っている気分ではなかったので、自分の乗った辻馬車の中で立ち上がり、「泥棒をつかまえてくれ！」と叫びつづけた。しまいに、彼の辻馬車の横を野次馬《やじうま》が走りだした。警官が立ちどまって質問をはじめた。議長の御者はこれを見ると、怪訝な顔をして速力を落とした。御者は乗客と話をつけようして、揚蓋《あげぶた》を開けた。その時、長い鞭《むち》が馬車の前に垂れかかった。日曜日は身をのり出してそれをつかむと、力まかせに引っ張って、御者の手から奪った。それから自分が馬車の前に立ち上がり、馬に鞭をあて、大声で怒鳴ったので、馬車は嵐が駆けめぐるように街を走り通ぎた。街から街へ、広場から広場へ、乗客が馬を駆り、御者が必死にそれを止めようとする、このとんでもない乗物はつむじ風のように駆け抜けた。他の三台の辻馬車は、（辻馬車にこんな言い方が許されるなら）喘《あえ》ぐ猟犬のようにあとを追いかけた。店や通りがふりそそぐ矢のように翔《と》び去った。

疾走の爽快さも有頂天に達したところで、日曜日は立っている泥除《どろよけ》の上でうしろをふり返り、笑いながら大きな頭を辻馬車から突き出した。白髪を風になびかせ、巨体の腕白小僧のように、追っ手に向かってしかめ面をした。それから右手をサッと上げると、丸めた紙をサイムの顔に投げつけて、引っ込んだ。サイムはとっさにそれを避《よ》けながら、つかみ取った。見ると、二枚の紙がクシャクシャに丸めてあった。一枚はサイムに宛てたもので、もう一枚はブル博士宛だったが、博士の名前の後には、皮肉めいた肩書の文字が長々と並んでいた。ともかく、ブル博士の宛名書きは手紙の本文よりも長くて、本文は次のような文句にすぎなかった——

「マーティン・タッパー[20]は今いかが？」

「あの気狂いめ、どういうつもりだろう？」ブルはその文字をじっと見つめて、言った。「君のには何て書いてある、サイム？」

サイムの受けとった書信は、とにかくもっと長くて、次のようなものだった――

「大執事が差し出がましい振舞いに及ぶのを、私ほど遺憾《いかん》に思う者はない。ともかく、そんなひどいことにはなるまいと信じている。しかし、もう一度だけ訊くが、君の防水靴はどこへやったのだね？　困ったものだ、叔父さんもああ言われたというのに」

議長の御者はふたたび手綱《たづな》を握ることができたらしく、追っ手はいくらか差を縮めて、エッジウェア通りになだれ込んだ。すると、ここで刑事たちには天佑《てんゆう》とも思えることが起こったのである。あらゆる乗物が右左に避《よ》けたり、停まったりしていた。というのも、道の向こうから聞こえて来たのは、間違いなく消防車の到来を告げるうなり声で、消防車はたちまちのうちに真鍮《しんちゅう》製の雷のごとく通りすぎた。しかし、そのわずかの間に日曜日は辻馬車からとび出し、消防車にとびついて、クルリと身体をまわして乗り移った。驚いた消防士に身ぶり手ぶりを交えて弁解しながら、けたたまし

20　マーティン・ファーカー・タッパー（一八一〇～八九年）英国の詩人・発明家。広く読まれた教訓詩「Proverbial Philosophy」がある。

い音と共に遠ざかって行った。
「追いかけろ！」サイムが怒鳴った。「これでもう見失うことはないぞ。消防車を見間違えようはないからな」
追っ手の三人の御者は一瞬啞然《あぜん》としていたが、馬に鞭をあてて、逃げ行く獲物との距離を少し縮めた。議長はそれを認めて車の後ろへ来ると、何度もお辞儀をし、投げキスを送って、しまいに、きれいに畳んだ手紙をラトクリフ警部の胸元に投げてよこした。くだんの紳士がせっかちにそれを開けると、次の言葉が記されていた——

「今すぐ逃げろ。君のズボン伸《の》しの真相がばれたぞ——友より」

消防車はさらに北へ進み、見憶えのない区域に入った。木蔭に高い柵が連なっているところへ来た時、六人の仲間は議長が消防車からとびおりたのを見て、驚くと共に、いくらかホッとした。議長がまた何か気まぐれを起こしたのか、消防士の抗議がうるさくなってきたためかはわからなかった。しかし、三台の辻馬車がそこへ着く前に、彼は巨大な灰色の猫のように高い柵をよじ登ると、ヒラリととび越えて、暗い木蔭に消えた。

　サイムは激しい身ぶりをして辻馬車を止め、とびおりて、これも城攻めにとりかかった。柵の上に片足をかけたところへ仲間たちがやって来た。サイムは影の中に白々と浮き上がった顔を仲間に向けて、言った。

「ここは一体何だろうね？　あの悪魔の家かな？　あいつはロンドンの北に家を持ってるって聞いたけど」

「結構じゃないか」書記は柵に片足をかけながら、陰気に言った。「僕らに居留守《いるす》は使わんだろうよ」

「でも、ちがうぞ」サイムは眉をひそめた。「なんだか恐ろしい音が聞こえてくる。悪魔が笑って、くしゃみして、鼻をかんでるみたいだ！」

「あいつの犬が吠えてるんだよ」と書記が言った。

「あいつのゴキブリが吠えてるとでも言ったら、どうだ！」サイムはカッとして言った。「蝸牛《まいまいつぶり》が吠えてるんだ！　ゼラニウムが吠えてるんだ！　犬があんな風に吠えるのを聞いたことがあるか？」

　彼は片手を上げて、みんなを制した。藪の中から、長い唸《うな》り声が聞こえて来た。

皮膚《かわ》の下にもぐり込んで、肉を凍りつかせるような——低い身の毛もよだつ吠え声が、あたりの空気を鼓動させた。

「日曜日の飼ってる犬は、ふつうの犬じゃないな」ゴーゴリがそう言って、ブルッと震えた。

サイムは向こう側に跳び下りたが、なおももどかしそうに耳を澄ましていた。

「ほら、あれを聴いてみろ。あれが犬か？——誰かの飼ってる犬か？」

その時、一同の耳に、しわがれた叫び声が聞こえて来た。生き物たちが突如苦痛を受けて、憤然と騒ぎ立てているような声だった。それから、遠い谺《こだま》のように、鼻にかかった喇叭に似た音が長々と響いた。

「あいつの家《うち》は地獄にちがいない！」と書記が言った。「しかし、地獄だろうと乗り込んでやる！」彼はほとんどひとっ跳《と》びで、高い柵を乗り越えた。

他の者もあとに続いた。一同はからみもつれた植木や灌木《かんぼく》の中を通り抜け、開けた小径に出た。変わったものは何も見えなかったが、ブル博士が急に手を拍《う》って言った。

「なんだ、君たち馬鹿だな。ここは動物園じゃないか！」

かれらが必死で獲物の足跡を探していると、制服を着た飼育係が平服の男と一緒に小径を走って来た。

「こっちへ来ましたか？」飼育係は肩でゼイゼイと息をして、言った。

「何がです？」サイムはたずねた。

「象ですよ！」飼育係は言った。「象が発狂して、逃げ出したんです！」

「一人の老紳士と一緒に逃げたんです」もう一人の男が息せき切って言った。「白髪のお気の毒な老紳士と！」

「どんな老紳士なんです？」サイムは大いに好奇心をそそられて、きいた。

「非常に大柄な、恰幅《かっぷく》のよろしい老紳士で、薄い灰色の服を着てます」と飼育係が熱心に言った。

「なるほど」とサイム。「もしそういった種類の老紳士なら――大柄な、ふとった老紳士で灰色の服を着ているなら――請け合ってもいい、おたくの象が彼を連れて逃げたんじゃありませんよ。紳士が象を連れて逃げたんです。もしあいつが駈落ちに同意しなかったら、あいつを連れて逃げるなんて――神様はそんなことができるように象をお造りになっていません。でも、何ともはや、あいつはそこにいますよ！」

今度は間違いなかった。二百ヤードも先の芝生の上を、悲鳴を上げて逃げまどう群衆を蹴散らしながら、灰色の巨象がおそるべき勢いで走っていた。鼻を船の斜檣《やりだし》のようにピンと前へ突き出し、最後の日の喇叭のように甲高い声で咆《ほ》えていた。咆えたけり、驀進《ばくしん》する獣の背には、日曜日議長がスルタンのように落ち着き払って坐っていたが、何か手にした鋭いもので象を突っつき、暴走に駆り立てているのだった。

「止めろ！」群衆が叫んだ。「門から出るぞ！」

「地すべりを止めろ！」飼育係が言った。「ああ、門から出ちまう！」

言っているそばから、ガラガラと音がして恐怖のどよめきが起こり、灰色の巨象が動物園の門からとび出したことを告げた。象は新型の速い乗合いバスのように、オールバニー街を疾走した。

「何てことだ！」ブルが叫んだ。「象があんなに速く走れるなんて、知らなかった。さて、あいつを見失わないためには、また二輪馬車《ハンサム》に乗らなきゃいけないな」

象が逃げ出した門へ走って行く時、サイムは檻《おり》に入った珍奇な動物たちを、次々と、極彩色《ごくさいしき》のパノラマに見るような心地がした。あとになって考えてみると、そんなにはっきりと見えたことは奇妙だった。彼は特に、途方もなく喉の垂れ下がったペリカンを見たのを憶えていた。ペリカンが慈愛の象徴とされているのはなぜだろう、とサイムは思った――ペリカンを観賞するには、相当慈愛の心が要ることはわかるけれど。彼は犀鳥《さいちょう》も思い出した。こいつは馬鹿でかい黄色い嘴《くちばし》のうしろに、小鳥を結《ゆ》わえつけたにすぎなかった。全体の印象が彼に、なぜかこの上なく鮮烈な一つの感覚を与えた。それは、自然がいつもまったく不可解な悪戯《いたずら》をするということだ。日曜日は、星々を理解できたら、自分を理解できるだろうと言った。犀鳥は大天使たちでも理解できないのではないかとサイムは思った。

六人の不幸な刑事は辻馬車にとび乗って、象を追った――象が行く先々の街に広げる恐怖を共に味わいながら。日曜日は今度はうしろをふり返らず、広い無表情な背中を向けていたが、そのために、刑事たちはさいぜん嘲弄《からか》われた時にもまして腹が立った。しかし、ベイカー街にさしかかる直前、日曜日は何かを空中高く放り上げた。ちょうど子供がボールを投げて、受けとめようとするかのようだったが、凄い速さで走っているので、その物はずっと後ろの、ゴーゴリの乗っている馬車のそばに落ちた。ゴーゴリは何か手がかりになるとでも思ったのか、それともべつの説明し難い衝動の故か、辻馬車を止めて、それを拾った。それは他ならぬ彼自身に宛てたもので、かさばる包みだったが、開けて見ると、紙屑を三十三枚折り重ねただけだった。最後の包み紙を剝がすと、中味は結局一枚の紙片で、それにはこう書いてあった――

「思うに、ふさわしい言葉は〝ピンク〟ですね」

かつてゴーゴリと呼ばれた男は何も言わなかったが、彼の手足の動きは、馬をせき立てようとする人のそれに似ていた。

通りから通りへ、街区から街区へ、世にも奇怪な疾走する象は突き進んだ――窓という窓に人々が集まり、車馬は左右に避《よ》けた。そして、この狂った衆人環視の大騒ぎの間、三台の辻馬車はずっと象のあとを追いかけていたので、しまいに行列の一部と見なされるようになり、きっとサーカスの宣伝なのだろうと人々は考えた。猛烈な速さで走っているため、距離感が信じられないほど縮まり、サイムはまだパディントンにいるつもりでいたが、いつのまにかケンジントンのアルバート・ホールが見えてきた。獣はサウス・ケンジントンの人気《ひとけ》のない屋敷町にさしかかると、いっそう速くのびのびと走った。しまいには、アールズ・コートの大観覧車[21]が空に聳えている場所を目がけて、まっしぐらに進んだ。観覧車はだんだん大きくなり、しまいには星々の輪のように天を満たした。

象は辻馬車を大きく引き離した。何度も曲がり角で見失ってしまい、アールズ・コート博覧会場の門の一つに来ると、もうその先へは行けなくなった。前方に黒山の人だかりができていて、その真ん中に巨象がおり、こうした不格好な生き物がよくやるように、身体を波打たせて震えていた。しかし、議長の姿はなかった。

「あいつはどこへ行きました？」サイムは馬車を下りて、たずねた。

「あの紳士は会場にとび込んでゆかれました」係員がまごついた様子で言った。それから、気分を害したような声で、「おかしな方ですよ。私に馬を見ていろと言って、こんな物をお渡しになりました」

係員は不愉快そうに丸めた紙切れをさし出したが、それは「無政府主義中央評議会書記へ」宛てたものだった。

書記が怒り狂って紙を広げてみると、こう書いてあった――

21 シカゴ万博のフェリス観覧車を模して、アールズ・コート博覧会場に造られ、一八九五年から一般乗客に開放されたが、一九〇六～〇七年に取り壊された。

「鰊《にしん》が一里走るとき、
書記、微笑っとき。
鰊が空を飛ぶのなら、
書記よ、さいなら。
田舎の諺《ことわざ》」

「この唐変木《とうへんぼく》」と書記は食ってかかった。「何だって、あの男を中に入れたんだ？　おまえさんの博覧会には、狂った象に乗って客が来るのか？　一体——」

「見ろ！」サイムが突然叫んだ。「あすこを見ろ！」

「何を見ろって？」書記は荒々しく言った。

「あの係留気球を見ろ！」サイムはそう言って、狂ったように上の方を指さした。

「何がかなしくて係留気球なぞ見ろというんだ？」書記がたずねた。「係留気球がどうかしたのか？」

「どうもしないさ」とサイムは言った。「ただ、係留してないってことを除けばね！」

一同はみな、上を見た。博覧会場の上空に、索《つな》でつなぎ留めた気球が、子供の風船のようにふくらんで揺れている。次の瞬間、その索がゴンドラの下で二つに切れ、解き放たれた気球は、シャボン玉のようにフワフワと浮き上がった。

「こん畜生！」と書記が叫んだ。「あれに乗りやがったな！」そう言うと、空に向かって拳を振った。

気球は折からの風にはこばれて、一同の真上に来た。議長の大きな白髪頭《しらがあたま》が、ゴンドラの横から、こちらを哀れむように見下ろしているのが見えた。

「神よ、わが魂を祝福したまえ！」教授が老人くさい口ぶりで言った。この口調は、真っ白な鬚と羊皮紙のような顔からどうしても切り離せなくなっているのだ。「神よ、わが魂を祝福したまえ！　何か、帽子の上に落ちて来たようだが！」

彼は震える手を伸ばして、平らな帽子のてっぺんから丸めた紙切れを取った。気もそぞろにそれを開いてみると、そこには恋結びのしるしが描いてあって、言葉は――

「あなたさまのお美《うる》わしさは、わたしの心を動かさなかったわけではありません――小さな待雪草《まつゆきそう》より」

しばし沈黙があり、やがてサイムが鬚を噛んで言った——

「まだ負けたわけじゃないぞ。あのろくでもない気球はどこかに降りるはずだ。あいつを追っかけよう！」

第十四章　六人の哲人

緑の野を渡り、花咲く生牆《いけがき》を乗り越えて、六人の刑事は泥んこになりながら、ロンドンから五マイルばかりも骨折って進んだ。初め、一同のうちの楽天家は、二輪馬車で気球を追いかけながら、南イングランド旅行をしようと言い張った。しかし、気球が道なりにはけして進まぬこと、それに辻馬車の御者は気球に随《つ》いて行けなどと言ったら、絶対に断わるだろうということを、しぶしぶ納得した。そこで、疲れを知らぬ旅人たちはむかっ腹を立てながら黒い藪《やぶ》を搔き分け、鋤《すき》で耕された畑を進んで、しまいにはみんな、浮浪者にも見えないほどのひどい格好になった。サイムがサフラン・パークから着て行った素晴らしい浅緑の背広は、サリーの緑の丘で悲しくもおしゃかになった。シルクハットは撓《しな》う樹の枝にぶつかって鼻の上でひしゃげ、上着の垂れは茨《いばら》に引っかかって、肩まで裂けた。襟にはイングランドの粘土《ねばつち》がはねかかった。それでも、彼は無言の固い決意をもって黄色い顎鬚を前に突き出し、その眼はなおも空に浮かぶガス気球をじっと見据えていた。気球は今、赤々とした夕陽を浴びて、夕雲の色に染まっていた。

「結局のところ」とサイムは言った。「あれはすごく美しいな！」

「奇妙不思議な美しさだ！」と教授が言った。「あのろくでもないガス袋が破裂するといいな！」

「駄目だよ」とブルが言った。「破裂しちゃ困る。あいつが怪我をするといけないからね」

「怪我だと！」復讐心に燃える教授は言った。「怪我だと！　おれがあいつをつかまえたら、怪我どころじゃ済まさんぞ。小さな待雪草とは！」

「なぜか、あいつを傷つけたくないんだ」とブルが言った。

「何だって！」書記が苦々しげに言った。「あいつが暗室にいた我々の上司だなんて話を信じてるのか？　日曜日なら、どんな出鱈目《でたらめ》でも言うだろうよ」

「信じてるかどうか、わからないけど」とブル博士が言った。「僕はほんとにそう思うんだよ。僕は日曜日の気球が破裂することを望まない、そのわけは――」

「ふむ」とサイムが焦れったそうに訊いた。「そのわけは？」

「うん、あいつはほんとに、あいつ自身が気球そっくりだからだよ」ブル博士は一生懸命に言った。「あいつが僕ら全員に青いカードをくれた男と同一人物だなんて話は、僕にはこれっぽっちも理解できない。それじゃ、すべてが無意味なことになっちまうような気がする。でも、誰に知られたってかまわないが、僕は前々から日曜日その人に共感をおぼえていたんだ——あいつは悪人だけどもね。何だか、跳ねまわる大きな赤ん坊みたいな気がするんだ。僕の奇妙な共感をどうやって説明したらいいだろう？それは僕があいつと遮二無二《しゃにむに》戦うことの妨《さまた》げにはならなかった！　あいつはあんなに肥っているから好きだ、と言ったら、わかってもらえるかな？」

「わからないね」と書記が言った。

「そうか。わかったぞ」とブルが叫んだ。「あいつが好きなのは、あんなに肥っていて、あんなに軽いからなんだ。ちょうど気球のようにね。僕らはふだん肥った人間は重いと思っているけれども、あの男は風の精を相手にダンスを踊ることだってできそうだ。中《ちゅう》くらいの力は激しさに示されるが、無上の力は軽さに示される。昔の空論みたいなものだよ——もし象がバッタみたいに空にとび上がったら、何が起こるか？」

「我々の象は」サイムは上を仰いで言った。「バッタみたいに空にとんだぜ」

「なぜか知らないが」ブルは話を結んだ。「そんなわけで、僕は日曜日が好きで仕方ないんだ。いや、暴力を礼讃するとか、そういったくだらないことじゃない。あいつの陰謀には、なんだか素敵な報せを一杯持って来たような陽気さがある。春の日に、時々そんな陽気さを感じたことはないかい？　知っての通り、自然は悪戯《いたずら》をするけれども、素敵な春の日は、それが善意に満ちた悪戯だってことを証明してるよ。僕は自分で聖書を読んだことはないけど、人が笑うあの個所は文字通りの真実だよ。『汝らは何故に跳ねるや、汝ら、高き丘々よ』[22] 丘は本当に跳ねるんだ――少なくとも、跳ねようとするよ……僕は何で日曜日が好きか？……どういうふうに言えばいいかな……あいつは跳びはねる者だからさ」

　長い沈黙があり、それから書記が奇妙な張りつめた声で言った――

「君は全然日曜日のことを知らない。君は僕よりずっとましな人間で、地獄を知らないからかもしれない。僕は兇暴な人間でね、生まれた時から少し病的だった。暗室に坐って我々みんなを選んだ男は、僕が陰謀家特有の狂った顔つきをしているから――僕の笑顔がねじ曲がっていて、僕の眼が微笑んでいても陰気に見えるから、僕を選んだ。でも、僕には何か、ああいう無政府主義者どもの神経にぴったり来るものがあったらしい。というのも、初めて日曜日に会った時、彼は僕にとって、君が言うような軽々とした活力じゃなくて、何か万物の本質にひそんでいる野卑で悲しいものを表わしていたんだ。あいつはその時、薄明かりの射し込む部屋で――僕らの上司が暮らしている真っ暗闇の中よりも、ずっと気が滅入る、茶色の日避《ひよ》けを下ろした部屋で、煙草をふかしていた。ベンチに坐っていたが、途轍もない巨漢で、黒々とした無格好な姿だった。彼は黙って、身じろぎもせずに僕の言うことを聞いた。僕は精一杯熱烈に訴えて、精一杯雄弁な質問をした。あの怪物はしばらく黙っていたが、そのうち震えだしたので、何か人に言えない病気で震えているんだと思った。あいつの身体は気味の悪い、生きているゼリーみたいに震えた。僕は生命の起源だという下等な組織体――深海瘤《しんかいりゅう》とか原形質とかについて、本で読んだことをすべて思い出した。あいつは物質の最終形態、もっとも無格好でみっともない物みたいに思われた。僕はあい

22　詩篇六十八篇十六節。日本聖書協会『文語訳旧約聖書』では「ねたみ見る」と訳されている原語を、欽定訳聖書は leap の語を以て訳している。

つが震えているのを見て、こんな化け物でも惨《みじ》めさを感ずることができるだけましだ、と自分に言い聞かせるだけだった。だが、そのうち、ふと気づいたんだ——この山のような獣《けだもの》は孤独な笑いに身を震わせているのだ、しかも笑われているのは僕なんだと。あいつのそんな無礼を許せっていうのかい？ 自分より下等で、しかも強いやつに笑われるというのは、大抵《たいてい》のことじゃないぜ」

「おまえさん方は話をだいぶ大袈裟にしてるな」ラトクリフ警部の冴えた声が割り込んで来た。「日曜日議長はお頭《つむ》の良さという点じゃ恐るべき男だが、肉体に関しちゃ君らが言うようなバーナムの奇形[23]じゃないぜ。奴は白昼、灰色の格子縞の上着を着て、普通の事務所で俺を迎えた。話し方も普通だった。だが、日曜日のちょっと気味悪いところを教えてやろう。あいつの部屋は小綺麗だし、服装も小綺麗だし、何もかもきちんとしているように見えるが、あいつは心ここにあらずなんだ。あいつの大きな輝く目は、時々なんにも物を見ていない。君がそこにいることを何時間も忘れてる。だが、悪人がぼんやりしてるってのは、ちょっと空恐《そら》ろしいぜ。我々は悪人といえば、用心深いものだと思ってる。心の底から夢を見ている悪人なんて、考えられない。なぜなら、孤独で自分自身と向き合っている悪人なんて、考えるのが怖いからさ。ぼんやりしている人間は、善良な人間だ。たまたま君が目に入れば、詫《わ》びを言うような人間だ。でも、ぼんやりしていて、たまたま君が目に入ったら、君を殺す男なんて、耐えられるかい？　それが神経に障《さわ》るんだ——心ここにあらずと残酷さの取り合わせがね。人間は未開の森を通り抜ける時、たまにそういうことを感じた。そこにいる動物たちは純真無垢で、しかも無慈悲だと感じた。連中は知らんぷりするかもしれないし、君を殺すかもしれない。客間で心ここにあらずの虎と十時間も一緒にいたら、死ぬほど苦しいが、君ら、そういうのはいかがかね？」

「君は日曜日のことをどう思う、ゴーゴリ？」サイムがたずねた。

「主義として、日曜日のことは考えないようにしている」ゴーゴリはそっけなくこたえた。「真昼の太陽を見つめないのと同じだ」

「ふむ。それも一つの見解だな」サイムは考え深げに言った。「教授はどう思う？」

教授は俯いてステッキを引きずって歩き、何も答えなかった。

「目を醒ましてくれよ、教授！」サイムは優しく言った。「日曜日のことをどう思う

23　アメリカの興行師Ｐ・Ｔ・バーナム（一八一〇〜九一年）が興行した見世物への言及か。

か、言ってくれ」

教授はやがて、ごくゆっくりとしゃべりはじめた。

「私が考えていることは、口ではっきり説明できない。というより、はっきり考えることもできないんだ。しかし、大体こんな風だよ。知っての通り、私の若い頃の生活は、寸法が大きすぎて、タガがゆるんでいた。さて、日曜日の顔を見た時、私は顔が大きすぎると思った――それは誰でもそう思うが、私はあの顔がゆるみすぎていると思った。あの男の顔は大きすぎて、それに焦点を合わせることもできないし、そもそも顔に見えなかったんだ。目は鼻から遠すぎて、目ではなかった。口はあまりにも孤立しているから、独立なものとして考えざるを得なかった。全体に、とても説明し難い」

教授は相変わらずステッキを引きずりながら、少し間をおいて、語りつづけた――

「しかし、こういう言い方をしてみよう。私は夜道を歩いている時、ランプと明かりの点《つ》いた窓と空の雲とが、まごう方なき顔の形になっているのを見たことがある。あれが、もし天国にいる誰かの顔だとしたら、その人に会った時、すぐわかるにちがいない。ところが、そこから少し先へ歩いて行くと、顔なんかどこにもないことに気づいた。窓は十ヤード先にあるし、ランプは百ヤード先に、雲は天外にある。さて、私には日曜日の顔が見えなかった。それは、今言ったような偶然の映像が消え去るように、右へ左へと逃げて行った。そうしてなぜか彼の顔は、顔なんていうものが存在するのかという疑問を私に抱かせた。私には、ブル、君の顔が顔なのか、それとも遠近《おちこち》にあるものの組み合わせなのかわからない。ひょっとすると、君のろくでもない眼鏡の片方はすぐ近くにあって、もう片方は五十マイルも先にあるのかもしれない。ああ、物質主義者の懐疑なんて、屁でもない。日曜日は私に最終最悪の懐疑を教えた。唯心論者の懐疑だ。私は自分が仏教徒だと思うが、仏教は信条ではなくて懐疑だ。親愛なるブル君、私は君が本当に顔を持っているとは信じないんだ。物質というものを、それほど信じていないから」

サイムの目はいまだにさまよう球体を注視していた。気球は夕陽に赤く染まって、地球よりももっと薔薇色の、もっと汚《けが》れない星のように見えた。

「君たち、妙なことに気づかないかい？」とサイムは言った。「君らの使う言葉を聞いているとね、みんなそれぞれ、日曜日を全然違うものに見立てているけれども、あいつを喩《たと》えるのにたった一つのものしか思いつかない――それは宇宙そのものだ。ブルはあいつが春の大地みたいだという。ゴーゴリは真昼の太陽みたいだという。書記は形をなさない原形質を思い出すし、警部は原始林の無頓着さを思い出す。教授は移り変わる風景みたいだという。これは妙なことだが、もっと妙なことがある。僕も議長についておかしなことを考えたんだ。それに、僕も、全世界を考えるように日曜日のことを考えているんだよ」

「もう少し速く先へ進んでくれよ、サイム」とブルが言った。「気球なんか気にするな」

「初めて日曜日に会った時」サイムはゆっくりと言った。「僕は彼の背中しか見なかった。そして背中を見たとたんに、こいつは世界中で一番悪い人間だと思ったんだ。あいつの頸《くび》や肩は、どこかの猿神みたいに動物的だ。あいつの首のかがみ方は、人間とは思えない——雄牛が首をかがめてるみたいだ。じっさい、これは人間じゃなくて、野獣に人間の服を着せたんじゃないかという気がして、胸がむかついたんだ」

「それで?」とブル博士がたずねた。

「そのあとに奇妙なことが起こった。あいつはバルコニーに坐っていたから、僕は街路《とおり》からあいつの背中を見ていたんだ。それからホテルに入って、反対側にまわって、陽射しを浴びたあいつの顔を見た。あいつの顔を見て、僕はみんなと同じようにギョッとした。でも、それはその顔が動物的で、邪悪だったからじゃない。その反対に、何とも美しい善良な顔だったから、ギョッとしたんだ」

「サイム」と書記が叫んだ。「君、具合でも悪いのか？」

「それはいにしえの大天使が、英雄的な戦のあとに裁きを下す顔のようだった。眼には笑いがあって、口元には名誉と悲しみがあった。白髪の頭と、灰色の服を着た大きな肩は背後《うしろ》から見た時と同じだった。でも、後ろから見た時、こいつは獣にちがいないと思ったのに、前から見ると神だったんだ」

「パンは」と教授が夢見るように言った。「神でもあり、獣でもある」

「その時も、その次も、いつも」サイムは独り言をいうように語りつづけた。「僕にはそれが日曜日の謎だったし、この世界の謎でもある。恐ろしい背中を見ると、気高い顔はただの仮面にちがいないと思う。ほんの一瞬でも顔を見ると、背中はただの冗談だということがわかる。悪いところはものすごく悪くて、良いところは偶然にすぎないとしか思えない。良いところはものすごく良くて、悪には何か理由があるのだと確信する。でも、昨日日曜日を追いかけて辻馬車を探しながら、あいつのすぐ後ろを走っていた時、すべてが極点に達したんだ」

「あの時に考えるひまがあったのか？」とラトクリフがたずねた。

「あった」とサイムは答えた。「とんでもないことを思いつくひまがね。僕は突然、こんな考えに取り憑かれた――あいつののっぺりした頭の後ろが、じつはあいつの顔で――恐ろしい、目のない顔が僕をじっと見ているんじゃなかろうか！　僕の前を走っている人物は、本当は後ろ向きに走っていて、走りながら踊っているんじゃなかろうかという――」

「ぞっとするな！」ブル博士は震えた。

「ぞっとするというのとは違うな」とサイムが言った。「あの時はまったく、人生最悪の瞬間だったよ。でも、十分後にやつが辻馬車から顔を出して、樋嘴《ガーゴイル》の怪物みたいなしかめ面をした時、僕にはわかった――あいつは子供たちと隠れんぼをして遊んでいる父親にすぎないと」

「それにしちゃあ長い遊びだ」書記は眉をひそめながら、破れた靴を見た。

「聞いてくれ」サイムは異様に力をこめて言った。「この全世界の秘密を教えてやろうか？　それはね、僕らは世界の裏側しか知らないっていうことなんだ。我々はすべての物を後ろから見る。だから兇悪に見える。あれは樹じゃなくて、樹の裏側なんだ。あれは雲じゃなくて、雲の裏側だ。一切のものが屈《かが》んで顔を隠しているのがわからないかい？　もし前にまわることができれば――」

「見ろ！」ブルが大声で叫んだ。「気球が下りて来たぞ！」

言われなくても、サイムはずっと気球から目を離さなかった。彼は大きな輝く球が空中で突然よろめき、体勢を立て直してから、夕日のようにゆっくりと樹々の向こうへ沈んで行くのを見た。

ゴーゴリと呼ばれる男は、疲れる追跡行の間中、ほとんど口を利かなかったが、破滅した人間のようにいきなり両手《もろて》を上げて、叫んだ。

「死んじまった！　今になってわかった。あいつは僕の味方――暗闇にいた味方だったんだ！」

「死んだって！」書記が鼻を鳴らした。「そう簡単にくたばりやしないぜ。ゴンドラから放り出されても、子馬みたいに野原を転《ころ》げまわって、面白そうに足をバタバタしているだろう」

「蹄《ひづめ》を打ち合わせてな」と教授が言った。「子馬はそういうことをするし、パンもやった」

「またパンか！」ブル博士は苛《いら》ついたように言った。「あなたはパンがすべてだと思ってるみたいですね」

「すべてだとも」と教授は言った。「ギリシア語ではね。パンは一切を意味するんだ」

「忘れないでくれ」と書記が下を見て、言った。「パンは恐慌《パニック》も意味するんだぜ」

サイムはこうした大声のやりとりも耳に入らず、立ち尽くしていた。

「あすこに落ちたぞ」と彼はぶっきら棒に言った。「追いかけよう！」

それから、何とも形容のしようがない仕草をして、言い足した――

「ねえ、もしもあいつが死んで、僕らに肩すかしを食わせたとしても、それもあいつらしい冗談さ」

彼はまた元気を出して、ボロボロになった服とリボンを風になびかせながら、遠くの木立ちに向かって歩き進んだ。他の者は重くおぼつかない足取りで随いて行った。やがて、六人の男は、この小さな野原にいるのが自分たちだけではないことに、ほとんど同時に気づいた。

芝生の向こうから、一人の背の高い男が、王笏《おうしゃく》のような長い奇妙な杖をついて、こちらへ近づいて来たのだ。男は上等だが古風な上着と半ズボンを穿《は》いていた。服の色は、森のある種の木蔭に見られるような、青と菫色と灰色の中間だった。髪の毛は白みがかった灰色で、最初に見た時は、半ズボンを穿いていることもあって、髪粉《かみこ》をふりかけているのかと思われた。男の歩き方はまことに静かだった。髪に霜を戴いていなかったら、森の影に見えたかもしれなかった。

「皆様方」と男は言った。「主人の馬車が、そこの道にお待ちしております」

「君の主人って、誰なんだ？」サイムは立ちどまって、たずねた。

「皆様は主人の名を御存知とうかがっております」男は恭しく言った。

一同は沈黙したが、やがてサイムが言った——

「その馬車は、どこにあるんだい？」

「ついさっきからお待ちしているのでございます」と見知らぬ男は言った。「主人は今し方戻ったばかりでございまして」

サイムは自分がいる緑の草原《くさはら》の左右を見た。生牆はふつうの生牆で、樹々もふつうの樹々に見えたが、なんだか妖精国に捕えられた人間のような気がした。

彼は謎めいた使者をじろじろと見たが、男の上着が紫の影そっくりな色をしていることと、男の顔が赤と茶と黄金色の混じった空の色に染まっていること以外は、何も変わったところはなかった。

「そこまで案内してくれ」サイムがぶっきら棒に言うと、菫色の上着を着た男は無言で背を向け、生牆の切れ目の方に歩きはじめた。そこからは、向こうの白い道路の光が射し込んでいた。

六人の放浪者がその広い通りに出ると、白い道路いっぱいに馬車が長い列をつくっていた。パーク・レインのお屋敷の前に並んでいるような馬車の列だった。それらの馬車のわきには、素晴らしく立派な従僕が一列に並んでいた。全員灰色がかった青の御仕着せを着て、一種の威厳と鷹揚さがあり、それはふつう紳士の召使いよりも、偉大な君主の高官や使節などに見られる風格だった。馬車は六台も待っていて、よれよれになった追跡者たちの一人に一台が用意してあるのだった。従僕はみな（宮廷衣装でも着るように）佩剣《はいけん》していた。刑事たちがそれぞれ自分の馬車に這いずって行くと、剣を抜いて、鋼鉄の刃をキラリと光らせて敬礼した。

「こりゃあ何事だろう？」ブルは別れ際にサイムに言った。「これも日曜日の悪戯かしら？」

「わからん」サイムはそう言いながら、馬車のクッションに気懶《けだる》く身をもたせた。

「でも、そうだとしても、君が言ってたような、悪気のない悪戯だよ」

六人の冒険者はこれまで多くの冒険をくぐり抜けて来たが、この快い最後の冒険ほどかれらを無力にしたものはなかった。六人は辛い状況には馴れっこになっていたが、物事が急にうまく運びだすと、どうすれば良いかわからなかった。この馬車が何なのかを想像することもできなかった。それが馬車であり、しかもクッションが付いているというだけで十分だった。案内した老人が何者かはわからなかったが、みんなを馬車に案内してくれただけで十分だった。サイムはすっかり投げやりになって、窓の外を流れてゆく暗い木立ちを見ていた。この男は何かするべきことが残っている間は、鬚を生やした顎をツンと突き出しているのだが、一切が自分の手を離れてしまうと、ぐったりしてクッションにもたれかかる。これが彼らしいところだった。

そのうち彼は、馬車が自分をどんな豊かなところへ連れて来たかに、ぼんやりと気づいた。馬車は荘園のような場所の石の門を通り、しだいに丘を登りはじめた。両側は木に覆われていたが、森というよりももっと整然とした感じだった。やがて彼は、健康な眠りから徐々に醒める人のように、あらゆるものに喜びを感じはじめた。生牆が生牆らしい生きた塀であることを感じた。生牆は人間の軍隊のように規律に従っているが、それ故にいっそう生き生きしていると感じた。生牆の後ろの高い楡《にれ》の木を見て、子供たちがあれに登ったら、さぞ楽しいだろうとぼんやり思った。やがて馬車が小径を曲がると、急に静かな家の佇《たたず》まいがあらわれた。その家は空に低く横たわる長い夕焼け雲のように、おだやかな茜《あかね》色の夕陽を浴びて、長々と低く、横たわっていた。六人の仲間たちは、あとでこの時のことについて自分の印象を較べながら、色々言い争ったが、その場所がなぜか、自分の子供の頃を思い出させたという点では意見が一致した。それはこの楡の梢《こずえ》か、あの曲がり道かもしれない。この小さな果樹園か、あの窓の形かもしれない。ともあれ、めいめいが自分の母親よりもはっきりと、この場所を憶えていると断言したのだった。

やがて馬車が、大きくて低い洞穴のような門の前に着くと、べつの一人の男が迎えに出た。同じ御仕着せを着ているが、上着の灰色の胸に銀色の星章がついていた。この人目を惹く人物は、戸惑うサイムに言った――

「お部屋にお飲み物が用意してございます」

サイムはやはり驚愕《おどろき》の催眠術にかかったまま、恭しい従僕のあとに随いて、大きな樫の階段を上がった。すると、まるで自分のためにしつらえたような、素晴らしい続き部屋に通された。彼は紳士としての本能から、ネクタイを正したり、髪を撫でつけたりしようと思って、長い鏡の前に歩いて行った。鏡には、自分のおそるべき姿が映っていた――大枝が顔にぶつかったところからは血が流れ、髪の毛はモサモサの黄色い雑草のように逆立ち、服はやぶけて、長いボロ布《きれ》のように揺れていた。とたんに、すべての謎が胸によみがえった――自分はどうしてここへ来たのか、どうやってここを出て行くのかという疑問の形で。折しもその瞬間《とき》、彼の世話を命じられたらしい青い服を着た男が、大そうおごそかな声で言った――

「お召し物を出しておきました」

「お召し物だって！」サイムは皮肉に言った。「服はこれしか持ってないぜ」そう言って、素敵な花綵《はなづな》になったフロックコートの長い切れ端を二つ持ち上げると、今にもバレーの踊子のように回転《まわ》りだしそうな仕草をした。

「主人からの伝言《ことづけ》です」と従者は言った。「今宵は仮装舞踏会がございますので、こちらに御用意いたしました衣装に、お召し替えくださいとのことでございます。それから、ブルゴーニュの葡萄酒と雉《きじ》の冷肉を用意してございますので、お召し上がりくださいますよう——まだ夕食までには時間もございますから」

「雉の冷肉とは素敵だね」サイムは思いに沈むように言った。「それにブルゴーニュとは滅法素敵だ。しかし、本当のことをいうと、僕はそんな物をいただくよりも、むしろ知りたいんだ。これは一体全体どういうことなのかね？　それに、どんな衣装を持って来たんだ？　服は、どこにあるんだい？」

　召使いは一種の長椅子《オットマン》の上から、長い孔雀色の衣装を取り上げた。それはドミノ[24]のようなもので、前面に大きな金色《こんじき》の太陽をかたどった紋があり、ところどころに燃えあがる星と三日月がちりばめてあった。

「木曜日の服を着ていただきたいのでございます」と、従僕はいくらか物柔らかに言った。

「木曜日の服！」サイムは考え込んで、言った。「あんまり暖かい衣装じゃなさそうだな」

「いいえ、そんなことはございません」相手は熱心に言った。「木曜日の衣装は暖《あたた》こうございます。襟元までボタンで留められます」

「すっかりわけがわからなくなったよ」サイムはため息をついた。「僕は不愉快な冒険にずっと馴らされていたから、愉快な冒険には降参するよ。それでも、ひとつ訊いていいかい。太陽と月がちりばめられた緑の服が木曜日をあらわすというのは、なぜなんだね？　太陽と月は他の日にも輝いていると思うんだが。僕は以前、火曜日に月を見た記憶がある」

「おそれ入りますが、聖書も御用意してございます」従僕はそう言うと、かしこまって、指で「創世記」第一章のある個所を示した。サイムはそれを読んで、目を瞠《みは》った。それは、週の第四日目に太陽と月が創造されるくだりだった。もっとも、それは月曜日から数えた第四日目だが。

「いよいよ滅茶苦茶なことになってきた」サイムはそう言って、椅子に坐った。「この連中は一体何者なんだ？　雉の冷肉とブルゴーニュの酒も出てくる。緑の服と聖書も出てくる。何でも出してくれるんだろうか？」

「はい。さようでございます」従者は重々しくこたえた。「お着替えをお手伝いいた

24　往時僧侶が着た頭巾つきの外衣。

しましょうか?」

「うん、この忌々しいものを着せてくれ!」サイムは焦れったそうに言った。

彼はこの道化芝居を軽蔑するふりをしていたが、青と金色の衣をまとったとたん、身体の動きが不思議と自由に楽《らく》になったのを感じた。剣も帯びなければならないとのことだったが、そう聞かされると、少年の夢が蘇った。部屋から出る時、彼は気取った仕草をして服の折り目を肩に投げかけ、剣をある角度に立てて、吟遊詩人さながらに颯爽《さっそう》とまかり出た。というのも、この仮装は真実を隠すのではなく、露《あら》わしていたのだ。

第十五章　告発者

　サイムが廊下を勢い良く歩いて行くと、大階段の上に書記が立っていた。今まで、この男がこんなに気高く見えたことはなかった。書記は星のない真っ黒な長衣をまとっていて、その中央を、一条の光線のような純白の条《すじ》か、広い縞柄《しまがら》が走っていた。全体の感じは、非常に地味な聖職者の法衣のようだった。記憶を辿ったり聖書を見るまでもなく、サイムは天地創造の第一日が闇から光のつくられた日であることを思い出した。その衣を見ただけでも、何を象徴しているかは察せられるだろう。サイムはまた、この純白と黒の柄《がら》が、青ざめた謹厳な書記の魂を見事に表現していると思った。この男は非人間的なひたむきさと冷たい狂気を有していて、それ故に無政府主義者と戦うのも容易だが、無政府主義者だといっても容易に通るのである。サイムはこの男の眼が、居心地の良い環境の中でもてなしを受けていても、やはり厳しい光をおびていることに気づいたが、べつに驚きもしなかった。麦酒《エール》の香りも果樹園の香りも、書記に理詰めの質問をやめさせることはできないだろう。

サイムがもし自分の姿を見ることができたら、自分もまた初めて、他の何者でもなく、自分自身に見えることに気がついただろう。というのも、書記が太初の無形の光を愛する哲学者を体現しているとすると、サイムは光をつねに特別な形にし、太陽と星に分割しようと欲する詩人の典型だからだ。哲学者は時に無限なものを愛するかもしれない。詩人はつねに有限なものを愛する。彼にとって偉大な瞬間は、光の創造ではなく、太陽と月の創造なのだ。

二人が一緒に広い階段を下りて行くと、ラトクリフに追いついた。ラトクリフは狩人のような若葉色の衣をまとっていて、衣の紋様は茂りあう緑の木々だった。彼は大地と緑が造られた第三日をあらわしているからで、角張った分別くさい顔は、愛嬌がなくもない冷笑を浮かべて、その役割にふさわしく見えた。

三人はもう一つの広くて天井の低い出入口から、広大で古風な英国式庭園に案内された。庭には松明《たいまつ》や篝火《かがりび》がたくさん焚《た》かれ、揺らめく明かりの中で、色さまざまな衣装を着たおびただしい人の群れが踊っていた。サイムは、自然界のありとあらゆる形が、突っ拍子もない衣装に模倣されているのを見る心地がした。巨大な蝸牛《かたつむり》の這う風車をかたどった服を着た男がいる。象の服を着た男がいる。気球の服を着た男がいる。このあとの二人を合わせると、サイムたちがした滑稽《こっけい》な冒険の糸がつながるようだ。口嘴《くちばし》が体の倍ほどもある巨大な犀鳥の服を着た踊り手さえいるのを見つけて、サイムは不思議な戦慄をおぼえた――その不思議な鳥は、動物園の長い道を駆け抜けた時、彼の想像力《こころ》の中に生ける問いとして刻みつけられたのだ。しかし、他にも数えきれないほどそういった連中がいた。踊る街灯柱、踊る林檎の木、踊る船。誰か狂った音楽家の奔放な調べにのって、野や街路の平凡な物体すべてが永遠のジーグを踊っているかのようだった。ずっと後に、中年になって落ち着いた日々を送るようになっても、サイムはこうした物の一つを――街灯柱や、林檎の樹や、風車を――見るたびに、あの仮面舞踏会の狂宴から抜け出して来た客かと思わずにはいられなかった。

踊り手のひしめくこの芝生の一方の側に、こういう古風な庭によくある、テラスに似た緑の土手があった。

その土手に、七つの大きな椅子が、七曜の玉座が、弓形《ゆみなり》に並べてあった。ゴーゴリとブル博士はもう着席していた。教授はちょうど今、自分の椅子にかけようとしていた。ゴーゴリ、あるいは火曜日の一本気な性格は、水の分離を描いた意匠の服に良く象徴されていた。その服は額のところで二つに分かれ、灰色と銀色の雨のように足元まで垂れていた。教授の曜日には鳥や魚——粗野な形の生き物——が創造されたのだが、教授は薄紫の衣装をまとい、その上には、眼玉のギョロリとした魚と奇天烈な格好をした熱帯の鳥が描かれていた。これは彼が底知れぬ空想と懐疑を併《あわ》せ持つことをあらわしているのだ。創造の最後の日であるブル博士の上着は、赤と金で動物たちを描いた紋章に覆われ、その頂飾の部分は、人間が獅子のようにそりかえる図柄だった。満面の笑みをたたえて椅子にもたれかかった博士は、得意の境《きょう》にある楽天家そのものだった。

放浪者たちは一人また一人、土手に上がって、奇妙な座席に腰かけた。一人が坐るたびに、お祭騒ぎの群衆からは、国王を迎えるような歓呼の声がどっと上がった。杯を打ち合わせる者、松明を振る者——羽根飾りのついた帽子が宙に飛んだ。これらの玉座を用意された男たちは、非凡な月桂冠を戴く男たちだった。だが、真ん中の席は空いていた。

サイムがその席の左に、書記が右に坐っていた。書記は空いた椅子ごしにサイムを見て、唇を引きしめて言った――

「あいつが野原で死ななかったかどうかは、まだわからないぞ」

その言葉を聞いたのとほとんど同時に、サイムの目の前にいる大勢の人間の顔に、まるで天国の門が開くのを見たような、恐ろしくも美しい変化が起こった。しかし、実際には、日曜日が影のように無言で前を過《よぎ》って、中央の席についただけだった。彼は紋様のない、恐るべき純白の衣装をまとっていて、額の上の髪は銀の焔のようだった。

長い間――それは数時間のようにも思われた――途方もない仮面舞踏会は、誇らしげに突き進む楽の音に合わせて、七人の男たちの前に揺れうごき、地面を踏み鳴らした。踊る男女のそれぞれの組が一個の夢物語のようだった。郵便ポストと妖精が踊っていたり、農民の娘が月と踊っていたりしたが、いずれもなぜか『不思議の国のアリス』のように馬鹿げていて、しかも恋物語のように真面目な優しい物語だった。しかし、混み合った人の群れもようやくまばらになって来た。二人連れは庭の散歩道に散って行くか、建物の端の方へ流れて行った。そこには、魚鍋をつくるような大鍋の中に、古い麦酒《エール》や葡萄酒を混ぜて香りをつけた熱い飲み物が湯気を立てているのだった。見上げると、家の屋根の上には黒い囲いのようなものがあり、鉄の籠の中で巨大な篝火がゴウゴウと燃えていた。その光は数マイル四方の地面を照らしていた。篝火は灰色や茶色の大きな森の面《おもて》を、暖炉の明かりのようにほのぼのと照らし、高い空虚な夜空さえも温もりに満たすかと思われた。だが、しばらく経つと、この火も弱まった。おぼろな人影の群れは大鍋のまわりに集まって来るか、さもなければ笑ったりおしゃべりをしたりしながら、古めかしい家の内側の廊下に入って行った。やがて庭に残った者は十人ばかりとなり、すぐ四人に減った。ついに最後のさまよえる浮かれ人《びと》が、仲間に「おーい」と呼びかけながら、家の中に駆け込んだ。火は弱まり、星がしだいに力強く瞬《またた》きはじめた。そして七人の他所者《よそもの》だけが残った――石の椅子に腰かけた七つの石像のように。かれらの誰も、一言も口を利かなかった。

かれらは急いで何かを言わねばならないとは思っていない様子だった。ただ黙って虫の羽音や、遠くの鳥の歌を聞いていた。やがて日曜日が口を開いたが、話をはじめるというよりも、ずっと前から話しているような、うっとりした調子だった。

「食事と酒はあとにしよう。もう少しここに一緒にいよう。我々はお互いをひどく愛し合い、随分長いこと戦って来た。思い出すのは何世紀に亙《わた》る雄々しい戦だけのような気がする。おまえたちは戦でつねに英雄だった——冒険に次ぐ冒険、苦難に次ぐ苦難、そしておまえたちはいつも武器を取る仲間だった。つい最近も（なぜなら、時間は何の意味も持たないからだ）、この世の始まりにも、私はおまえたちを戦場に送った。私はいかなる被造物もない暗闇に坐っていた。おまえたちにとって私は、武勇と常ならぬ徳を示せと命ずる声にすぎなかった。おまえたちは暗闇で声を聞き、その声を二度と聞くことはなかった。天の太陽がそれを否《いな》んだ。大地と空がそれを否んだ。人間のあらゆる知恵がそれを否んだ。そして昼の光の中でおまえたちに会った時、この私もそれを否んだ」

サイムは坐ったまま身体をビクッと動かしたが、一同は沈黙を守り、理解し得ぬものは語りつづけた。

「だが、おまえたちは人間だった。秘めたる誉れを忘れなかった——全宇宙がおまえたちからそれを捥《も》ぎ取ろうとする拷問機械に変わっても。私はおまえたちが地獄にどれほど近づいたか、知っていた。木曜日よ、おまえが魔王サタンといかに剣を交えたかも知っているし、水曜日よ、おまえが希望を失った時、私の名を呼んだのも知っている」

星降る庭はまったき沈黙に被われていたが、やがて執念深い、黒い眉毛の書記が、坐ったまま日曜日の方をふり向いて、厳しい声で言った——

「あなたは誰で、何者なんだ?」

「私は安息日だ」相手は身じろぎもせずに言った。「私は神の平和だ」

書記はやにわに立ち上がると、高価な衣装を手でくしゃくしゃにした。

「おまえの言う意味はわかる」と彼は叫んだ。「それこそが、僕の許せないことなんだ。僕は知ってる——おまえは満足であり、楽観であり、人が何と呼ぶか知らんが、窮極の和解だ。ふん、僕は和解なんかしてたまるものか。おまえがもしあの暗室にいた男なら、なぜ日の光を汚す日曜日でもあったんだ? おまえが最初《はじめ》から僕らの父親であり味方だったのなら、どうして僕らの最大の敵でもあったんだ? 僕らは泣いた。怯《おび》えて戦った。僕らの魂に鉄の刃《やいば》が突き刺さった——それなのに、おまえは神の平和だっていうのか! ああ、僕は神が国々を滅ぼしても、神の怒りなら許せる。でも、神の、神の平和は許せやしない」

日曜日は一言も答えず、物問いたげに、石の顔をゆっくりとサイムに向けた。

「いや」とサイムは言った。「僕はそんなに激しい怒りは感じない。僕はあなたに感謝しています。ここで葡萄酒のもてなしを受けたからだけではなくて、何度も素敵なふざけっこと自由な戦いができたことを。でも、僕は知りたいんです。僕の魂と心は、この古い庭のように幸福で静かですが、僕の理性は今も叫んで訴えています。僕は知りたいんです」

日曜日はラトクリフを見た。ラトクリフは澄んだ声で言った――

「あなたが敵味方両側について自分と戦っているのは、馬鹿みたいに思えます」

ブルは言った――

「僕には何もわかりませんが、幸せです。じっさい、もう眠くなって来た」

「私は幸せじゃない」教授が顔を両手に埋《うず》めて言った。「なぜなら、理解できないからだ。あなたは地獄にあまりにも近いところへ、私を迷い込ませた」

それからゴーゴリが、子供のような絶対の無邪気さで言った――

「僕は自分がなぜこんなに苦しんだのか知りたい」

日曜日はやはり何も言わず、大きな顎に手をあてて坐ったまま、じっと遠くを見つめていた。それから、言った――

「私は君たちの不満を一人ずつ聞いた。そしてここにもう一人、不満を言いにやって来たようだ。その男の言うことも聞いてやろう」

大きな篝《かがり》に入った消えかけの焔が、暗い草の上に、燃える黄金《きん》の棒のような最後の光を長々と放った。この焔の帯を背にして、黒装束《しょうぞく》の人物の両脚がこちらに近づき、真っ黒な輪郭を截《た》った。その男は身体に合った立派な上着を着て、この家の召使いと同じように半ズボンを穿いていたが、しかし、その服は青ではなく、ぬば玉の闇の色だった。彼は召使いたちと同じように、一種の剣を腰に下げていた。彼が七人の坐っている椅子のすぐそばへ来て、面を上げてこちらを見た時、サイムはようやく、雷に打たれたようにはっきりと知った——その顔は幅広く、ほとんど猿にも似た旧友グレゴリーの顔——モサモサの赤い髪を生やして、人を蔑《さげす》むような薄笑いを浮かべた顔だった。

「グレゴリー！」サイムは息を呑んで、椅子から半ば立ち上がった。「この男こそ、本物の無政府主義者だ！」

「そうだ」グレゴリーは剣呑《けんのん》な、抑えた調子で言った。「おれが本物の無政府主義者だ」

「昔々、ある日のこと」本当に眠ってしまったかに見えたブルが、つぶやいた。「神の子たちが主の御前《みまえ》に参じた。サタンもその一人として、やって来た[25]」

「おまえの言う通りだ」グレゴリーはそう言って、あたりを見まわした。「おれは破壊者だ。できることなら、世界を破壊してやる」

地の底のように深い悲哀がサイムの胸に湧き上がり、彼は訥々《とつとつ》と脈絡のないことを言って、叫んだ。

「ああ、何て不幸せな男だ！　幸せになろうとしてみたまえ！　君は妹と同じ赤い髪の毛をしてるじゃないか」

「おれの赤毛は赤い焔のように世界を焼き尽くす」とグレゴリーは言った。「おれは凡人には憎めないほど激しく一切のものを憎んでいると思っていた。だが、今やっとわかった。おれにはいかなるものよりも、おまえたちが憎い！」

「僕は君を憎んだことなんか、ないのに」サイムは悲しげに言った。

すると、この理解し難い男の口から、最後の雷が轟いた。

「おまえたち！　おまえたちは生きたことがないから、憎んだこともないんだ。おまえたちみんなが何者か、初めから終わりまで何者だったか、おれは知っている――お

25 「ヨブ記」第一章六節参照。

まえたちは権力者だ！　おまえたちは警察だ――紺のボタン付きの制服を着た、うすでっかくて、ふとって、ニヤついている連中だ！　おまえたちは法であって、一度も破られたことがない。だが、自由な生きた人間なら、おまえたちが破られたことがないという、ただそれだけの理由で、おまえたちを打ち破りたいと思うじゃないか？　おれたち叛逆者は、たしかに政府のあれこれの犯罪について、あらゆるくだらんおしゃべりをする。馬鹿馬鹿しい！　政府の唯一の犯罪は、統治していることだ。最高権力の許し難い罪は、それが最高であることだ。おれはおまえたちが残酷だといって呪いはしない。親切だからといって呪いはしない（ことによると、呪うかもしれんが）。おまえたちが安全だから呪ってやるんだ！　おまえたちは石の椅子に腰かけて、一度もそこから下りて来たことがない。おまえたちは天国にいる七人の天使で、何の悩みもない。ああ、全人類を支配するおまえたち――おれはおまえたちがどんなことをしても許せるだろう。もし、おまえたちがほんの一時間でもいい、おれのように真の苦しみを味わったことがあると感じられたら――」

サイムはとび上がって、頭から爪先までブルブルと震えた。

「僕には何もかもわかったぞ」と彼は叫んだ。「この世に存在するすべてが、わかったぞ。地上にある物はなぜ、お互い同士戦うのか？　世界の中《うち》にあるちっぽけな物が、なぜ世界そのものと戦うのか？　一匹の蝿が、なぜ全宇宙と戦わねばならないのか？　一茎《いっけい》の蒲公英《たんぽぽ》が、なぜ全宇宙と戦わねばならないのか？　それは、僕がたった一人で、恐るべき七曜評議会にのり込まねばならなかったのと同じ理由だ。法に従うそれぞれのものが、無政府主義者の栄光と孤独を得るためなんだ。秩序のために戦うめいめいの人間が、爆弾魔と同じ勇敢で善い人間になるためなんだ。サタンのついた本当の嘘をこの冒瀆《ぼうとく》者の顔に投げ返してやるため、涙と苦悶《くるしみ》と引きかえに、この男に『嘘つきめ！』と言う権利を得るためなんだ。『僕らだって苦しんだ』とこの告発者に言う権利を買い取るためなら、どんな苦悶だって大きすぎることはない。

僕らは破られたことがないというのは、嘘だ。僕らは車責めにあってボロボロにされた。僕らはこの玉座から下りたことがないというのは、嘘だ。僕らは地獄へ下りて行ったことがある。僕らが幸せなのはけしからんといって、この男は傲慢にここへ入って来たが、その瞬間にも、僕らは忘れられぬ惨めさに不満を申し立てていた。僕は中傷に断固抗議する。僕らは幸せじゃなかった。あいつが告発した法の偉大な守護者の一人一人について、僕は請け合う。少なくとも――」

彼は視線を移し、ふいに日曜日の大きな顔を見た。その顔には不思議な微笑みが浮かんでいた。

「あなたは」サイムは恐ろしい声で叫んだ。「あなたは苦しんだことがあるのですか？」

見つめていると、その大きな顔は恐るべき大きさになり、彼が子供の頃にこわがって泣いたメムノンの巨像の顔よりも大きくなった。顔はさらにグングン広がって満天を覆い、あたりは真っ暗になった。ただ、闇が彼の頭脳をすっかり破壊し去る前に、闇の中で、遠くから、どこかで聞いた耳慣れた聖句をささやく声がしたように思った。

「汝らは我が飲む杯より飲み得るや？」

＊　＊　＊　＊　＊

本の登場人物が夢から醒める時は、たいてい、どこかそこで眠ったと思われる場所にいるものだ。椅子に坐ってあくびをしたり、傷だらけの手肢《てあし》で野原から立ち上がったりするのだ。サイムの体験はそんな夢よりもずっと心理的に奇妙なものだったが、彼の身に起こった出来事に、通俗な意味で、何か非現実的なものがあったかどうかは判然としない。彼は日曜日の顔の前で気絶したことを、後々《あとあと》までも憶えていた。しかし、いつ正気に返ったかは記憶にないのだった。ただ自分が気のおけない話し相手と一緒に田舎道を歩いて来たこと——今も歩いていることに、自然と気がついたのを憶えている。その相手は、彼が演じた劇の中の一人物だった——赤毛の詩人グレゴリーだったのである。二人は古い友達同士のように一緒に歩きながら、何か些細なことを話しあっていた。しかし、サイムは身内に異様な浮き立つ感覚をおぼえ、精神《こころ》は水晶のように澄みとおって、自分が言うことやしていることよりも、その感覚の方が大事なように思われた。彼は自分が何かあり得ないような良い報せを持っていると感じて、それ以外のことはすべて些細な事に思われたのだが、しかし、それは素晴らしい些事《さじ》であった。

夜は明けて、万物が清澄かつ臆病な色彩をまとった——あたかも自然が黄色や薔薇色の絵具を初めて使ってみたかのように。爽々《すがすが》しく優しいそよ風が吹いて来て、それは空から吹いて来るというより、空に開《あ》いた穴から吹いて来るようだった。サフラン・パークの赤い不規則な格好の建物が道の両側に見えて来た時、サイムはただただ驚きを感じた。ロンドンのこんな近くまで歩いて来たとは、思ってもみなかったのだ。彼は本能に突き動かされて、一本の白い道を歩いた。道には早朝の鳥たちが跳びはねて歌い、やがて彼は塀で囲った庭の外に来た。そこにはグレゴリーの妹の姿があった。金色がかった赤い髪の娘は、若い娘特有の無意識な厳粛さで、朝食前にライラックの花を摘んでいるところだった。

解説

南條竹則

本書『木曜日だった男』の作者ギルバート・キース・チェスタトンはジャーナリストであります。小説家というよりも、文人というよりも、ジャーナリストというのがふさわしい——強いていえば、詩人ジャーナリストであります。

彼はロンドンで不動産業を営む父親の膝下に育てられ、名門のパブリック・スクール、セント・ポール校を出ました。その後、美術家を志してスレイド美術学校に学びますが、その道はあきらめて、出版社に勤務しながら詩や書評などを書いていました。

彼がつとめていた出版社は薄給で、やがて、彼にはフランシスという愛する女性もできたのですが、このままでは結婚して妻を養うこともままならぬ。そこで乾坤一擲《けんこんいってき》、筆一本で生きる覚悟を決めたのであります。

当時、イギリスの出版界——テレビもラジオもない時代のジャーナリズムというのは、出版界に限られます――に乗り出そうとする若い物書き志望者たちは、たいがい、どこか雑誌の編集者などに顔を売って、無記名の書評の仕事をもらったり、出版社のために原稿閲読係などをしながら、チャンスを待つというのが常道でした。そのチャンスが来るかどうかが運命の岐《わか》れ道だったのであります。

チェスタトンと同じ頃に活躍したメイ・シンクレアという作家がいます。

わたしはこの人が好きで、今寝しなに彼女の『鐘楼』という小説を読んでいるところですが、この本の主人公ジミーは、田舎から出て来て、筆一本で功成り名遂げようと志す青年です。彼は新聞の小さな記事や、先に申し上げた書評の仕事などからはじめ、やがてセンセーショナルな小説を書いて一躍名を売ります。それから大新聞の寄稿者となり、モノグラフ（偉人の伝記など、ひとつのテーマを掘り下げて論じた書物）を書くといった具合に次々と手を広げて、最後には劇で大当たりを取ります。当時の人々がジャーナリストの成功像として思い描いていたのは、まずこんなものだったのでしょう。

チェスタトンは劇作にはあまり手を出しませんでしたが、それ以外の分野は、このジミーのように着々と制覇してゆきました。

彼が最初に脚光を浴びたのは、新聞記事を通じてでした。当時、南アフリカで勃発したボーア戦争をめぐって、イギリス国内には喧々囂々《けんけんごうごう》の議論が渦巻いていました。その中にあって、自由党左派の機関紙的存在だった週刊新聞「スピーカー」紙は、反帝国主義の論陣を張っていました。同紙の関係者にチェスタトンの友人がおり、彼は友人に勧められてボーア戦争反対の自説を高唱し、論客として注目されました。

やがて自由党の新聞「デイリー・ニューズ」紙から定期的な寄稿を求められると、チェスタトンは水を得た魚のごとくエッセイや書評を次々と発表します。彼が文学作品や作家を論ずる冴えた筆さばきは衆人の認めるところとなり、マクミラン社から「英国文人叢書」の一冊として、詩人ブラウニングの評伝を書くことを求められます。さらに画家G・F・ワッツの評伝を出し、最初の長篇小説『新ナポレオン奇譚』と短篇集『奇商クラブ』を上梓し、バーナード・ショー、ウエルズ、キップリングなど有名な言論人を俎上《そじょう》に載せて批判する『異端者の群れ』を出す――といった具合で、文筆家として順風満帆な経歴の緒《しょ》についたのです。

もしもチェスタトンが芸術家肌の人だったなら、ある程度文名を揚げたのちは、詩や小説に専念したかもしれません。しかし、彼は言葉を素材とする芸術品を後世に残すよりも、著述を通じて、今現在の社会にもの申すことに重きを置いた人で、わたしが彼をジャーナリストと言うのはその意味に於いてであります。

じじつ、彼は生涯にわたって数多くの新聞・雑誌に寄稿をつづけました。後年は自ら「ニュー・ウィットネス」、「ジー・ケーズ・ウィークリー」という新聞の編集にも携わりました。さらに、ラジオ時代の幕開けが訪れた晩年には、BBCのラジオ放送に出演して、一躍国民的人気を博しました。彼の関心の対象は文学、美術、政治、宗教、日常生活の些事《さじ》に至るまで幅広く、おびただしい量のエッセイを残しています。

一方で、ブラウニング、スティーヴンソン、ディケンズ、チョーサー、ショー、コベットといった人物の評伝や、英国史、英文学史の著述なども、学術的ではないけれども、つねに一家の見解を示して、それなりの評価を得ています。

また創作家としては、〝ブラウン神父〟シリーズによって推理小説界の巨匠と目され、他に本書をはじめとする五冊の長篇小説、デーン人と戦うアルフレッド王を主人公とした叙事詩「白馬のバラッド」、たくさんのユーモラスな詩などを書きました。

このように旺盛な活動を続けたチェスタトンの生活は、執筆、講演、交際と多忙を極めました。

*

彼は一九〇一年に結婚すると、一時エドワーズ・スクエアに間借りした後、テムズ川南岸のバターシー・パークに引っ越しました。それから数年間、昼はジャーナリズムの聖地であるフリート街へ赴き、居酒屋のテーブルに紙の束を山と積み上げて、葡萄酒やビールのグラスを片手に原稿を書き、夜ともなれば友人たちと果てしない酒盛りで、夜更けにお末社《まっしゃ》を引き連れて帰宅するといった毎日がつづきます。

夫の健康を気づかった妻フランシスの考えで、夫妻は一九〇九年、郊外のビーコンズフィールドという小さな町に引っ越しました。友人たちはこれに不平を鳴らし、弟のセシルなどは、チェスタトンをフランスに拉致《らち》して離婚を説得する計画を立てたといいます。

じっさい、チェスタトンは友情に恵まれた人でありました。

画家ジェイムズ・ガンが一九三二年に描いた「団欒図《カンヴァセーション・ピース》」と題する絵があります。

ここに描かれた三人の紳士のうち、机に向かって紙に何か書いているのがチェスタトン、あとの二人は彼の親友です。手に煙草を持って立っているのがモーリス・ベアリング（一八七四〜一九四五年）、右側に坐っているのがヒレア・ベロック（一八七〇〜一九五三年）で、二人とも当時名の知れた作家でした。

ベアリングはロンドンの銀行家一族の家に生まれて、たいそう贅沢な恵まれた少年時代をおくりました。語学の達人で、ケンブリッジ大学を出たあと、外交官や新聞の海外特派員として活躍し、第一次大戦後から小説を次々と発表しました。

生涯独身を通した風変わりな人物で、一族の晩餐会に出ると、頭のてっぺんにポートワインの入ったグラスをのせて、一滴もこぼさないのが特技だったといいます。また自分の誕生祝いには、夜会服を着たまま、近くの川や海に飛び込むのが大好きでした。彼は『申告するものはありますか』という詩のアンソロジーを編んでいますが、そのやり方は、たとえばソネットを一篇入れようと思うと、子牛革で装丁した高価な本から、その部分を切り抜いて、原稿用紙に張りつけるといった調子でした。

ジェイムズ・ガン作「団欒図（カンヴァセーション・ピース）」
左側、机に向かって何かを書いている人物がチェスタトン

このベアリングをチェスタトンに紹介したのは、ベロックです。ベロックはフランス人の父とイギリス人の母を持ち、フランスのサン・クールに生まれました。フランス国籍でしたが、後に英国に帰化しました。

彼は有名なカトリックの指導者ニューマン枢機卿の学校を中退してから、紆余曲《うよきょく》折《せつ》を経てオックスフォード大学に入学し、歴史学で優秀な成績をおさめましたが、研究員になることはできませんでした。そこで、講師をしたり家庭教師をやったり、本を書いたりして妻子を養いながら、後には政界入りしたけれども、肌が合わなくてやめてしまう、いわば挫折を繰り返した才人であります。一生の間に山程の本を書き、つねに社会に向かって政治的発言を続けました。『クラターバック氏の選挙』などの社会風刺小説も書きましたが、紀行文にも優れ、またノンセンス詩人としても出色の人で、最初期の傑作『悪い子のための動物の本』はつい最近邦訳されています（『子供のための教訓詩集』横山茂雄訳　国書刊行会）。

ベロックは「スピーカー」紙の論客の一人で、同紙を通じてチェスタトンと知り合い、一緒にボーア戦争反対の論陣を張りました。絵心のあるチェスタトンはベロックの本に挿絵を描いてやるなど、二人は良いコンビだったので、バーナード・ショーは、二人あわせて「チェスタベロック」という一匹の四つ足動物だといってからかったほどです。しかし、じつはベロックは兄以上に弟のセシルと仲が良く、二人で新聞を作ったり、政党政治批判の本を書いたりしています。

このセシルは無類の論争家で、チェスタトンが論客として活躍したのも、子供の頃から弟に鍛えられたおかげだというくらいです。二人はある時、朝の八時一五分から議論をはじめて、翌日の午前二時半まで続けていたという逸話があり、そんなふうに議論ばかりしていたくせに、たいそう仲の良い兄弟なのでした。

チェスタトンは弟やベロックとともに、「分配主義」と呼ばれる思想を抱いていました。これはおおまかにいうと、国家の財産と土地を人民に平等に分配し、自由な小農民や、商店主や、職人などが、地産地消の社会を営むことを理想とする考えです。チェスタトンは、政治的にはこの分配主義の、宗教的には正統派キリスト教（とくにカトリック教）の立場に立って、当時の思想家たちと論争を繰り広げました。社会主義者のロバート・ブラッチフォード、反宗教論者のジョーゼフ・マッケイブ、それに『タイム・マシン』の作者H・G・ウエルズなども論敵の一人で、チェスタトンの『久遠の聖者』はウエルズの『世界文化史大系』に対抗して書かれたといいます。

中でも最大の論争相手はジョージ・バーナード・ショーでした。かれらは宗教・政治をめぐって、新聞紙上でも、公開討論会でもさかんにやりあっていますが、いったん議論の場を離れると親しい友人でもありました。

一九一三年、チェスタトンはショーの勧めで「魔術」という戯曲を書きました。これは懐疑主義者と悪魔をテーマにしたちょっと面白い戯曲で、大当たりをとりましたが、うかつにもチェスタトンは、興行収入が作者にちっとも入って来ない悪条件の契約書にサインしてしまったのです。ショーはカンカンになり、この次芝居を書いた時は、御亭主を部屋に閉じ込めて、自分のところへ契約書を持って来るように、と夫人のフランシスにいったそうです。

もう一人、チェスタトンの友人として忘れてはならない人物は、ジョン・オコナー神父です。

この人はアイルランド出身のカトリックの聖職者で、ヨークシャー各地の教区につとめたあと、最後は法王ピウス一一世の侍従となりました。オコナー神父は早くからチェスタトンの愛読者でしたが、チェスタトンが彼の管轄《かんかつ》する教区へ講演に行った時に初めて会い、以後生涯にわたる親しいつきあいが始まりました。ブラウン神父のモデルはこの人だといわれています。

一九二二年、チェスタトンはオコナー神父の手引きで、ローマ・カトリック教に入信しました。彼には『正統とは何か』『久遠の聖者』『アシジの聖フランチェスコ』『聖トマス・アクィナス』などの宗教的著作があり、我が国でも従来カトリック思想家として語られることが多いのですが、正式に信徒となったのは晩年のことであります。

彼はもともと自由な思想の両親に育てられ、若い頃は、当時の知識人らしく、さまざまな新思想や新宗教に触れました。しかし、けっきょくのところ、西洋人と西洋文明を救うのは伝統的キリスト教だという考えに達していました。わけてもカトリック教への親近感を早くから抱いており、『木曜日だった男』にも随所にそんなところがうかがわれます。しかし、少なくとも初期のチェスタトンの宗教観には一定の幅と揺れがあったはずで、そのあたりは慎重に考えねばならない問題でしょう。

＊

さて、『木曜日だった男』は、チェスタトンがジャーナリストとして世間に認められ、脂がのりきった頃に書いた小説であります。
英米では「ブラウン神父」シリーズとともに愛読され、我が国でも大正時代以来、藤原時三郎、橋本福夫、吉田健一、大西尹明といった人々によって訳されてきました。そのうちの一人、橋本福夫は早川書房版『木曜日の男』(昭和二六年)のあとがきで、こんなことを言っています——

私はわざとここではこの作品の内容について何も書かないことにする。なぜなら「あとがき」の方を先に読む読者が多いし、少しでも内容がわかったのでは読者の興味をそぐことになりそうだから。

これにはわたしもまったく同感なので、本篇については、できれば何も語りたくないのです。しかし、それでは解説にならぬ道理ですから、作品本体を語るかわりに、作者が付した序について御説明することにしましょう。
というのも、この序は、チェスタトンとこの作品を深く知りたい人にとって、じつは重要なものであります。しかもこれを理解するには、多少の注釈が必要だと思うのですが、開巻いきなり注釈なぞをズラズラと並べ立てた日には、英文学の研究者はいざしらず、一般の読者はあきれて本を放り出してしまうといけないので、注はわざと（ただ一つしか）つけないでおきました。その、つけないでおいた注の内容をここに語ろうと思います。

まず、この序詩を捧げられたエドマンド・クレリヒュー・ベントリー（一八七五〜一九五六年）について申し上げなければいけません。

ベントリーはチェスタトンがセント・ポール校で出会った生涯の親友であります。この人は学校時代に、四行からなる一種のライト・ヴァースの形式を考案し、それを自分のミドルネームにちなんで「クレリヒュー」と名づけたことでも知られています。彼は後に「デイリー・テレグラフ」紙の記者となり、また探偵小説の古典的傑作『トレント最後の事件』を書きました。この小説は他でもないチェスタトンに捧げられていて、それは『木曜日だった男』へのお返しであります。

先に御紹介したベロックもベアリングも大人になってからの友達ですが、ベントリーはいわば幼馴染みです。チェスタトンはこの人にだけは、他の友達に言えないようなことも打ち明けたようで、彼がこの序の中で語っているのも、そういう秘めやかな苦しみについてでした。
「魂にいやらしい雲がかかっていた」というのは、彼がスレイド校で美術を学んでいた頃の精神状態をさしていると思われます。というのも、チェスタトンはこの時期およそ二年間にわたって、深刻な精神的危機を体験したのでした。彼はそれについて『自叙伝』にこんなふうに書いています。

私は自分の咎《とが》で悪魔と知り合いになり、近づきを深めていった。もっと近づいていたら、悪魔崇拝か何かとんでもないことをしたかもしれない。……私はごく小さな犯罪も犯したことがなかったが、およそ空恐ろしい、狂った犯罪をいとも簡単に想像することができた。そのことを思うと、本当に恐ろしくなる。……とにかく、私の内心が道徳的な無政府状態に陥って、ワイルドの言葉を借りれば、『血にまみれたナイフを持つアティス※の方が自分よりはましな人間』だという、そういう状態に至った一時期があることはたしかだ。ワイルドが取り憑かれていた狂気にはいささかも誘惑を感じたことがないが、この頃の私は、もっと普通の情熱が歪み、ねじまがって、最悪の、いとも放恣《ほうし》な形になったものを想像することができた。……私はおそるべき考えや形姿を記録し、絵に描きたいという圧倒的な衝動をおぼえて、やみくもな霊的自殺者のごとく、深みへ深みへ突き進んでいった……

※キュベレー女神に男根を切られたという伝説中の青年。

この頃、彼が詩文や絵を書き込んでいたノートブックには、邪悪な顔が頻繁にあらわれます――悪魔や妖怪や魔女、聖者や拷問にかけられる殉教者たちが。彼はとくにひどい絵は破り棄ててしまいましたが、そこには淫らで残虐な絵姿が描かれていたようです。こうした内なる凶々《まがまが》しい情念の噴出を体験したチェスタトンは、悪魔の実在を確信し、心霊術などにも手を出しました。

人が青春期にこの種の懊悩《おうのう》を味わうことは珍しくありません。ただ、チェスタトンには、そうしたものをことさら狂おしい妄想にする心理的素地があったのでしょう。おまけに彼はこの頃、美術学校で孤独な日々を送っていました。ベントリーをはじめ、セント・ポール校の親しい仲間たちは大学へ行ってしまったからです。それが苦しみに拍車をかけたとみえます。

こういう時、人は往々にして宗教に縋《すが》るものですが、チェスタトンはそれにも困難を感じました。そこには当時の時代背景がありました。

この点は、我々二一世紀に生きる日本人には実感しがたいことだと思います。よく日本人は宗教心が薄いとか、宗教に疎いとかいう話を聞きます。わたしに言わせればそんなことは大嘘ですが、たしかにキリスト教やイスラム教を奉ずる民とは違って、ドグマというものに疎いことは否定できない。なぜなら、それに無関心でも生きていかれるからです。

多くの日本人の心の中では、神前で柏手を打つとか、仏様にお線香をあげるとか、お盆に迎え火を焚くとか、御神輿《おみこし》を担ぐとか、そういうことが一番重要なので、教理・教条といったものはさほど重みを持っていません。しかし、西欧人の精神はまったくちがいます。かれらにとって宗教の教理は、それなくしては息もできない生活必需品です。何を自分の教条にするかは人さまざまで、事によってはキリスト教でなくたってよい——無神論でも、社会主義でも、東方の神秘宗教でもかまわないのですが、とにかく人の魂はなにかしらのドグマの上にのっていないと、足元が定まらない。

そういう精神構造の人々を千年以上にわたって支えてきたキリスト教の盤石

の礎《いしずえ》が揺らぎ始めたのは、ここ二百年ほどの間です。まずフランス革命と啓蒙主義が一の矢を浴びせ、そして一九世紀中葉の進化論に代表される近代科学が、第二の強烈な攻撃を仕掛けました。とくに進化論以降の精神的危機は深刻なもので、人々はぐらついてきた教理の代替品をさがしたり、改善を試みたり、原理主義に立てこもったり――その結果、不可知論だの、科学主義だの、信仰復興運動だの、さまざまな主義や思潮が百出しますが、どれも人を本当に安心させるには至らない――そうした状況が一九世紀末から二〇世紀にかけて続き、じつをいうと、不安はえんえんと今日までも尾をひきずって、世界の政治情勢にすら影を落としています。

「科学は非在を宣言し」という言葉の裏にあるのはそうしたことですが、宗教がぐらついていれば芸術も然《しか》りで、たとえばこの序に出てくるJ・M・ホイッスラー（一八三四～一九〇三年）は、印象派風の作品で知られる世紀末の大画家ですが、印象主義は、チェスタトンの目には頽廃・邪悪と映ったのであります。

それから「緑のカーネーション」という言葉は、〝芸術のための芸術〟を標榜したオスカー・ワイルドに代表される、いわゆる〝デカダン派〟を象徴しています。直接にはロバート・ヒッチェンズ（一八六四～一九五〇年）の小説『緑のカーネーション』

(一八九四年)から来ている言葉ですが、くだんの小説はワイルドを戯画化した審美家を描いて、世間にワイルドの悪いイメージを植えつけた本です。

もちろん、印象派やデカダン派に対するチェスタトンの見方ははなはだ偏ったものです。ホイッスラーやワイルドの側からすればいくらでも言うべきことはあるのですが、ともかく、スレイド校時代のチェスタトンの主観の中では、こうした芸術も近代科学も、末法の世にわいてきた蛆虫のようなもので、それが泥沼にあがく自分の足を引っ張るような気がしたのでしょう。

一方、この頃チェスタトンの心を励ましてくれた二人の作家がいました。それは『草の葉』の詩人ウォルト・ホイットマンと『宝島』の作者R・L・スティーヴンソンでした。「魚の形をしたポーマノク」というのは、ホイットマンが自らの郷里マンハッタンを呼んだ言葉であり、「トゥシタラ」はサモア語で「物語を語る人」を意味し、スティーヴンソンをさしています。「ダニーディン」はニュージーランド南島の南東岸の海港で、これも南太平洋のサモアで晩年を送ったスティーヴンソンへの言及であります。

こういった味方もいて、チェスタトンはともかく暗黒の一時期を乗り切りました。

悪魔どもは「マンソウル」――これは『天路歴程』の作者ジョン・バニヤンの寓意物語「聖戦」に出てくる町で、もちろん、人間の霊魂の象徴です――を一時《いっとき》は脅《おびや》かしたけれども、けっきょく敗れ去り、すべては昔語りとなって、悩める若者は「結婚と信条を」見つけました。

『木曜日だった男』は、一面に於いて、かかる過去を見つめなおし、昇華した作品といってもよろしいのです。そこには青年の見たさまざまな心象風景が、彼の脳裏を通過したさまざまな思想や懐疑や偏見が、切実な希求が、霊感や啓示がちりばめられています。その物語は、筋書たるや奇想天外――探偵小説にして黙示録、副題のごとく一つの悪夢である――

さあ、訳者はこれ以上のことは申しません。

解説から先に読んでしまうみなさん、どうぞ物語をお読みください！

チェスタトン年表

チェスタトンは創作の他に、新聞・雑誌の記事、エッセイなどをまとめた著作を膨大に残した。以下の年表に挙げた書物で、特にジャンルを明記していないものはその類である。なお、単行本として邦訳が出ていない書物の題名は、一部を除いて原語のままにした。

一八七四年
五月二九日、ロンドンのキャムデン・ヒルで、父親エドワード・チェスタトンと母親マリー・ルイーズ・グロスジーンMarie Louise Grosjeanの間に生まれる。父は家業の不動産業を営んでいた。ベアトリスという姉がいたが、ギルバートがまだ幼児の時、八歳で亡くなった。

一八七九年　五歳
弟セシルが生まれる。

一八八七年　一三歳
私立上級小学校を終えて、セント・ポール校に通う（一八九二年まで）。

一八九二年　一八歳
夏に父とフランスを旅行。チェスタトンはその後、スレイド美術学校で美術を学ぶかたわら、ロンドン大学で英文学の講義を聴く。

美術学校を出たあとは、最初、出版社のレッドウェイ社に短期間勤めたが、その後フィッシャー＝アンウィン社に数年間勤務。

一九〇〇年　二六歳

この頃、ヒレア・ベロックと会う。
『*Greybeards at Play*』ノンセンス詩画集、『*The Wild Knight and Other Poems*』詩集

一九〇一年　二七歳
六月二八日、フランシス・ブロッグと結婚。
『*The Defendant*』

一九〇二年　二八歳
『*Twelve Types*』

一九〇三年　二九歳
『ロバート・ブラウニング』

一九〇四年　三〇歳
『G・F・ワッツ』、『新ナポレオン奇譚』長篇小説

一九〇五年　三一歳
『奇商クラブ』短篇小説、『異端者の群れ』

一九〇六年　三二歳
『チャールズ・ディケンズ』

一九〇八年　三四歳
『木曜日だった男』長篇小説、『*All Things Considered*』、『正統とは何か』

一九〇九年　三五歳
バタシーから郊外の町ビーコンズフィールドへ引っ越す。
『ジョージ・バーナード・ショー』、『棒大なる針小』

一九一〇年　三六歳
『*The Ball and the Cross*』長篇小説（アメリカ版は一九〇九年）、『*What's Wrong with the World*』、『ウイリアム・ブレイク』

一九一一年　三七歳
この年、弟セシルがベロックと共に

「アイ・ウィットネス」紙を創刊。『チャールズ・ディケンズの作品の鑑賞と批評』、『ブラウン神父の童心』短篇集、『白馬のバラッド』叙事詩

一九一二年　三八歳
弟セシル、「アイ・ウィットネス」の後継紙「ニュー・ウィットネス」の主幹となる。
『マンアライヴ』長篇小説、『*A Miscellany of Men*』

一九一三年　三九歳
『ヴィクトリア朝の英文学』、『魔術』戯曲

一九一四年　四〇歳
前年から喉頭鬱血を患っていたが、病状悪化し、一時意識不明の重体に陥る。
『*The Flying Inn*』長篇小説、『ブラウン神父の知恵』短篇集

一九一五年　四一歳
春頃、病は回復。
『詩集』、『*Wine, Water and Songs*』詩集

一九一六年　四二歳
第一次世界大戦に従軍したセシルに代わって、「ニュー・ウィットネス」紙の主幹をつとめる。弟の死後も同紙の編集と経営を引き継いだが、一九二三年に廃刊。

一九一七年　四三歳
『小英国史』、『*Utopia of Usurers*』

一九一八年　四四歳
一二月に、弟セシルがフランスで客死。

一九一九年　四五歳

『アイルランドの印象』旅行記
一九二〇年　四六歳
『The Superstition of Divorce』、『The Uses of Diversity』、『新エルサレム』旅行記
一九二二年　四八歳
オコナー神父の手引きでローマ・カトリックに改宗。
『Eugenics and Other Evils』、『The Ballad of St. Barbara and Other Verses』詩集、『The Man Who Knew Too Much』短篇集
一九二三年　四九歳
『アシジの聖フランチェスコ』
一九二五年　五一歳
週刊新聞「G.K.'s Weekly」を創刊、主幹をつとめる。
『Tales of the Long Bow』短篇集、『久遠の聖者』、『ウイリアム・コベット』
一九二六年　五二歳
『ブラウン神父の懐疑』短篇集、『正気と狂気の間』、『The Queen of Seven Swords』詩集
一九二七年　五三歳
『ブラウン神父の秘密』短篇集、『The Judgement of Dr. Johnson』戯曲、『ロバート・ルイス・スティーヴンソン』
一九二八年　五四歳
バーナード・ショーと「我々の意見は一致するか?」と題して公開討論を行う。
一九二九年　五五歳
『詩人と狂人達』短篇集
一九三〇年　五六歳
『四人の申し分なき重罪人』短篇集、

『ローマの復活』

一九三一年　五七歳

クリスマスの日、アメリカに向けて初めてのラジオ放送（「ディケンズとクリスマス」）をする。

『*All Is Grist*』

一九三二年　五八歳

一〇月三一日、BBCで初めてのラジオ放送（「史上の有名人」）をする。これ以後、ラジオを通じて広く国民に親しまれる。

『チョーサー』、『*Sidelights on New London and Newer York*』

一九三三年　五九歳

『聖トマス・アクィナス』

一九三五年　六一歳

『ブラウン神父の醜聞』短篇集

一九三六年

三月一八日、最後のラジオ放送をする。

六月一四日、ビーコンズフィールドの自宅で病死。享年六二。

死後出版された著作に、『自叙伝』（一九三六年）、『ポンド氏の逆説』（一九三六年、短篇集）、『*The Coloured Lands*』（一九三八年）、『*The End of the Armistice*』（一九四〇年）などがある。

訳者あとがき

訳者が昔、吉田健一の訳で初めてこの小説を読んだのは、今から四半世紀ほど前のことでした。

このたび、翻訳のために英語で読み直してみて感じたことは、この話が一種壮大なピクニック譚だということであります。

わたしは数年前に訳したヒュー・ロフティングの『ガブガブの本』を思い出しました。ロフティングはあの本の中で〝epicnic《エピクニック》〟という言葉を使っています。〝epic《エピック》〟と〝picnic《ピクニック》〟をつないだ造語ですが、七曜の男たちが美味しいものを食べて、美味しいお酒を飲んで、追いかけっこをする、この物語ほど〝epicnic〟の語にふさわしい作品はないのではありますまいか――

ところで、ひとつお断りしておきたいのですが、この作品は、これまで「木曜の人」、

「木曜の男」、あるいは「木曜日の男」などの邦題で紹介されてきました。わたしは保守的な人間ですので、書物の題名などは、大きな不都合がない限り、すでにあるものを踏襲した方が良いと思っています。「木曜（日）の男」も、日本語としてのすわりは悪くないのですが、原題の面白さに較べると、大分引けをとります。〝The Man Who Was Thursday〟――こんな題名のついた小説は、ありきたりな話ではないことが一目でわかる。これから核戦争でも起こって人類の書庫が壊滅し、本の題名だけ伝わっても、後世の人がほんの一瞬クスリと笑えるようなシロモノであります。作者のためにも、この面白さはやはり生かしたいと思ったので、今回は原題をあえて逐語的に訳してみた次第です。

翻訳には *The Bodley Head G. K. Chesterton*, selected and with an introduction by P. J. Kavanagh, 1985に収録されたテキストを使いました。これはチェスタトンの詩と評論、小説を集めた傑作選ですが、『木曜日だった男』は一九〇八年のデント社版によったと、同書にあります。訳出に際しては、橋本訳、吉田訳、大西訳を参照し、大いに助けられました。

ものぐさなわたしのために調べ物を手伝ってくださった坂本あおい氏、また訳者のもっともやりやすい条件で仕事をさせてくださった川端博氏に深く感謝の意を表します。

二〇〇八年四月　訳者しるす

この本の一部には、現在の観点からみて、差別的とされる表現があります。

これは、古典としての歴史的な、また文学的な価値という点から、原文に忠実な翻訳を心がけた結果であることをご了解ください。

kobunsha classics
光文社古典新訳文庫

木曜日《もくようび》だった男《おとこ》　一《ひと》つの悪夢《あくむ》

著者　チェスタトン
訳者　南條《なんじょう》竹則《たけのり》

2008年5月20日　初版第1刷発行
2019年4月20日　第4刷発行

発行者　田邉浩司
印刷　新藤慶昌堂
製本　ナショナル製本

発行所　株式会社光文社
〒112-8011東京都文京区音羽1-16-6
電話　03（5395）8162（編集部）
03（5395）8116（書籍販売部）
03（5395）8125（業務部）
www.kobunsha.com

ISBN978-4-334-75157-9 Printed in Japan

いま、息をしている言葉で、もういちど古典を

長い年月をかけて世界中で読み継がれてきたのが古典です。奥の深い味わいある作品ばかりがそろっており、この「古典の森」に分け入ることは人生のもっとも大きな喜びであることに異論のある人はいないはずです。しかしながら、こんなに豊饒で魅力に満ちた古典を、なぜわたしたちはこれほどまで疎んじてきたのでしょうか。

ひとつには古臭い教養主義からの逃走だったのかもしれません。真面目に文学や思想を論じることは、ある種の権威化であるという思いから、その呪縛から逃れるために、教養そのものを否定しすぎてしまったのではないでしょうか。

いま、時代は大きな転換期を迎えています。まれに見るスピードで歴史が動いていくのを多くの人々が実感していると思います。

こんな時わたしたちを支え、導いてくれるものが古典なのです。「いま、息をしている言葉で」――光文社の古典新訳文庫は、さまよえる現代人の心の奥底まで届くような言葉で、古典を現代に蘇らせることを意図して創刊されました。気取らず、自由に、心の赴くままに、気軽に手に取って楽しめる古典作品を、新訳という光のもとに読者に届けていくこと。それがこの文庫の使命だとわたしたちは考えています。

このシリーズについてのご意見、ご感想、ご要望をハガキ、手紙、メール等で翻訳編集部までお寄せください。今後の企画の参考にさせていただきます。
メール　info@kotensinyaku.jp

光文社古典新訳文庫　好評既刊

天来の美酒／消えちゃった

コッパード
南條　竹則　訳

小説の〝型〟にはまらない意外な展開と独創性。短篇の職人・コッパードが、「イギリスの奇想、恐怖、不思議」に満ちた物語を詩情とユーモア溢れる練達の筆致で描いた、珠玉の十一篇。

白魔《びゃくま》

マッケン
南條　竹則　訳

妖魔の森がささやき、少女を魔へと誘う「白魔」や、平凡な銀行員が〝本当の自分〟に覚醒していく「生活のかけら」など、幻想怪奇小説の大家マッケンが描く幻想の世界、全五編！

秘書綺譚　ブラックウッド幻想怪奇傑作集

ブラックウッド
南條　竹則　訳

芥川龍之介、江戸川乱歩が絶賛した怪奇小説の巨匠の傑作短篇集。表題作に古典的幽霊譚や妖精話、詩的幻想作など、主人公ジム・ショートハウスものすべてを収める。全11篇。

人間和声

ブラックウッド
南條　竹則　訳

いかにも曰くつきの求人に応募した主人公が訪れたのは、人里離れた屋敷だった。荘厳な神秘主義とお化け屋敷を訪れるような怪奇趣味が混ざり合ったブラックウッドの傑作長篇！

盗まれた細菌／初めての飛行機

ウェルズ
南條　竹則　訳

「SFの父」ウェルズの新たな魅力を発見！飛び抜けたユーモア感覚で、文明批判から最新技術、世紀末のデカダンスまで「笑い」で包み込む、傑作ユーモア小説十一篇！

光文社古典新訳文庫　好評既刊

新アラビア夜話

スティーヴンスン
南條竹則
坂本あおい 訳

ボヘミアの王子フロリゼルが見たのは、「自殺クラブ」での奇怪な死のゲームだった。「ラージャのダイヤモンド」をめぐる冒険譚を含む、世にも不思議な七つの物語。

怪談

ラフカディオ・ハーン
南條竹則 訳

「耳なし芳一の話」「雪女」「むじな」「ろくろ首」……。日本をこよなく愛したハーン、日本名小泉八雲が、古来の文献や伝承をもとに流麗な文章で創作した怪奇短篇集。

カンタヴィルの幽霊／スフィンクス

ワイルド
南條竹則 訳

アメリカ公使一家が買ったお屋敷には頑張り屋の幽霊が……（「カンタヴィルの幽霊」）。長詩「スフィンクス」ほか短篇4作、ワイルドと親友の女性作家の佳作を含むコラボレーション短篇集！

ねじの回転

ジェイムズ
土屋政雄 訳

両親を亡くし、伯父の屋敷に身を寄せる兄妹。奇妙な条件のもと、その家庭教師として雇われた「わたし」は、邪悪な亡霊を目撃する。その正体を探ろうとするが――。（解説・松本朗）

幼年期の終わり

クラーク
池田真紀子 訳

地球上空に現れた巨大な宇宙船。オーヴァーロード（最高君主）と呼ばれる異星人との遭遇によって新たな道を歩み始める人類の姿を哲学的に描いた傑作SF。（解説・巽孝之）

光文社古典新訳文庫　好評既刊

フランケンシュタイン

シェリー
小林 章夫 訳

天才科学者フランケンシュタインによって生命を与えられた怪物は、人間の理解と愛を求めるが、醜悪な姿ゆえに疎外され……。これまでの作品イメージを一変させる新訳！

ジーキル博士とハイド氏

スティーヴンスン
村上 博基 訳

高潔温厚な紳士ジーキル博士と、邪悪な冷血漢ハイド氏。善と悪に分離する人間の二面性を追究した怪奇小説の傑作が、名手による香り高い訳文で甦った。（解説・東 雅夫）

黒猫／モルグ街の殺人

ポー
小川 高義 訳

推理小説が一般的になる半世紀前、不可能犯罪に挑戦する探偵・デュパンを世に出した「モルグ街の殺人」。現在もまだ色褪せない恐怖を描く「黒猫」。ポーの魅力が堪能出来る短編集。

ビリー・バッド

メルヴィル
飯野 友幸 訳

18世紀末、商船から英国軍艦ベリポテント号に強制徴用された若きビリー・バッド。誰からも愛された彼を待ち受けていたのは、邪悪な謀略のような運命の罠だった。（解説・大塚寿郎）

緋文字

ホーソーン
小川 高義 訳

17世紀ニューイングランド、姦通の罪で刑台に立つ女の胸には赤い「A」の文字。子供の父親の名を明かさない女を若き教区牧師と謎の医師が見守っていた。アメリカ文学の最高傑作。